空洞電車

朝倉宏景

双葉社

目次

装画　西川真以子
装幀　川名　潤

空洞電車

プロローグ　洞口光人《ほらぐちみつと》（ボーカル）

みんなが、口をそろえて言う。

あなたは天才だ、君がうらやましい、才能にあふれている、と。

実の兄まで、お前はとてつもないヤツだとほめそやす。

ミツトは、そんな自分への評価に疑問を抱いていた。

自分で自分をうまくコントロールできない。子どものころからそうだった。それは、壊れかけた巨大ロボットの操縦席に乗りこんでいるような感覚に似ている。

意識の核の部分はしっかりあるのに、体が思うとおりに動いてくれない。自分の意思が、口からこぼれ出る言葉や、喜怒哀楽の感情にしっかり反映されない。ロボットの操縦桿《そうじゅうかん》を必死に動かすけれど、反応が鈍《にぶ》く、ラグが生じて、指令どおりに心と体が動いてくれないのだ。すると、ますますパニックになって、怒ったり、思ってもみないひどいことを口走ったりしてしまう。

後悔の連続なのだ。

「川が見たい」

スタジオを出ると、ミツトはバンドメンバーに言った。

「炎とか川ってさ、なんだか……」

寒さに震えながら、ダッフルコートの襟元をかきあわせる。

「無性に見たくなるときって、ない？」

二十歳《はたち》の冬だった。このバンドで将来プロを目指していくと、今日、全員の意志を確認した。スタートの日だった。

ミツトは何か巨大なものが見たくなった。そうして、不安を払拭《ふっしょく》したかった。ギターボーカルである自分の肩にメンバーの人生がかかっていると思うと、こわくて、こわくて、しかたがなかった。みずからの生命や人類の営みとは関係なく、何百年、何千年と運動しつづける壮大な自然を眺めて、ざわつく気持ちを落ちつけたかった。

五人のバンドメンバーは、そろってうなずいた。

「あるよ、あるある」

「川の流れとか波打ち際とか、暗闇のなかの炎って、ぼーっとしたまま、ずっと見てられるよな」

「じゃあ、今度キャンプでもしようよ、暖かくなったら」

「いいね！　せっかくだから、川辺とか海辺でやったら、水も火も両方いけるぜ」

「私は虫こわいから、ロッジに泊まりたい」

多摩川の河川敷まで六人で歩いた。そのあいだ、ミツトはずっと黙りこんでいた。

周囲の会話のテンポについていけないのも、もどかしさの原因の一つだった。何かしゃべろうと思って心の準備を整えると、たいていもう次の話題に移ってしまっている。そのせいで、ひとからは無口と言われる。

ミツトをふくめた六人の男女は、土手の斜面に腰を下ろした。

午後五時過ぎだった。夕陽がじりじりと斜めに降下をつづけていた。

滔々《とうとう》と流れつづける水面に夕陽が照り映えて、黄金色に輝き、乱反射を引き起こす。ちらちらと淡くて、強烈な光の粒子がメンバーたちの顔の上に躍っていた。

「すげぇ、きれいだね」

「やたらと陳腐《ちんぷ》な感想だね」

「うるせぇな」

「お前に歌詞を書かせるのは、絶対にやめよう」

「ひどいな。こう見えても、俺、詩人の一面があるんだぞ」

「気持ち悪い」

ミツトは、五人の話し声をぼんやり聞いていた。コートのポケットから、フリスクの容器を取り出して、耳元で振る。リズミカルな音が心地よい。

壊れかけたロボットの操縦席に乗りこんでいるようなもどかしさは、楽器を演奏し、歌を歌っているときだけは感じずにいられた。ギターを弾く指や、腕は、満足に動く。口もなめらかに歌詞をつむぐ。感情も素直に表現できる。

それもこれも、メンバーが後ろから支えてくれるおかげなのだ。

寒風が吹き抜けた。肩を縮めたり、互いに身をよせあったり、体育座りで抱えこんだ腿《もも》や臑《すね》をこすったり、摂氏《せっし》零度に近い真冬の外気に、無意味な抵抗を繰り返していた。対岸のマンションの向こうに、太陽がもうすぐ消えようとしていた。それでも、誰一人として立ち上がろうとはしなかった。

「俺たち、なれるかな？」

「何に？」

「スーパースター」

「やたらと古い言い方だね」

「まあ、なれるかもしれないし、なれないかもしれないよね」

「君は家業があるからいいけど、私たち就活しないつもりでここにいるんだからね」

「三十過ぎて、バイトしたくねぇなぁ」

「二十歳そこそこの学生にバカにされるんでしょ。夢追いのバンドマンって」

思い思いに発せられる五人の声が、強い風にかき消されていく。それぞれの口からもれる白い息も、すぐに透明になってしまう。宵闇が背後から忍びよってくる濃厚な気配を、ミツトは感じていた。

「しかし、寒いね」

「さえぎるものが何もないからね」

「壁とか屋根って尊いね」

「今さらかよ。お前、唇が紫だぞ」

ミツトは五人の強い視線を感じていた。なぜか、みんなが自分のことを見ていた。

「何か言えよ、ミツト」

「そうだよ」

「わがままだけじゃなくて、たまにはいいこと言いなよ。私たちの出発の日なんだし」

「でも、ミツトの熱い言葉なんて、俺、聞きたくないかも」

「それ、同感。適度に醒《さ》めてて、それでいて、湿っぽいのが聞きたい」

ミツトは、五人の好き勝手な言葉を制するように、勢いよく立ち上がった。帯状になだれこんでくる赤い光の束が、川面の色彩を刻々と変えていく。その様子に、真っ直ぐ視線を向けた。

この五人が、好きだ。大切だ。

そう言いたい。でも、やっぱり不安や恐怖が邪魔をして、言葉や口の動きをつかさどる操縦桿がうまく動かせない。

メンバーがこうして近くにいてくれるのは、人々の言う「才能」が、どうやら自分にあるらしいからなのだ。もしそれがなければ、きっと誰も相手にしてくれなかっただろう。だから、「好き」も「大切」も言いにくいのは、決して照れくさいからじゃない。

「この……」一人立ち上がったミツトは、そうつぶやいてコートの胸のあたりをつかんだ。「この、今の気持ちが」

案《あん》の定《じょう》、うまく言葉が出てこない。

「気持ちとか感情を……」

風に吹かれた前髪がなびいて、額《ひたい》をさわさわとくすぐった。

「いつまでも、大切に持っていようって、それが俺たちのバンドの、なんというか……、大事にしなきゃいけないことっていうか、きっといつまでも……」

すぐ近くの鉄橋を電車が渡りはじめた。世界が轟音に包まれた。自分の発した声もあっけなくかき消された。

こらえきれない様子で、メンバーたちが笑いはじめた。

「ぐだぐだかよ」

「ひどいね」

「こんなんじゃ、人のこと悪く言えないよ」

「ある意味ゴングに救われたな」

「テイクツーはなしね」

少しだけ、ムカッとした。その気配を感じとったのか、メンバーたちはあわてた様子で話題をかえた。

「じゃあ、そろそろ飲み行くか」

「熱燗《あつかん》飲みたい」

「鍋あるとこがいいなぁ」

「モツ？」

「私、牡蠣《かき》が食べたいかも」

五人がいっせいに立ち上がった。

ミツトは大きく息を吐きだした。白い息が空中に広がった。

好きなひとに、好きと言う。

ひとから恩恵を受けて、ありがとうと言う。

きれいな光景を前にして、美しいと言う。

そのストレートな表現で過不足ないときもあれば、それではまったく物足りないときもある。その区別がよくつかないから、目の前が真っ白になって、混乱してしまう。

ミツトが音楽を志す目的はただ一つだった。自分のつむぐ歌詞とメロディーで、今まではつながらなかった世界の回路をつなげること。視界をクリアにし、混乱をなくし、あちらとこちらをつなげたい。

ものと言葉。心と体。私とあなた。昨日と明日——。

たとえば、この大きな川の向こう岸に、声を届けることができたならと思う。その気持ちや野心は、メンバーたちもきちんと共有してくれているのだと、今ならはっきりわかる。その力強い後押しがあってはじめて、歌を歌いつづけることができる。

太陽がスピードを上げて、沈んでいく。

多摩川が燃え尽きようとしていた。豊かな色彩が急速に失われ、対岸のほうから一面黒く塗りつぶされていく。

1 洞口《ほらぐち》海人《かいと》（ギター）

海人はチノパンのポケットから、フリスクを取り出した。まだ、何粒か残っているようだった。残量をたしかめるために、ケースを振ってはみたのだが、そのカシャカシャという音が妙に耳になじんで聞こえた。理由もなく、ただぼんやりと耳のすぐ横で振りつづけた。

「ちょっと、それ、やめてくれない？」

冷淡な声が響いて、我に返った。顔を上げると、ドラムのまきが目の前に立っていた。手に持っているスティックの先端で、決まりが悪そうに首筋をかいている。とくにかゆいわけではないのだろう。

「やめてよ。思い出しちゃうから」

そう言われて、海人はようやく気がついた。フリスクの容器を無意味に振るのは、弟のミツトの癖だった。考え事をしているときや、曲作りで集中を要するときなど、放っておいたら一時間でもカシャカシャやっている。四六時中顔をつきあわせてきたメンバーにとっては、きっと根深い耳鳴りのようにしみついている音かもしれない。

「ごめん」海人は素直にあやまった。フリスクの粒を手のひらの上に転がした。

まきはそのまま海人の前を離れて、ベースの紬《つむぎ》のとなりに座りこんだ。

最大二千人を収容できる、大型ライブハウスの楽屋だった。今日は、洞口光人の追悼ライブ。突然の死を悼《いた》む熱狂的なファンたちがつめかけている。チケットは早々にソールドアウトしていた。

弟はいない。この世のどこにも存在しない。死んだのは三ヵ月も前なのに、その事実が到底信じられない。

ミツトはひどく無口だった。

しゃべらないから、ふだんは存在感がない。楽屋では椅子に座らず、いつも隅っこにしゃがみこんで、壁に額をくっつけ、「話しかけてくれるな」というオーラを全身から放っていた。プレッシャーに押しつぶされないように、小声で歌詞を口ずさみながら、左手を開いたり、閉じたり、せわしなく本番前のルーティーンを繰り返していた。

天才的な音楽センスの持ち主でありながら、敏感で、繊細で、少しの変化も嫌う男だった。今もふと視線を転じると、ミツトがすぐそこにうずくまっているような気がしてくる。

海人は手の上のフリスクを、一気に五粒ほど口にふくんだ。

「そんな食うと下痢しちゃうよ」キーボードの慈夢《じむ》が眼鏡を人差し指で押し上げながら言った。

「ああ……」生返事をした。タブレットを強引に噛み砕くと、口のなかが一気に涼しくなった。

冷たい風が吹き抜けた気がした。真冬の河川敷を唐突に思い出した。

あれは、たしか八年ほど前だった。サポートでキーボードを弾いていた慈夢が、正式に加入した練習の帰り道だった。現在のバンド編成になった出発の日だ。

日没直前だった。空気が乾燥して澄んでいたせいか、夕陽の放つぎらぎらした光線が、真っ直ぐ川面に落ちて、輝いていた。水の表面に浮いた油に火がつけられ、燃えているようだった。

あのとき、俺は何を考えていたんだっけ？　三十一歳の海人は、まだ二十代前半だった未熟な自分を記憶の底から呼び起こそうとした。

――ミツトは天才だ。弟についていけば、こんなにもきれいな景色を見ることができる。どこまでも弟を助けて進んでいく。家族同然のメンバーといっしょに、もっともっと美しい景色を見にいくんだ。

海人はあまりにも純粋だった自分を恥じた。一人で勝手に気まずくなって、あの日のミツトのように、勢いよく立ち上がった。紬とまき、慈夢が不思議そうに海人を見上げた。

仲違《なかたが》いをしたわけではない。むしろメジャーデビューを果たして、絆《きずな》は年々深まっている。それなのに、互いに適度な距離をとり、よそよそしくなっていく。必要以上の言葉は交わさない。大人になったということだ。

地面が揺れるような重低音が楽屋まで響いてきた。ＳＥ――登場前のＢＧＭが、ホールからここまで聞こえてくるのだ。突っ立ったまま注目を浴びて、海人は一つ大きく咳《せき》ばらいをした。

「とにかく、今日だけは、ミツトのために……」

そのとき、楽屋の扉がノックもなしに開いた。マネージャーの匠《たくみ》が顔をのぞかせた。

「そろそろ、移動ね！」追い立てるように、何度も大きく手をたたく。「ラス前の曲かかったよ！」

へらへらと笑いながら、慈夢がゆっくり立ち上がった。海人の肩に軽くふれながら言った。

「残念！　時間切れ」

慈夢につづいて、紬が引きつった笑みを見せる。

「とにかく、楽しもうよ。最後かもしれないんだし」

スティックを器用にくるりと手のなかで回しながら、まきも強引に笑った。

「頼りにしてますよ、お兄様」

海人は最後に楽屋を出た。メンバー間のぎこちない雰囲気は、ステージには持ちこまない——楽屋に封印し、置いていくつもりで、そっと扉を閉めた。

わざと大股でごみごみした廊下を歩いた。メンバーの背中を機械的に追いかけた。下腹がぎゅっとしめつけられるような感覚は、いつものライブ前とかわらない。

移動中、慈夢が口笛を小さく吹きはじめた。明るい旋律なのに、慈夢の表情は悲しそうだった。

海人はまるで真冬の川辺にいるかのように、両手に息を吐きかけた。最後かもしれない——紬の言葉を反芻《はんすう》していた。

この追悼ライブ後に、結論を出すことにしている。作詞作曲のすべてを担っていた天才的ギターボーカルを失ってもなお、バンドをつづけるのか、それとも潔《いさぎよ》く解散するべきか——。

舞台袖が近くなって、ＳＥの音が徐々に巨大な圧力で耳に突き刺さってくる。

＊

「ご兄弟で、あまり似てないですよね」

海人にとって、その言葉はいつも兄である自分の人格を否定しているように聞こえた。子どものころ、近所のおばさんからはじまって、最近では音楽雑誌のインタビュアーまで、初対面の人間はたいていこの言葉をぶつけてくる。

無口なミツトは例によって、何も言わない。何も反応を返さない。兄弟そろって無視するわけにもいかず、海人は「そうですかね？」と、曖昧《あいまい》に濁すのを常としていた。

「どのあたりが違いますか？」と、一度だけ問い返してみたことがあった。二年前、自分たちのバンド——SINUS《サイナス》が、メジャーファーストアルバムをリリースし、オリコン初登場十一位を記録したときのことだ。連日のインタビュー攻勢になかばあきあきして、海人は余計なことを口走ってしまった。

気の毒な若い女性のライターはどぎまぎと兄弟二人を見くらべた。

「うーん、雰囲気……？　ですかね？」

ライターは、不安そうに答えた。実際のところ、顔はよく似ている。どちらも父親似だ。背格好もそう変わらない。それなのに、ミツトのほうは神秘的なオーラをまとっているように感じられるらしい。独特な世界観の歌詞をつむぐ一方で、本人はふだん多くを語らないからなおさらだ。

一方の海人は、面白みのない常識人に見られる。天才肌の弟を陰日向《かげひなた》からサポートし、派手さはないが実直なギタープレイでバンドを支える真面目なしっかり者の兄というのが、ファンや音楽関係者の抱いている共通のイメージだ。

「ぜひミツトさんにお聞きしたいのですが……」インタビューの後半、ミツト本人からコメントをとれないことに焦りを見せはじめたライターがおずおずと質問した。「歌詞やメロディーを考える際は、やはり降りてくるような感覚なのでしょうか?」

たずねられたミツトは、ゆっくりと首をかしげた。唇をぎゅっと結んで、長い前髪の隙間からインタビュアーを見つめ返した。

ナマケモノを連想させるような、緩慢《かんまん》な動きだった。これで、ステージ上ではギターをかきむしるように弾くのだから、海人にも実の弟の動作機序《どうさきじょ》がいまだによくわからない。

せいぜい五秒くらいなのに、沈黙がやたらと長く感じられた。女性ライターが、ペンとノートを構えたまま、体を硬直させている。海人はさすがに見かねて横から口をはさもうとした。

そのとき、ひゅっと息を吸いこむ音が聞こえた。ミツトがついに口を開いた。

「もわっと」

盛大に息を吸ったわりに、出てきた言葉はおそろしく短かった。ライターは困惑気味に「もわっ……?」と、聞き返した。

ミツトはそうだと言わんばかりに、小刻みにうなずいて、言葉をつけたした。

「ぶわぁっと」

「ぶわぁっ……？」

音楽雑誌の記者のあいだでは、どうすればミツトからまともなコメントをとることができるか、盛んに情報交換が行われているという。好物を用意して食べさせればいいとか、美人にインタビューをさせればいいとか、未確認動物の生態のような噂《うわさ》がまことしやかにささやかれているらしいが、海人に言わせればすべて無駄の一言につきる。

「弟はこう言いたいわけです」と、海人はしかたなくかわりに説明した。「たとえば、やかんを火にかける。そうすると、徐々に熱せられて湯気が立つ。それと同じです。感情が沸騰するように、気持ちを高めていくわけです。弟にとって、湯を沸かす炎は、怒りや悲しみです。機が熱せば、一気に蒸気がたちのぼる。それが、弟にとっての詩であり、メロディーであるわけです」

とたんにミツトが「えっ？」と、不機嫌そうな表情を浮かべた。どうやら、代弁の内容が不服らしい。

親切心で答えてやったのが、急に馬鹿らしく思えてきた。不満を抱くのなら、最初から自分で説明すればいいと思ったが、もちろん口には出さない。言ったところで、反応はないのだから、むなしくなるばかりだ。

ちゃんと説明してくれなきゃ、わからない――そんな聞きわけのない恋人みたいな言葉で、弟を問いつめるのは、なんだかくやしいし、恥ずかしい。いっしょにいる時間は子どものころからかわらないはずなのに、心理的な距離がますます離れていくように感じられた。そして、実の弟のことを理解しあぐねたまま、もう永遠に会うことはかなわなくなってしまった。

ミツトの訃報《ふほう》を知らされたのは、年が明けてすぐだった。その日、海人は友人のアーティストのアコースティックライブに、ゲスト出演していた。三曲ギターを弾き、プレッシャーから解放されると、ビールを飲みながら友人のライブを楽しんだ。そのあとは打ち上げに参加して、タクシーで帰宅した。

したたか、酔っていた。軽くシャワーを浴びて、眠りについた。

スマホのバイブレーションで起こされたのは、深夜のことだ。父の携帯電話からの着信だった。その瞬間、家族や親戚の顔が次々と思い浮かんだ。もうすぐ四時。こんな時間にかけてくるということは、身内に急病か不幸があったからに違いない。

とはいえ、この時点ではミツトの存在などみじんも意識していなかった。

「もしもし……」電話の向こうの気配を必死に探った。やたらと静かだった。

「海人……」と、父が息をのみこむようにして言った。「ミツトが」

一気に、覚醒した。跳ね起きて、薄暗い部屋の片隅を凝視した。

ギターのハードケースが立てかけられていた。そこには、ライブハウスの出演者パスのシールが所狭しと貼られていた。なかには蛍光のものもあって、暗闇でぼんやりと光を放っている。

「ミツトが……」父が繰り返した。「死んだ」

鼓動が胸の内側で暴れはじめた。あたりが静かすぎて、その激しいリズムがやたらと耳についた。パスのシールを見つめていたら、目まぐるしく今までのライブがよみがえった。

客が知りあいの三人だけだったとき、有名なライブハウスの舞台にはじめて立てたとき、演奏中にミツトのギターの弦が切れて、同時にミツトもブチ切れ、途中で帰ろうとしたとき——まるで自分自身が死ぬ直前であるかのように、懐《なつ》かしい記憶が押しよせてきた。

「今、警察署に遺体が……」

「なんで……？」

「すぐ来い」

「どこだよ」

「とにかく……！　俺も今、向かってる途中なんだ」

会話が成り立たない。羽毛布団をはねのけたら、肌に突き刺すような冷気を感じた。一月だった。部屋のなかでも白い息が出そうだ。

海人はベッドの上を手探りした。脱ぎ捨ててあったジャージのズボンをはきかけ、すぐに脱いだ。自分が何をしようとしているのか、さっぱりわからない。あわててハンガーにかけてあったジーンズをはく。飲みたくもないのに、グラス一杯の水を飲み干したら、よけい吐きそうになった。

部屋全体がうっすらと明るかった。寒さに震えながら、カーテンを開けた。白っぽい月が浮かんでいた。だいぶ満月に近い。ダウンジャケットと、スマホ、鍵をつかみ、外に出た。

強い風が吹いていた。頭のてっぺんに妙な違和感がある。手でさわると、寝癖が派手に立って、風にそよいでいた。家に戻り、ニット帽をかぶった。

大きい街道に出て、タクシーをつかまえた。車に乗っても、月はずっと同じ距離をたもってついてくるように見えた。視界が淡くにじんでいるのが、涙のせいなのか、ぼやけた月光のせいなのか、わからない。目をこすってみても、深夜の街道を行き交う車のライトが、物体の輪郭を曖昧に溶かしてしまう。

電話を切る直前、父は言った。ミツトは飛び降りた、と。

ふざけるな、と思う。怒りははっきりと感じる。それなのに、悲しみ、と表現されるべき感情が、いったい今の心のどの部分を指し示しているのか、まったく見当がつかない。にじむ視界と同じように、真っ先に動作しなければならないはずの気持ちが、うすぼんやりとぼやけ、輪郭がなぞれない。

念願だったメジャーデビューを果たし、去年は全国ツアーを成功させた。ライブＤＶＤも発売された。手を伸ばしても届かなかったものが、今、ようやく指先にふれようとしていた――その矢先だった。

苦しかったのか。もう、一滴も出なかったのか。休みたかったのか。なぜ、誰にも、何も打ち明けてくれなかったのか。

生きているときに弟に投げかけるべきだった言葉の数々を、言葉になる前に強引にのみこんで、自分の体のなかにしまいこむ。躍り食いのように暴れて、外に出そうになる。外に出てしまったら、タクシーのなかで泣き叫びかねない。

涙目で、のみ下した。胃の奥が熱く、えずきそうになった。

タクシーを降りた。父に告げられた警察署に到着しても、上空に浮かぶ月はずっと同じところで、ミツトのような、無愛想な仏頂面《ぶっちょうづら》をさらしていた。ミツトも落ちる直前、マンションのベランダから同じ月を見ていたのだろうか？

心の準備をする暇も与えられなかった。憔悴《しょうすい》しきった両親と落ちあい、遺体安置所に案内された。

「お顔はきれいです」と、中年の警察官が抑揚《よくよう》を欠いた平板な調子で言った。「ご確認を」

お顔は、ということは……。考えないようにした。想像しないようにした。

父が震える母の肩にがっちりと手をまわしていた。しかし、その手のほうがどうしようもなく震えているように見えた。底冷えのする地下の殺風景な部屋だった。

細長い袋が簡素な寝台に横たえられていた。警察官がゆるゆるとジッパーを下げていく。海人は両親よりも先に、枕元に歩みよった。三十一歳、長男。年をとった両親の前で、自分がしっかりしなければならないという思いが強くあった。

海人は一パーセントの可能性にかけた。もう、身元はしっかりと確認されている。だから一人暮らしをするミツトが突然亡くなっても、実家に連絡がきたのだ。それでも、別人だったらと願わずにはいられなかった。

ジッパーは、三十センチほどのところでそっととめられた。それより下には、下げられないということだ。両手でダウンジャケットの腹のあたりをぎゅっとつかんだ。

さっきの月みたいに、青白い顔だった。それでも、仏頂面ではなかった。うっすらと微笑んでさえいた。生前には、ついぞ見せたことがないような穏やかな表情に、海人はひどく面食らった。その場に、くずおれそうになった。

母が父の手からもがくように逃れ、銀色の袋にとりすがった。父は静かに母の後ろからミツトをのぞきこんだ。そして、最初からこうなることはわかっていた、とでもいうように、「あぁ」と、低いうめき声をもらした。警察官が合掌《がっしょう》して頭を下げた。

ひどく現実感のない、ゆがんだ光景に見えた。ドラマのようなワンシーンを、身内である両親が演じているからかもしれない。泣き叫ぶ母の演技がやたらうまいと感心しかけ、これはフィクションではなく、リアルなのだと思い直すのに、かなりの時間を要した。

天井の蛍光灯を見つめた。強いめまいが襲ってきた。むかしから、ミツトに対する両親の心配はひとかたならぬものがあった。それを、すべて無碍《むげ》にするようなミツトの行動に、やはりどうしようもない怒りがわいてくる。

ミツトが小学生になって、父と母が眉をひそめながら相談しているところを目撃したことがある。たしか、ひどく暑かった。夏休みだった。

家業である和菓子屋の、工場《こうば》と呼ばれる作業場に足を踏み入れた。濃密なあんこのにおいと、真夏の昼間の熱気が、汗ばんだ体をもったりと包みこんだ。大福の皮や団子《だんご》に使われる求肥《ぎゅうひ》を、自動でこねる機械のモーター音が鳴り響いていた。

「全然しゃべらないし、興味を示すものがあまりにも少ないし、何か病気とか障害があるんじゃ」と、白い三角巾を頭に巻いた母は、頬に手をあてながらつぶやいた。「学校の先生にも言われたし、ちょっと私もおかしいんじゃないかって……」

「しゃべらないのが、そんなに心配なら」あんこを求肥で包みながら、父が言った。「一度、専門の病院に診てもらったほうがいいんじゃないか？」

海人はあわてて家に戻った。商店街にある店舗から、歩いて五分ほどのところに家があった。

ミツトは、クーラーもかけずに、部屋でマンガを読んでいた。こっちは汗だくなのに、ミツトはあまり汗をかいていない。小学校に上がったばかりのくせに、すでに省エネで生きているような印象を周囲に与えていた。

お兄ちゃん、どうしたの？　ミツトが表情だけで問いかけてくる。言葉には出さない。

「お前、ひとのマンガ読むのはいいけど、トイレに持ちこむなよ」海人は集めているマンガがしっかり本棚に巻数順にならんでいるか確認した。子どものころから几帳面《きちょうめん》だった。「三、四巻がないじゃん！　また、トイレかよ」

弟はお気に入りのマンガや本を、トイレにこもって読みこみ、置きっぱなしにする癖があった。注意しても、いっこうになおらない。

「お前さぁ、大腸菌って、こわいんだぞ。トイレットペーパーなんか、五枚も六枚も、平気で突き抜けて、何十万って大群で攻めてくるんだぞ」

ミツトは申し訳なさそうな困り顔を浮かべた。そのくせ、謝罪の一言すらない。

「そんなにトイレが好きなら、トイレに住めよ」

「べつに……」

「べつにって何なんだよ。庭にお前専用のトイレ建ててろよ。公園とか工事現場にある縦長のトイレ運んできて、そこに住め！」

無性《むしょう》に腹が立った。海人はなるべく深刻な表情をつくって、弟を脅しにかかった。

「そういえば、お前、病院に行かされるってよ。父さんと、母さんがしゃべってたぞ。お前の頭がおかしいって。それで、父さんが一度病院に行ってこいってさ」

ミツトの表情が凍りついた。ミツトが小学一年生、海人が四年生だった。

「頭をパカって、メスで切り開かれてね、脳を調べられるんだ。それでね、ちゃんとお前がまともなことしゃべれるように、治療されるんだよ」

かなり大げさに話してやった。ミツトが青ざめるさまを、思う存分楽しんだ。ふだん、両親は何かとミツトの世話ばかり焼く。かわいくて、しかたがないらしい。それを不満に感じるのは、小四にもなってダサいとしっかり認識しているのだが、このときばかりは黒い気持ちをおさえることができなかった。

「父さんがね、むかしの映画を観てたんだ。その映画でね、主人公は脳に電極を刺されて、ものすごい電流を流されるんだ。ビリビリって。そういう治療法もありかもな」

わざと白目をむいて、全身を痙攣《けいれん》させる真似をした。それを見て、ミツトの薄い唇も、まるで電気をとおされたみたいに小刻みに震えた。

「僕、どうしたらいいかな？」

うーん、とうなりながら、海人は腕を組んだ。そろそろ不憫《ふびん》に思えてきた。

「もっとしゃべろうぜ。なんでもいいからさ」

「何を？」

「なんでもいいんだって。じゃあ、俺が適当に質問してやるから、お前はそれに答えろ」

「わかった」

「うん、とか、べつに、はダメだぞ。しっかり、文章で答えるんだぞ」

その夜の食卓で、両親を前にして、兄弟はさっそく語りあった。

「ミツト、お前、あのマンガの新刊読み終わった？」

「読みました」

「どうだった？」

「とても面白かったですね。衝撃の展開が待ち受けていました」

「どのキャラが好きなの？」

「カイトという登場人物が出てきますが、兄さんと同じ名前で非常にうらやましく思います。なぜなら、とってもカッコいいですから。彼の能力も個性的で素晴らしいですね。作者の、あのキャラに対する深い愛情が紙面からにじみ出ているように感じます」

両親は食事をとることも忘れて、奇《き》っ怪《かい》なものを見る目で、ならんで座る兄弟を見くらべていた。ミツトがここまでしゃべることも不自然だが、海人のインタビュー形式の質問も同様に、おそろしく不気味に映ったはずだ。

この方法が功を奏したのかどうかはわからないが、海人の知るかぎり、結局ミツトが病院に連れていかれることはなかった。受け答えはきちんとできるし、国語の時間にあてられれば朗読だってできる。マンガだけでなく、本をよく読むから、むしろ年上の海人よりも語彙《ごい》は豊富だった。

ミツトの遺体を前にして、大人になった海人はかつての珍妙な問答を不意に思い出し、あやうく笑いそうになった。あわてて顔を伏せた。

無邪気だったと思った。あのころは、ミツトの生きにくさを、毛ほども考えたことなどなかった。芋づる式に、小さいころの思い出がよみがえってくる。よく覚えているのは、母が担任から聞かされたエピソードをため息まじりに話していたときのことだ。

学芸会の役決めが、ミツトのクラスで行われた。セリフが一言もない村人役に真っ先に立候補したときの、ミツトの「はいっ！」という発声が、担任をつとめた二年間でいちばん元気が良く、はきはきしていたと、教師は冗談半分で母につたえたらしい。

目立つことを極端に嫌っていたはずなのに、ライブではスポットライトと観衆の注目を一身に浴び、歌を歌う。ギターをかき鳴らす。

神様は、ミツトに何を与え、何を奪ったのだろうか？

柄にもないことを、海人は考えてしまった。警察官が、これまでの経過を淡々と告げていた。

夜十一時過ぎ、落下現場に駆けつけた警察官が、八階のマンションの部屋を特定したところ、玄関の鍵はきちんとかかっていた。管理会社を通して室内を検証したが、争ったあとや、第三者がいた形跡もなかった。そして、目につくところに、遺書らしきものは見当たらなかった。

なお、くわしい死因を特定するために、これから検死が行われるという。

二十八歳と半年の命だった。

感情の処理が追いつかない。飛び降りたと聞いて、自殺だと決めつけていたけれど、遺書がないとしたら違うのかもしれない。しかし、あやまって落ちたとしても、なんともやりきれないものがある。海人は警察署の外に出た。室内のこもった空気が息苦しく、新鮮な空気が吸いたかった。

すでに、空が白みはじめていた。フェイドアウトしていく音楽のように、月がしだいに存在感を消していく。

いまだに、実感がわいてこなかった。もしかしたら、今やらなければならない優先事項を目まぐるしく考えることに、意識のほとんどをもっていかれているからかもしれない。悲しみを適切に感じる前に、明るんできた外の光に、根こそぎ心の暗い部分を照射され、しっかりしろ、しっかりしろと、絶えず揺さぶられているような心地だった。

メンバーにどうつたえるべきか……。

海人はスマホをポケットから出して、大きくため息をついた。とてもじゃないけれど、すぐ電話をかける気にはなれない。

そのとき、手に持っていたスマホが光って震えた。那菜子《ななこ》からだった。海人が電話に出ようとした寸前に、横から声が響いた。

「あっ、いた！」

電話を切って駆けよってくる小さい人影が見えた瞬間、海人の全身から力が抜けた。那菜子は去年の誕生日、海人がプレゼントしたマフラーに、半分顔をうずめていた。

「あの……、本当に……」

マフラーの上からのぞいている小さい鼻は、寒さのためか赤かった。目はすでに涙があふれそうになっていた。

海人は那菜子からあわてて目をそらした。うなずくついでに、地面を凝視した。那菜子がおずおずと手を伸ばし、海人のダウンジャケットの裾をつかんでくる。うつむいている海人の視界に、手袋をしていないむき出しの手が赤黒く映った。

荒れている。日常的に和菓子をつくって、手を酷使している。その瞬間、こらえていたものが決壊した。

涙がこぼれた。目の前がぼやけて、何も見えなくなった。

「海人さん……、大丈夫ですか？」

「信じられないんだ、いまだに」

「わかります」

「きちんと、受けとめきれてない。何がなんだかわからない。こんなんで、いいのかな？」

「それがふつうです。後ろめたく思う必要なんか、これっぽっちもないから」

海人はダウンジャケットをつかんでいる那菜子の、ピーコートの袖口をにぎりしめた。互いの服をしばらくつかんでいた。手はにぎらない。にぎれない。そんな仲じゃない。それに、こんなときにひとの温もりを感じてしまったら、もっと泣いてしまうと思った。

「あんまり悲しみも感じない。俺って、おかしいかな？　薄情かな？」

「今、ちゃんと泣いてるじゃないですか。薄情なんかじゃないですよ、全然」

「不謹慎かもしれないけど、あの、アホが……、マジで……って思うと……」

那菜子がこくこくとうなずいた。マフラーに点々と涙が落ちた。

「今日は私が海人さんについてますので」

「俺は、いいよ。それよりも、父さんと母さんのほうが、いろいろこのあとの段取りもあると思うし」

那菜子が首を横に振った。

八歳も年下の那菜子に気づかわれている。情けないと思った。所詮《しょせん》は、老舗《しにせ》和菓子屋を継ぐことを拒《こば》んだ、ろくでもない長男なのだ。たまたま才能に恵まれた弟がいたから、メジャーデビューできたにすぎない。

「ありがとう」海人は涙をぬぐった。

警察から紹介された葬儀屋と、両親との話しあいで、ごく近しい家族と関係者だけで密葬を行うことになった。通夜、告別式ともに、斎場を利用する。いずれにせよ、どれだけ時間がかかるかわからないが、検死の結果を待たなければならない。海人はいったん、一人暮らしのアパートにタクシーで戻った。準備と心の整理が必要だった。那菜子もついてきてくれた。

「何か食べますか？　簡単なもの、作りましょうか？」部屋に上がった那菜子がたずねた。

海人は「いや、いい」と、言葉少なに答えた。あまりにも素っ気《そけ》なさすぎたかと反省して「ありがとう。気をつかわなくていいから」と、言いそえる。

疲れと眠気がどっと押しよせてきた。深夜に起きた部屋と、朝日にくまなく照らされた今の部屋が同じ空間だとは思えないほど、心に巨大な穴があいていた。

座卓の下に敷いているカーペットに寝転んだ。右手の甲を額にあて、目を閉じた。まぶたの裏の暗闇が右回りに絶えず回転していた。

「はじめて来た」思い出したように、那菜子が言った。「海人さんのうち」

海人は薄目を開けて、首を少し起こした。那菜子は立ったまま、なぜか困ったような表情で室内を見まわしていた。

「とくに、なんにもないでしょ?」

「ミツトさんは、来たことあるんですか、ここに」

「いや……」海人は後頭部をカーペットに戻し、しばらく考えた。「ないかもしれない。覚えてないってことは、ないんだと思う」

実家を出た当初は、兄弟二人で部屋を借りた。その四年後、二回目の更新の前、さすがにずっといっしょは気持ち悪いという結論に至り、住処《すみか》をべつにした。ミツトはその後、もう一回引っ越して、今の八階建てマンションの最上階に住みはじめたのだが、海人はいまだに狭い1DKのアパートから動く気はなかった。

マフラーとコートのままの那菜子を見て、海人は座卓の上のリモコンを取り、エアコンのスイッチを入れた。

「少し寝たほうがいいんじゃないですか？」

「どんな気持ちだった？」

那菜子の問いかけには答えずに、海人は質問を返した。あまりの疲労感で、脳みそがふやけていたのかもしれない。自分でも思ってもみないほど、不用意な言葉が口をついて出てきた。

「那菜子ちゃんが……、いや、その……、那菜子ちゃんのときって、どんなだったっていうか、どういう気持ちで……」

気まずさのあまり、言葉尻がどんどん曖昧になっていった。こわくて那菜子の顔を見られない。

「どんな気持ちって？」那菜子が怪訝《けげん》そうに聞き返す。怒っているわけではなく、ただただ質問の意図がわかっていない様子だった。

古いエアコンが騒々しい音で起動をはじめた。生暖かい空気が上から降ってくる。

「ごめん、忘れて」

那菜子は無言だった。こちらの謝罪をどう受けとったのかわからなかった。海人は思いきって起き上がった。気まずさをごまかすように、クローゼットへ歩みよった。観音開きの扉を開ける。奥のほうへと押しやられている、黒いスーツを見つけ出した。滅多に着る機会がないから、存在自体を忘れていた。カバーのチャックを開けて、状態を確認する。においを嗅ごうと顔を近づけたところで、那菜子の声が背後から聞こえた。

「今でも、ときどき信じられないですよ。五年たっても」

海人はスーツを持ったまま、振り返った。那菜子はカーペットに膝立《ひざだ》ちの姿勢で、ゆっくりとマフラーをはずしていた。

信じられない——結局、それにつきるのかもしれない。この空っぽの心の底にかろうじて溜まっていた、感情の残りかすをかき集めて、とことん煮詰めて、核みたいなものを抽出したのなら、たぶんその一言が最後の最後に残る。弟の遺体がいまだにあの穏やかな微笑をたたえたまま、医者にメスを入れられているということが、どうにも信じられないのだ。

「あれは何かの間違いで、夢からさめればあの日に戻って、まだ両親は生きてて、私は学校から帰ってきて、みんなで夕飯食べて……」

那菜子の言うとおり、自分が場違いな世界に迷いこんでしまったような、心もとない気持ちが、一分一秒ごとに増幅している。

手元のスーツに視線を落とした。そういえば、このスーツを買ったのは、那菜子の両親の葬儀に出席するためだった。いい年をして、きちんとした礼服を持っていなかったので、父にきつく言われ、兄弟そろってCMでおなじみの紳士服店に行ったのだ。

「風をとおしておきましょう」那菜子が立ち上がって、手を伸ばしながらこちらに近づいてきた。

二十三歳という年齢に似つかわしくない、那菜子の落ちついた雰囲気は、もともとの性格なのか。それとも、激しい悲しみによって、心が漂白されてしまったからなのか。子どものころの那菜子を知らないから、なんとも判断がつきかねる。

那菜子がベランダの窓を開けた。

「あれ……?」那菜子が、外を見て小首をかしげた。「干すとこ、ない」

アパートの二階の角部屋だった。ふだんは洗濯乾燥機で乾かしているので、物干し竿は出していない。兄弟で別れて住むとき、ミツトが竿を持っていってしまった。

那菜子が、ふたたびつぶやいた。

「干すとこが、ない」

那菜子は父のいとこの子どもだった。

那菜子の両親は、自動車運転中、交通事故で同時に亡くなった。那菜子が十七歳——高校三年生のときだった。

突然の不幸に、式は終始悲しみに包まれていた。一気に絶望のどん底に突き落とされた一人っ子の那菜子に喪主のつとめは酷な話で、段取りや挨拶はすべて彼女の伯父にあたる人物が行っていた。

火葬後の精進落《しょうじんお》としの席だった。那菜子は料理にはいっこうに箸《はし》をつけようとはしなかった。世界でいちばん大事なひとたちが死んで、体を焼かれ、そのあとにかたちばかりとはいえ、飯を食い、大人たちがアルコールを飲むことが理解できない——そんな表情で、虚《うつ》ろな視線をさまよわせていた。

「どれだけ、なぐさめてあげたところでねぇ……」海人のとなりに座っていた母が言葉を濁した。

那菜子は一人、ぽつんと隅の席に正座していた。ここ数日でどれだけ泣きはらしたのか、目は真っ赤だった。

「これから、あの子の件で、ちょっと話しあわなきゃならないんだ」父が言った。「お前ら、そのあいだ相手してあげてくれないか？」

両親としては、親戚間でいちばん年齢が近いから、うちとけやすいと思ったのかもしれない。しかし、このとき海人は二十六歳、ミツトは二十三歳。意気消沈した十七歳の女子と話があうわけがない。何よりミツトが会話の戦力になるはずもない。地獄のようなシチュエーションだと、海人は冷や汗をかいた。

それでも、やはり放っておくわけにはいかなかった。まだ十七歳の那菜子の今後の処遇、財産のことなど現実的な話しあいを、まだ気持ちの整理がついていない今の段階で本人に聞かせるのは不憫だと思えた。ミツトと目配せをして、席を立った。

「疲れてない？　大丈夫？」海人はあたりさわりのない労《ねぎら》いの言葉をかけながら、那菜子のとなりに座った。ミツトは向かいに腰を下ろした。

那菜子はぎゅっと唇を引き結んだまま、首を横に振った。目すらあわせてくれなかった。

「俺らのこと、覚えてる？　たしか、誰かの結婚式とか、法事で、二、三度……」

相手はかたくなに首を振りつづけた。

「何か食べたほうがいよ。体に毒だよ」

最後のほうは無視された。開始一分ほどで、用意していた言葉のレパートリーを放出しつくした。

海人は救いを求めて、無言のミツトに視線を向けた。ミツトは「俺……？」という、すっとぼけた表情を浮かべた。ジャケットの胸ポケットから取り出したフリスクの容器を耳元で振りつづけている。兄の苦闘をあざ笑っているようにすら見えて、小憎たらしい。

「今ね、大人たちが、君の今後のことを話しあってるらしい」しかたがないので、事実をありのままつたえてみる。「今は難しいかもしれないけど、那菜子ちゃんも将来のことに目を向けて、自分でどうしたいかきちんと主張したほうがいいと思うんだ」

「会いたい」那菜子がはじめて口を開いた。

「えっ……？」

「会いたい」

「会いたい？」

「どうしたいかって聞きましたよね？　お父さんと、お母さんに会いたい。今すぐ会いたい」

海人は那菜子の切実な訴えを聞きながら、左手の指にできたギターのタコをいじっていた。

大丈夫、きっとまた会えるよ。そんな安易なぐさめをしてもいいものなのだろうか？　タコに鋭く深く爪を立てた。痛みも、何も、感じなかった。まさか、あとを追いかける気じゃないだろうなと、最悪の可能性に思い至ったとき、向かいのミツトがぼそっと言った。

「会えないよ。会えるわけないじゃん」

唐突に投げこまれたミツトの言葉に、那菜子がゆっくりと顔を上げた。海人は、凍りついた場の空気におそれをなして、逆に伏せた目を上げられなかった。

「残念だけど、二度と会えないな。告別式なんだから、別れを告げる式に決まってるだろ。高校生なんだから、それくらい、わかるでしょうよ」

海人は座卓の下に足を伸ばして、あわててミツトの膝を蹴った。しかし、ミツトはどこ吹く風だった。黒いネクタイを緩めながら、もう片方の腕は立てた片膝の上にのせていた。

「いい加減、現実を直視しなって」

那菜子が、「すん」と、鼻を鳴らす。その横顔は、怒りのためか、悲しみのためか、ひどくゆがんでいた。泣きだす、と思った。

「君が死んでも、もちろん会えない。死後の世界なんて都合のいい場所もないし。もうずっと会えないな」

ミツトの暴走はとまらなかった。那菜子の目から大粒の涙がこぼれ落ちた。嗚咽《おえつ》が響いた。海人はもう一度、足を伸ばして愚弟を蹴ろうとした。勢い余って、座卓の裏に膝をぶつけてしまい、もう少しでビール瓶を倒しそうになった。

ミツトが鼻から大きく息を吐きだした。

「だからさ、思い出してあげるんだよ。生きてるひとが思い出すんだ。君がお父さんと、お母さんのことを思い出さなきゃいけない。毎日でも、毎時間でも」

そう言って、ミツトはぐっと身をのりだした。那菜子の着ている制服の胸ぐらをつかみそうな勢いだった。

「それが、生きてるひとのつとめなんだよ。君が毎日思い出してあげなきゃ、いったい誰が思い出すんだ？」

そうひと息で言って、ずっと手に持っていたフリスクを卓の上に放り出した。かわりにビール瓶をつかんだ。

「飲みますか？」茶色い瓶を那菜子にぐっと突き出す。「飲まなきゃやってられないですよね」瓶は長いあいだ放置され、ひどく汗をかいていた。水滴がぽたぽたと、料理の上に落ちた。急に慇懃無礼《いんぎんぶれい》な言葉づかいになったミツトは、気味の悪い笑顔を見せた。

「兄貴みたいな、心にもないこと言って、なぐさめてくるおじさんたち、ウザいっすよね」

那菜子が伏せられていたコップを、思いきった様子で表に返した。すかさず、ミツトがビールをつぐ。

那菜子は両手でコップをつかみ、ひと呼吸おいたのち、一気に飲み干した。

「いいねぇ」ミツトが長い前髪の奥の細い目をさらに細めた。「もう一杯」

海人は、あっという間に空になるコップを見送っていた。思わず背後を振り返った。幸いなことに、大人たちは鳩首《きゅうしゅ》協議中で、こちらには注意をはらっていなかった。

那菜子の頬はみるみるうちに赤くなっていった。しまいには、ミツトと那菜子が乾杯し、一気飲みをはじめた。のちのち那菜子がトイレに駆けこみ、未成年に飲ませた件が発覚したとき、大勢から責められたのはなぜか海人のほうだった。

「なんで、お前がちゃんとミツトをとめないんだ！」

ミツト本人は酔っ払って、畳に寝転がっていた。海人は派手にため息をついた。いつもいつもそうだ。長男であるというだけで、なぜ俺ばかりが怒られるんだ？

あのとき——と、那菜子は海人のスーツを持ったままつぶやいた。

「自分が悲しいのか、悲しいふりをしているのか、それとも悲しいふりをしているふりをしているのか……、もう果てしなく考えて、自分でもよくわからなくなってて」

開けっぱなしの窓から、冷たい風が吹きこんでくる。

「でも、ミットさんに一刀両断されて。もう、気持ちよく、スパッと」

まるで抱きしめるように、スーツを胸元に引きよせる。

「あれって、やっぱりミットさんなりの思いやりだったんですかね？」

「いや、微妙」海人は正直に答えた。「あいつ、ふだんしゃべらないくせに、言いたいことは我慢せず言うからね。ただただ、思ったことを言っただけかもしれない」

「でも、それで救われたのは、事実です。今でも、私は思い出すために生きてます。両親を。今日からは、ミットさんを」

海人は黙って那菜子の言葉を聞いていた。「生きているひとのつとめ」を説いたミット自身が、いなくなってしまった。わきあがってくるのは、やはり怒りだ。馬鹿野郎と思う。お前が死んでどうするんだと思う。

思い出すも何も、忘れられるわけがないじゃないか。警察署で見た、穏やかなミットの微笑は、おそらく一生忘れられない。そして、ステージの上——互いのギターソロのかけあいで目を見あわせ、笑みを交わした瞬間。照れくささを通りこして、全身全霊でハイになったあの瞬間は、何年たとうが、きっと何度でも思い出してしまうだろう。

「そろそろ、ヤツらに電話しなきゃな」海人はポケットからスマホを取り出した。「思い出してくれるひとは、多ければ多いほどいい」

「それなら、大丈夫です」那菜子は真面目な表情でうなずいた。「サイナスの音楽を聴くたびに、きっと数えきれないひとたちが思い出してくれます」

あれから、五年たった。四十九日の法要には、那菜子はもう吹っ切れていた。もともと家族と住んでいた賃貸を引き払い、親族の助けをかりて財産を整理し、一人でべつのアパートに移った。那菜子に残された遺産は、ほとんどなかったと聞いている。将来の夢がパティシエだった那菜子は、専門学校への進学をあきらめた。高校卒業後、和と洋の違いには目をつむり、海人の実家の和菓子屋で働きはじめた。食品にかかわる仕事に就きたかったのだという。

「そういえば、スーツ、着てみなくて平気ですか?」那菜子が言った。「海人さん、ちょっと太ったよね。ズボン、入るかな?」

那菜子は海人に対して、敬語でしゃべったり、そうでなかったりする。それが好ましく、愛おしく思えてくる。

「生きてりゃ、太る」海人は苦笑いで答えた。

通夜は斎場で行われた。ごく近しい親戚と、バンドメンバー、店の従業員——那菜子と、もう一人むかしから働いていて、海人とミットのことを「坊っちゃん」と呼ぶ、七十代の節子《せつこ》さんが集まり、ミツトに別れを告げた。

「運命って言ってもいいものか……」キーボードの慈夢がぼそっとつぶやいた。「俺たちが、ミツトのもとに集まったことが」

午前二時をまわっていた。誰からともなく棺の前に集まったのは、海人、慈夢、マネージャーの匠――男ばかり三人だった。

「運命ねぇ……」と、無意味に慈夢の言葉を反芻しながら、海人は新しい線香に火をつけた。ミツトの棺の小窓は、今は閉じられている。通夜の席で、メンバーはそれぞれに、無言のミツトの微笑と対面を果たしていた。

「ミツトが海人の弟として生まれた。そのあと、ツム、まき、匠君、俺と、RPGゲームのパーティーみたいに、メンバーが集まっていった。まるで吸いよせられるように」

沈黙が苦痛なのか、慈夢は芝居がかった口調でしゃべりつづける。海人は線香を立てて、パイプ椅子に座った。

「日本の音楽シーンを代表するようなバンドになってたら、俺たちが集まったのは必然であり、運命だったって胸を張って言えるかもしれないけどな、こんな中途半端なところで主人公の勇者が死んじまったら……」

慈夢が急に口をつぐんだ。ミツトに聞かれると思ったのかもしれない。

たしかに、海人も感じる。ミツトの視線を。ふだんからメンバーで集まっても、ミツトが発言する機会は極端に少なかったから、今も振り返るとそこに座って、自分たちの会話を聞いているような気がする。

「ただ翻弄《ほんろう》されただけか？」海人は言った。

「誰に？」匠が足を組みかえた。巨漢の体重を支えているパイプ椅子が、苦しそうにきしんだ。

「ミツトに？　それとも、神様に？」

「さあ？」自分で言っておきながら、海人は首をかしげた。

「まあ、いちばん翻弄されたのは、ツムだろうな」慈夢がかけていた眼鏡をはずし、目頭をもんだ。「相手が神であれ、ミツトであれ、悪魔であれ」

ベースの紬と、ドラムのまきは、休憩室で休んでいる。

心配なのは紬だった。両親を亡くしたかつての那菜子と同様、泣きつづけ、憔悴しきっていた。赤ん坊のように泣き疲れて、今は眠りに落ちたと、先ほどまきが報告してくれた。

海人をのぞけば、ミツトとの仲は誰よりも古く、また深かった。その関係はとても一言では言いあらわせない。慈夢が一度、「離婚することをあきらめた熟年夫婦のようだ」とたとえたことがあるが、たしかに結婚もしておらず、交際も明言していないのに、ぐずぐずで、ずぶずぶの腐れ縁が中学生からつづいていたようだ。

「去年の暮れの、ミツトと紬の大ゲンカは関係ないんだよね？」匠がつぶやいた。

「たぶん、ない」

「あれ、なんだったの？　海人もその場にいたんだよね？」

「ミツトが、ツムの大事にしてたＣＤを割った。わざとね」

「なんじゃそりゃ」慈夢は眉をひそめたまま、棺のほうをちらっとうかがった。「ひどすぎるだろ。仲間の大事な武器をこわしてまわる勇者がいるか？」

慈夢はゲームの比喩《ひゆ》にさっきからこだわっていた。何でもかんでもたとえたがる癖が慈夢にはある。と、思ったら、今度はべつの比喩が飛び出した。

「まあ、なんにせよ、船頭の突然いなくなった船の上で、俺たち五人、大海に放り出された。舵取りの方法もわからない。行き先を話しあわなきゃいけないわけだけど、とにかく今は時期尚早だな」

「ああ」匠がしきりに何度もうなずいた。ふたたび、ぎしぎしとパイプ椅子がきしんだ。

メンバー全員には、警察から告げられた発見時の状況と、検死の結果をつたえている。体内からはインフルエンザウィルスが検出されたようだが、直接の死因は転落死で間違いないそうだ。かなりの高熱になっていたことはじゅうぶん予想できるが、事故か自殺かは不明というのが、警察の見解だった。

「海人もツムも、ミツトがインフルにかかってたことは知らなかったんだよね」

慈夢の質問に、海人はうなずいた。

「とくに、ツムとはケンカ中だったからな。ミツトも知らせにくかったんじゃないかな」

そう考えると、二人の不仲も間接的には影響があったのかもしれない。紬がそばによりそっていれば、ミツトの死はふせげたかもしれないのだ。だからこそ、今の紬の心痛は察するにあまりある。

「俺と両親で、ざっと部屋を見てみたんだけど、やっぱり遺書はないし、一時期転落死で話題になったインフルエンザの薬もなかったよ。医者にもかかってなかったみたいだし」

不運な事故だとしても、自殺だとしても、ミツトの死はかわらない。あれこれ考える気力が、今は根こそぎ失われていた。

みな、おしなべて疲れていた。海人があくびをすると、匠にも伝染した。にじむ涙をふいて、海人は慈夢のピアニストらしい、ほっそりした、長い指を見つめた。先ほどとはうってかわって黙りこんだ慈夢は、じっと胸に手をあてていた。

平静をよそおっている慈夢と匠もまた、一人になった瞬間、それぞれの心の内側にあるはずの悲しみの輪郭を、おそるおそるその指でなぞってみるのだろう。そうして、現実と、自分の感情や罪悪感とのギャップに戸惑い、苦しむことになるのかもしれない。

その溝が徐々にうまり、メンバーたちが日常生活に戻りはじめるころ——それこそ喪が明けたときということになるのだろうけれど——勇者に死なれた俺たち脇役は結論を出さなければならない。海人はそう思った。


夢を見た。

それは、週に一度は必ず見るライブの夢だった。ステージの上で、ミツトが叫ぶ。

「次は新曲です。聴いてください！」

大歓声がわいた。一方の海人は内心、ひどくあわてていた。新曲の件など一言も聞いていない。セットリストにも入っていない。ほかのメンバーを見やると、イントロにそなえてどっしりと楽器をかまえている。どうやら、知らないのは自分だけらしい。

ミツトへの憎悪がわいてくる。俺にだけ黙っていたのだと思った。

まきがスティックでカウントをとる。とめる間もなく、いっせいに演奏がはじまる。俺だって、プロだ——海人は腹をくくった。耳で音をとり、必死でコードを追いかけた。

しかし、おそろしく複雑な曲だった。コードが一定の規則で繰り返さない。ズレつづけていく。わざとこんな曲にしているのだと思った。手に汗がにじんで、ギターのネックをうまくつかめない。目もくらむほどのライトが、ぐるぐると空中を舞っていた。

飛び起きた。真冬なのに、大汗をかいていた。練習していない曲を本番で弾かされる夢は、本当に心臓に悪い。ミツトに文句の一つでも言ってやらなきゃ気がすまないと思った瞬間、ハッとする。

ミツトはもういない。もう会えない。二度と。永遠に。

弟の死から二週間が経過していた。実家の部屋だった。いまだによく眠れない。明け方近くにうとうとして、嫌な夢で起こされるのを繰り返している。しかたなくベッドから出て、一階に下り、仏壇に手をあわせた。

白い布に包まれた骨壺が安置されている。すでに線香が一本、燃えつきようとしていた。和菓子屋である両親の朝は早い。とっくに家を出ている。ひとの気配がいっさいしない家のなかで、海人は静かに一人、首を横に振った。

ほんのちょっとだけ、涙が出た。

ミツトの死がサイナスの公式ホームページとツイッターで公表されると、「洞口光人」の名前が、トレンドワードランキングのトップにのぼりつめた。ファンを公言している各界の著名人からも追悼メッセージがよせられている。それにともなって、音楽配信サイトでは、のきなみダウンロード数が急増している。マネージャーの匠の話では、契約しているメジャーレーベルから、CDとライブDVDの増産の知らせが来ているらしい。

なんとも皮肉な話だった。海人は立ち上がり、顔を洗った。うっすらと目の下にクマができていた。しばらく立ち止まりたいと思っても、日常は猛烈なスピードで襲いかかってくる。さして食べたいとは思わない朝食を無理にとり、身支度をすませ、家を出た。実家の和菓子屋──洞口《ほらぐち》堂《どう》に出勤した。

「おそい」父親が海人を見て、吐き捨てるように言った。

店は一週間前に再開していた。ほかにやることもなく、ギターをさわる気にもなれず、実家に寝泊まりしていた海人は、家業を手伝いはじめた。立ち仕事でもして体を動かしていないと、よく眠れなくなってしまう。

「海人さん、さっそくですけど、包装お願いします」那菜子が両手を回転させるように動かすと、あんことイチゴが求肥にくるりと包まれる。トレーの上に、みるみるうちにイチゴ大福ができあがっていく。店の主力商品だ。

「あいよ」海人は前かけをしながら返事をした。トレーを重ねて持ち上げて、工場の隅に運びこむ。

子どものころからまともな手伝いをしてこなかったせいで、菓子を作らせてもらえなかった。この工場では那菜子のほうが大先輩だ。

自動で大福をパッケージする機械のスイッチを入れ、包装紙をセットした。

「坊ちゃん、紙の向きが逆です」巨大な寸胴《ずんどう》であんこを炊《た》いている節子さんが、めざとくミスを見つけ、しゃがれ声で注意してきた。

「マジですいません」海人はあわてて包装紙の向きを入れかえた。「ところで、そろそろ坊ちゃんって呼ぶのやめてくれます？」

すでに、何百回としているお願いに、節子さんは何も答えなかった。その顔はあんこからわきあがる甘い湯気に包まれている。ただただ機械的に大きなヘラをかきまわしているだけのように見えるが、あんこを切るタイミングや、回数など、熟練の経験が必要になる重要な作業なのだという。

大儀そうな音をたてて、機械が動きだした。みるみるうちに、イチゴ大福が内部に吸いこまれ、包装紙もべつの口から吸いこまれ、パッケージされた製品が吐きだされてくる。

おととし、地下鉄の東京メトロが発行しているフリーペーパー『メトロウォーカー』に洞口堂がとりあげられ、街歩きの際にふらっと立ちよるお客さんが急増した。

イチゴ大福の個別包装のパッケージには、「ＦＯＲＴＵＮＥ　ＳＴＲＡＷＢＥＲＲＹ」と、ポップな字体で印刷されている。かわいらしいイチゴのイラストも中央にすえられている。インスタなんかでは、ハッシュタグつきでこの大福の写真が載っているのをけっこう見かける。若い客層が一気に増えたのは、那菜子の提案と努力のたまものだった。

海人は大きくあくびをした。こうして、那菜子の力で店は更新をつづけていくけれど、基本的に作業が単調であるのはいなめない。毎日毎日、地味な作業をひたすら繰り返す。曾祖父の代から約百二十年、ひとがかわり、代がかわっても、やることはさしてかわらない。

たとえば、この和菓子作りがあと三十年つづくと想像してみる。平和すぎて、あくびがとまらない。ほとんど刺激のない淡々とした毎日に、俺は耐えられるだろうかと思った。

「こら」イチゴのヘタをひたすら切り落としていた母親が、すかさず叱責した。「あくび、しない」

「たるんでる」父親も怒鳴り声を上げた。怒りで呼吸が荒くなっているのか、父のつけているマスクがふくらんだり、引っこんだりした。

両親だって、ミツトの死にショックを受けていないはずがない。夜になれば、俺の見ていないところで、互いに励ましあい、なぐさめあっているのかもしれないと海人は思った。それでも、太陽がのぼっているあいだは、手を動かしつづける。死者を日々胸に抱き、思い出すためには、生きつづけなければならない。生きつづけるためには、仕事をしなければならない。

とたんに、自分が何者にもなりきれていない、ひどく中途半端な存在に思えてきた。

「すんません」

海人が情けない声であやまると、那菜子が、こらえきれない、というように噴きだした。空《から》になったトレーを引き取りながら、ことさら明るい口調で言った。

「なんか私たち、バンドみたいですよね」

海人がきょとんとしていると、那菜子がつけたした。

「それぞれの役割があって、みんなで一つのものを作っていくんだから。まさに、バンドでしょ」

那菜子の言葉は聞こえていたのだろうが、両親はとくに口をはさまなかった。黙々とそれぞれの持ち場を守っていた。

「まあ、たしかに」海人はつぶやいた。「バンドっぽいかも」

言われてみれば、仕事としてそう大差はないのかもしれない。プロのバンド活動といえども、派手で華やかな面はごくわずかだった。曲作りも、レコーディングも、ひたすら反復作業がつづくことが多い。あまり技術がないことを自覚していた海人は、面倒だとは思いながらも、ギターの練習を毎日淡々とこなしていた。意識しないでも手が、指が動くように、繰り返し単調な動きをさらいつづけた。

たしかな技術に支えられた両親や那菜子の手仕事を見ていると、やはりこれはこれでプロなのだと思う。ひとをよろこばせる仕事なのだと思う。子どものころから、ダサい、地味だと感じていた和菓子屋の見方が、ほんの少しだけかわりつつあった。

ライブやツアーも、考えてみれば果てしないルーティーンの繰り返しだった。新しい曲を披露しながら、それでも定番の人気曲は残っていく。店の商品のラインナップみたいだ。

「海人さんがギターだとして、ボーカルは節子さんで決まりですね」

「ムリムリ。スナックのママみたいなだみ声じゃ、歌なんか歌えないだろ」

「節子さんとカラオケ行ったことがあるんですけど、めちゃくちゃうまかったんですよ」

「節子さんって、何歌うの？」本人を目の前にして、なぜか節子さんの話題で盛り上がる。

「それが、すごいんですよ。クイーンとか」

「マジかよ」と顔をしかめたら、節子さんににらまれた。海人は「すいません」とあやまった。

俺の人生あやまってばかりだと思う。たいていはミツトのしでかしたことで、本人のかわりに謝罪するのがほとんどだった。それが癖になって、こびりついている。

「那菜子ちゃんは、何を歌うの？」

「私はサイナスばっかりです。あんまりほかの歌手知らないし、ミツトさんのキーって高いからちょうどいいくらい」那菜子は気恥ずかしそうに微笑んだ。「本人映像っていうんですかね、モニターにミュージックビデオとかライブ映像が流れてミツトさんと海人さんが映ると、すごいなぁっていつも思っちゃう。なんだか、不思議な気持ちになりますよね。身近なひとが、こんなに活躍してるなんて」

「すごくないよ。少なくとも俺は」

那菜子は首を横に振った。

「海人さんは、いつも自分のことをふつうの人間だって言い張るけど、私から見たらとてつもなく特別なひとに見えます」

「買いかぶりすぎだよ。もともと弟がいなかったら、俺はたぶん大学卒業してふつうに就職してただろうし」

「でも、バンドはやってたんじゃないですか？」

「どうかなぁ」

「そもそも二人がギターをはじめたのって、何がきっかけだったんですか？」

海人は記憶をたどっていった。もう、約十五年も前の話だ。

「那菜子ちゃんって、マネージャーの匠、覚えてる？　あの、体がでっかくて太ってるヤツ」

「うん。お葬式でも、何度か話しました」

高校一年生のとき、匠と同じクラスになった。最初の席が前後で、すぐに仲良くなったのだ。

「匠が音楽マニアでね、すすめられていろんな洋楽のCD聴くようになって。それまで、俺はJポップしか知らなかったから、すごい新鮮だったんだよね」

借りたCDを、いつしかミツトも聴くようになった。マンガや本にしか興味を示さなかったミツトが、はじめて熱心に――まさにとりつかれたようにロックや、パンクミュージックに傾倒しはじめた。

両親はそれがうれしかったらしい。はじめて活動的な趣味がミツトにできるかもしれないと期待したのか、父が物置からエレキギターを引っ張りだしてきた。母いわく、やはり父も音楽を志し、家業を継ぐ継がないで、両親ともめたのだという。

「それでね、兄弟で競うようにギターを練習して、貸しスタジオに入るようになって」

那菜子が笑ってうなずく。もしかしたら、こうしてミツトのことを思い出す時間やきっかけを与えてくれているのかもしれないと、海人は思った。

「度肝を抜かれたのは、ミツトの歌声だったなぁ。それまで、ぼそぼそしゃべる声しか聞いたことがなかったからね。めちゃくちゃ驚いた」

マイクを通して、ミツトの声が狭いスタジオに反響する。海人は呆然とした。ストラップを肩にかけていなかったら、ギターを床に落としていたかもしれない。

少し力をくわえたら、こわれてしまいそうなほど繊細で、透き通った響きだった。それなのに、決して心地がいいばかりじゃない。内側から揺さぶられ、かきむしられ、情動をかきたてられるような声だった。

「スタジオってさ、でっかい鏡が壁の一面に張ってあるんだけど……」

ミツトが歌い終わる。鏡越しに視線が交錯した。ミツトはいつになくおずおずと「どうかな？」と、問いかけるような目を向けてきた。

鏡の向こうのミツトに、高校一年生だった海人は一つ大きくうなずいた。ミツトはまだ中学一年生だった。興奮がさめやらなかった。

「だからね、ミツトを……」と言いかけたとき、父の怒号が飛んだ。

「二人とも、いい加減手を動かせ」

海人はともかく、那菜子に対してここまで厳しい口調になることはめずらしかった。父が思わず出してしまった大声をごまかすように、つぶやいた。

「間違いだった」

何が――そう聞き返す間もなく、父の力を失った言葉が工場に響いた。

「ミツトにギターをやったのは、間違いだった」

海人は何も反応を返すことができなかった。もしも、ミツトが音楽に出会わなかったら――。そんな想像をすることに、ほとんど意味はないかもしれない。おそかれ早かれ、ミツトはギターに触れ、歌を歌っていたように思う。

それでも、父の親心は痛いほどわかった。工場に沈黙がおりた。包装マシーンの単調なリズムがその沈黙を強調するように響いた。海人と那菜子はそれぞれの作業にそそくさと戻った。

まもなく、洞口堂は開店時間をむかえる。ミツトを失ったこと以外、何もかわらない朝がまたはじまった。


さらに数日が経過し、海人は実家からアパートに戻った。だが、洞口堂には顔を出しつづけていた。何かに追い立てられていないと、余計なことまで考えて、ますますマイナス思考の泥沼にはまりこんでしまいそうだった。

マネージャーの匠からは、所属するレーベル内で洞口光人追悼ライブの企画が立ち上がったという知らせがきた。多くのファンも熱望しているという。バンドの存続はさておき、ひとまずメンバーで集まる機会をつくる必要があった。

いちばんの懸念は、紬だった。まきからは「ツムはまだ全然」とスマホに短いメッセージが来ていた。まったく立ち直れていない、ということだろう。メンバー全員の集合は、四十九日の納骨のときになりそうだった。

海人と那菜子は一日の労働を終え、商店街の焼き鳥屋に入った。そろそろ気晴らしが必要だろうと、なぜか両親がやたらと勧めてきたのだ。

カウンターしかない狭い店内に、煙がもうもうと立ちこめていた。いちばん奥に空席を二つ見つけ、「すんません」とつぶやきながら、客の背中と店の壁のあいだを横歩きで移動した。那菜子と二人、横ならびで腰かける。

すると、となりから「おぉ！」と、威勢のいい声がかかった。

「那菜子ちゃん、めずらしいね！」

六十代の男は、那菜子から視線をすべらせて、海人の顔をまじまじと見つめた。

「あれ？　君はたしか……」

嫌な予感がした。午後八時にもかかわらず、相手の顔はもう真っ赤だ。目が虚ろで、完全にできあがっている。からまれる前に、海人はみずから名乗った。

「すぐそこの洞口堂の長男の……」

「そうだ！」男が手をたたいた。「あの兄弟の……」

そう言いかけたとたん、さらにとなりに座っている同年代の男が、あわてた様子で相手の肩を小突いた。

「あっ！」突かれた男が、口に手をあてた。「申し訳ない。このたびは……」

とってつけたようなお悔やみの言葉に、海人は頭を下げた。二人の男は、商店街でよく見かける顔だった。

「気にしないでください。もう三週間も前ですから」商店街からは連名で花輪と香典をもらっている。海人は丁重に礼を述べた。

父とは当然顔見知りなのだろうが、海人は相手の名前を知らなかった。一人はクリーニング屋だった。大手クリーニングチェーンの看板は出ているが、どこからどう見ても個人経営の古びた店だった。おそらく、フランチャイズ契約をしているのだろう。

もう一人は、やはり海人が子どものころからある喫茶店のマスターだ。禿《は》げていて、四角い顔のマスターにはまったく似合わない、「リトルマーメイド」という名前の純喫茶だった。

瓶ビールが運ばれてきて、四人で静かに杯をあわせた。店主の二人はそのあと、焼酎の入ったコップを少し持ち上げ、「ミツト君に……」と、つぶやいた。

「でも、二人が結婚してくれるから、将来は安泰だって洞口さんはいつも自慢してるよ」クリーニング屋が焼酎をすすってから、うれしそうに言った。

「二人って?」那菜子が聞いた。

「君たち二人に決まってんだろ」

危うくビールを噴きだすところだった。海人はメニューを眺めながら、聞こえていないふりをよそおった。「大将!」と、大声で呼び、注文をはじめる。

「あれ? 違うの?」リトルマーメイドが、明らかに揶揄《やゆ》するような口調でわざとらしく叫んだ。

「もしかして、両親が先走っちゃってる感じ? ねぇねぇ、そんな感じ?」

那菜子と二人、完全に相手の発言を無視した。

ようやく両親の魂胆がのみこめた。世間の親のように「結婚」「孫」と、あからさまにせっついてこないのは、那菜子とくっつくものだと、勝手に思いこんでいるかららしい。

たしかに、那菜子との仲を意識することはある。好きか、嫌いかと問われれば、好きだ。しかし、交際はおろか、こうして飲みに行く以外、どこかに出かけたことはない。親戚であり、店の大事な従業員でもあるという認識が、どうしても先に立ってしまう。

もちろん、想像はしてしまう。那菜子と結婚する。和菓子屋を正式に継ぐ。バンドは週末の趣味にする。年をとり、今度は自分の息子がバンドでプロを目指すと言いだし、殴りあいのケンカに発展する。後継者問題で頭を痛める。

そんな一連の妄想こそが、リアルに思い描くことのできる未来になりつつある。このままバンドをつづけていく選択肢が、ありふれた日常の向こうに霞んでしまいそうになる。

「どこも継ぐひとがいなくて、店を閉めはじめてますからねぇ」大将が串を焼きながら憂《うれ》い顔を浮かべた。「持ち店舗だったら、下手に店をつづけるよりも、貸しちゃったほうが実入りがいいですもん」

「だよねぇ」クリーニング屋とリトルマーメイドがそろってうなずいた。

焼き上がった串を受け取って、那菜子とわけあう。なんとなく無言のやりとりのうちに、串入れを相手のほうに押しやったり、ビールをそそぎあったり、おいしいねと微笑みを交わしたりする。

こんなささやかな幸せもありなのではないかと思いはじめている。単調でいい。大金もいらない。そこそこ満ち足りていたら、日常に倦《う》むこともないのではないかと、海人は店主たちの会話をぼんやりと聞きながら物思いにふけった。

ミツトの死で、場違いなパラレルワールドに迷いこんだような混乱がつづいていたはずなのに、もうこの平穏な世界を自分のものにしつつある。たった三週間だ。まだ三週間だ。人間は慣れてしまう。おそろしいと思う。でも、だからこそ生きていられるのだとも思う。

「俺さ、こう見えても若いころフォークソングやってたんだけど」そう言って、リトルマーメイドが、ギターをエアーで弾いた。「でも、サイナスだっけ？　君らの音楽はさっぱり理解できなかったなぁ」

「おい！」と、クリーニング屋が相手の禿げた頭をはたいた。「失礼だろ！　ミツト君が亡くなったばっかりなのに」

「でも、お前も言ってただろ。若い人間の音楽はわからんって。ついていけないって」

「たしかに言ったけどもさ、俺はもっと言う場所と相手を考えろって言ってんの！」

二人の酔っ払いの言い争いを、ディスられた本人である海人があわてて制止した。

「ってか、聴いてくれてたんですね。それだけで、うれしいですよ。ユーチューブで？」

「いや、洞口さんがCD配ってたんだよ。うちの息子らがメジャーデビューしたって、うれしそうに」

「マジっすか」思わず声が裏返ってしまった。まったく知らなかった。「本当に、うちの親父が？」

「マジマジ」と、二人はうなずいた。「孫が生まれたみたいなよろこびようだったよ」

ふだんは、バンド活動に対して否定的な態度しか見せない父親が、裏では祝福してくれていたなんて思いもよらなかった。

「那菜子ちゃんは知ってたの？」那菜子のコップにビールをそそぎながら聞いた。

「ごめんなさい。あいつらには黙ってろって言われてたから。けど、何十枚単位で買って、周りに配ってた」

「ふーん」どういう反応をしたらいいのかわからず、適当に相づちを打ってごまかした。

父親もバンドをやっていたらしい。若かりしころの父は、どんな思いで家業を継ぐ決心をしたのか――そして、同じくバンドでプロを目指すと言いだした息子たちに、どんな思いで「勝手にしろ」と吐き捨てたのか。

かなりアルコールが入らないと、そんな照れくさいことは聞きだせないだろうと思った。カウンターに頬杖《ほおづえ》をつきながら、海人は大将の手さばきをぼんやりと眺めていた。一方、店主たちの会話は、酔っ払いらしく、さっきから同じところをループしつづけていた。

「ミット君の音楽は、ちっと高尚《こうしょう》すぎてわからんな」

「あれって、ポップなの？　それともロックなの？　パンクなの？」

「わからん。まあ、とにかくミット君は、天才だったたってことだ」

本当にミットは天才だったのだろうか？　弟の才能をもっとも身近で信じつづけていたはずの海人は、今さらながら自問した。

真っ先に思い出すのは、メジャーファーストアルバムのレコーディングでの出来事だ。

端的に言って、行きづまっていた。ぴりぴりした空気が、ミツトを介してメンバー全員に伝播《でんぱ》した。休憩でミツトが仮眠をとっているあいだ、残りのメンバーは息抜きに楽器をシャッフルして演奏をはじめた。ベースの紬がミツトのギターを持ち、海人がベース、まきがキーボード、慈夢がドラム、マネージャーの匠が海人のギターを弾いた。

「お前、ドラム案外、うまいな！」

「配置転換もありかもな」

「ちょっと！　私の楽器奪わないでよ！」

ひさしぶりに軽口をたたきあい、メンバーたちに笑顔が戻った。全員の表情が凍りついたのは、レコーディングルームの重い防音の扉が開いた瞬間だった。

すだれのように長くたれた前髪の奥の、ミツトの瞳が怒りに揺れていた。

「ふざけんなよ！」ミツトの叫び声は、ビブラートがかかったように震えていた。「ひとがこんなに苦労してんのに！」

紬のもとに歩みよる。細い腕で、紬が肩にかけている自身のギターを奪い取った。

「俺のギターさわるな。テンションが狂う！」

まるで自分の子どものように、メインギター——六十六年製、フェンダー・ジャズマスターを抱え、しゃがみこんだ。それは、父親から譲り受けたギターだった。

「絶対、誰にもさわってほしくないって、言ったよね？　ツムって、ひとの話、全然聞いてないよね？」ミツトは涙目だった。上目づかいで、紬をにらみつける。

「ミッちゃん、ごめんね、ごめんね」紬は泣きながら、おずおずとミツトに手を伸ばそうとした。

ミツトはうっとうしそうに、その手をはらいのけた。見かねた慈夢が、仲裁に入った。

「あのなぁ、ここはお前の独裁国家じゃないんだぞ。たまに、ふざけたり、楽しんだりすることも許されないのか？」

バンドを独裁国家にたとえた慈夢の気持ちは、海人にはよくわかった。上からミツトにおさえつけられて、ミツトの頭のなかにある理想を体現するべく、おのおのが楽器を弾く。通常の生活では味わえない、一体感と全能感を、演奏中に感じることもある。しかし、それが無性に息苦しくなるときもある。ふとしたときに、自分の存在意義を疑うこともある。

「俺は……」ミツトはまるで首をしめられた直後のように、あえぎながら深い呼吸を繰り返した。

「俺は苦しい」

いちばん年上のバンドリーダーとして、自分が何かアクションを起こさなければならないことはわかっていた。それなのに、海人はメンバーと弟との板挟みにあって、ただただ黙りこんでいた。

紬が「ミッちゃん！」と号泣した。ミツトを抱きしめようとして、突き飛ばされた。とっさにまきが紬を受けとめた。

「俺は、こわい」

ミツトはもともと少ない言葉や感情を、すり減らすように生きているのだと思った。作曲や、ライブのパフォーマンスに、ほとんどすべてのエネルギーを注ぎこんでいる。だから、本来日常生活で使われるはずの言葉や、喜怒哀楽の感情が、音楽活動に根こそぎ吸い取られ、枯渇《こかつ》している。私生活は、ますます無口で、無感動になる。

想像するしかないが、それは大変につらいことなのだと海人はしっかりわかっている。弟の泉が涸《か》れ果てたら、サイナスは終わる。メンバーの生活も立ち行かなくなる。一日でもそれを先延ばしにするため、散々絞ったタオルから、さらに一滴、もう一滴と水分を落とすようにして、ミツトは感情や言葉を抽出していた。

「こんなに、苦しいのに。俺だけ、こんなに苦しんでるのに！」

煙にかすむ焼き鳥屋の店内で、少しずつ酔いを自覚しはじめた海人は、かつてのミツトの神経質にゆがんだ蒼白な顔を思い浮かべた。

天才的な曲を書いて当たり前という、周囲の期待と眼差しこそが、繊細なミツトをしだいに追いこんでいたのだろう。独裁国家の独裁者は、孤独にさいなまれていたのかもしれない。

「お二人の話を、ミツトに聞かせてあげたかったです」つい、ぽつりとつぶやいてしまった。ごく小さい声だったので、焼き鳥屋の換気扇の音にまぎれて消えた。

サイナスの音楽がわからないと話す二人の感性が鈍いとか、年をとっているから若者についていけないとか、そういう問題ではない。どれだけ頑張ったところで、最初から届く範囲は、ごくかぎられているのだ。自分たちの信念を貫いて、なおかつ売れるというのは、近年の音楽業界では奇跡に近い。

それなのに、ミツトをふくめてバンドメンバー全員が、まるで全世界を相手に戦争をしかけるような意気込みで音楽に取り組んでいた。誰もがあっと叫ぶような曲を作ってやる、日本のバンドシーンを根こそぎかえてやる——そんなミツトの熱意がバンドの強い推進力になっていた。

届かないところには、届かない——そんな心の余裕が必要だったように思う。俺たち周囲のメンバーが、もっとどっしりかまえてやるべきだった。べつに、最上の音楽が生み出せなかったからといって、命をとられるわけではないのだ。

「もっと、肩の力を抜けよ」ふたたび、ぼそっと言葉に出してしまった。

那菜子が海人のコップにビールをそそぎながら、怪訝そうな視線を向けてきた。

「いや、ミツトに言ってやりたかったなぁって思って。ちょっと急ぎすぎ。頑張りすぎだって」

「もう、頑張る必要はなくなって、ゆっくり休んでいると思います」カウンターの上にのせた海人の左手に、那菜子がそっと右手を重ねた。


両親から重大発表があったのは、一月の終わりだった。

「銀座のデパートから、出品のオファーがあった。和菓子フェアの物産展だ」父は両手を腰にあてて言った。「ゴールデンウィーク中の四日間」

「それって、商品だけ出すわけじゃなく？」

「きちんと売り場の一角を与えられて、売り子も出張する」

「なるほど、忙しくなるね」

バイトでも雇わないとやってられないんじゃないかと考えたところに、父が一転、ふくみ笑いを浮かべた。

「そこで、お前たち二人に、現場のすべてをまかせようと思うんだ」

「えぇ！」思わず那菜子と二人、目を見あわせた。

「えぇ、じゃないだろ、海人。いい加減、自覚を持て」

既成事実を積み上げられつつある気がした。那菜子との仲、そして店を正式に継ぐ気構えを、段階的に、そして計画的に両親から迫られているように思えてならない。

こうなると、店の看板に泥を塗るような失敗もできないし、朝寝坊も許されない。それからというもの、海人は誰よりも早く店に来て、朝の掃除からはじめた。いちばん下っ端の、丁稚《でっち》奉公のようなつもりで工場を掃き清めた。

すると、しだいに夜も眠れるようになり、腹も減るようになった。心なしか、顔の血色もよくなってきた気がする。

一方、那菜子は新商品の開発に余念がなかった。今度はミカン大福を作り、フェアに出品してみるのだという。その名も「ＦＯＲＴＵＮＥ　ＯＲＡＮＧＥ」だ。

「海人さん、ちょっと食べくらべてみてください」那菜子が持つ皿の上に、大福が二つのっていた。

閉店後、海人は後片づけをしていた。あんこを炊いた大鍋に、手をつっこんで洗っていた。

手も腕も泡だらけだった。海人は無言で口を大きく開けた。那菜子は、やれやれ、しかたがないな、という表情を浮かべて、大福を海人の口に近づけた。

かじる。まず、もっちりとした求肥の食感が先にくる。つづいて、あんこの甘みと、ミカンのみずみずしい酸っぱさが混ざりあい、とけあう。仕事で疲れた脳内に血がめぐるような感覚が走り、口中が幸せに包まれた。那菜子に手伝ってもらい、二個目も味見した。

「あとのほうがいいかな。みかんの酸味が、あんこにマッチしてる気がする。あとさ、あんこを、塩あんっぽくしたらどうかなって、ちょっと今思った」

問題はミカンの糖度と大きさだった。一つには、大福にちょうどおさまる小粒が望ましい。そして、適度な酸っぱさが求められる。甘すぎると、あんことケンカして、すぐに食傷してしまう。そのまま食べるのと違って、酸っぱいほうがあんことの相性が良く、折りあいがつく。

中腰の姿勢で洗剤を流しながら、海人はまじまじと那菜子を見上げた。

「それにしても、那菜子ちゃんも、最近ちょっと太ったでしょ？　試食しすぎ？」

「はーん」と、那菜子は低い声を出した。

「なんなの、その『はーん』っていうのは」

「はーん、そういうこと言いますか⁉　の略です」

「略になってないんだけど……」

思わず、二人同時に笑ってしまった。

海人は最近、笑った瞬間、「あ、俺、今、笑ってるな」と思ってしまう。醒めたもう一人の自分が、笑っていいのかよと責めたてる。

たしかに、頬の肉は上がっているはずなのに、心のどこかには違和感が残る。笑えば笑うほど、ミツトの影が遠ざかっていくような気がして焦る。焦りや違和感とともに、妙な安心感もおぼえるから質《たち》が悪い。ミツトの視線から逃れつつある安心感だ。

「海人さん?」急に真顔に戻った海人を心配するように、那菜子が名前を呼んだ。「どうしました?」

「いや、なんでもないよ」海人は手元の寸胴鍋をじっと見下ろした。巨大な鍋に、ぽっかりと大きな空洞がのぞいていた。

「空っぽなんだよ」——ミツトの穏やかなささやき声が耳によみがえった。

たしか、あれはメジャーファーストアルバム『SINUS!』完成後の打ち上げの席だった。レコーディング中はとてつもなく神経質になっていたのに、ミツトはすべてを出しきった安心感からか、終始機嫌がよかった。

居酒屋の座敷席だった。紬のかたわらに座っていたミツトが、ふらりと立ち上がり、こちらに向かってきた。そのまま、となりに腰を下ろしてくる。

「ほら」と、ただ一言、ミツトは言った。

海人は「ほら」のつづきを待った。運ばれてきたばかりのハイボールを、半分飲んでしまうまで待ちつづけた。しかし、ミツトはそれきり黙りこんでいた。

向かいの席で、酔っ払った慈夢が匠の腹をつかみ、揺さぶっていた。「やめろ、慈夢!」と、匠が笑って逃れようとする。海人はそのじゃれあいを眺めながら、ようやく弟に聞き返した。

「ほら？」

「そう、ほら」

海人は気がついた。「ほら」ではなく、「洞」だ。

二人の名字である「洞口」の「洞」。それは、バンド名「サイナス」の由来だった。「洞」を英語にすれば、「ＳＩＮＵＳ」になる。

「これまではね、俺、泉のようなものをイメージしていたんだ」

ミツトの話はいつもいきなりはじまる。何の脈絡《みゃくらく》もない。しかし、海人はすぐに問いただすことをせず、辛抱強く弟の話を聞いた。そのほうがスムーズだし、弟の機嫌も損ねない。

「でも、違ったんだ」

「どう違った？」

「空っぽだったんだ」

「空っぽ、ね」

泉、ではなく、空洞。海人は少ない情報から、想像を働かせた。ハイボールを一口飲んだ。強い炭酸が、口という名の「洞」のなかではじけた。

「どこまで頑張っても空っぽなんだ、みんな空っぽなんだって思ったら、少し楽になったよ。そもそも何もないんだ。だから、苦しくて当然なんだ。こわくて当然なんだ」

ミツトは必死に何かをつたえようとしている。血のつながった兄に。同じ「洞口」という名字を持った俺に。

「それは、曲作りの話？」

「そうであるとも、そうでないとも言える」禅問答のようなことを、ミットはつぶやいた。「俺たちの私生活全般のことでもある」

おそらく、ミットが抱く自身の内部のイメージなのだろうと、海人は相手の意思をくみとった。レコーディングのとき、海人もミットのアイデアの源泉を考えたことがある。散々絞りつくしたタオルの、最後の一滴を落とすような苦しさを、弟の創作活動に重ねて考えたこともある。

しかし、ミットは最初から空っぽだったと言う。たとえ一時的に涸れたとしても、時間がたてば再度わきあがってくる泉など、はなから存在しないのだと言う。それに気がついたということは、弟にとってとてつもない絶望であり、同時にこのうえない救いであったのかもしれない。

少なくとも、このときのミットの口調は、妙に自信に満ちあふれ、かつ、凪《な》いだ海のように穏やかだった。

「あのときは、悪かったよ」

ミットが静かに言った。五人でふざけてパートをシャッフルしたときのことだろう。ミットにギターを取り上げられた紬が落ちこんでしまい、レコーディングのモチベーションを回復させるのにかなりの時間を要した。

「悪いけど、かわりにみんなにあやまっておいてくれないかな？」

「わかった」

自分勝手な頼み事にも、不思議と腹は立たなかった。それが俺の役割ならば、進んで引き受けようと思った。

「でも、ツムには？」

「ツムにも」

言葉少なに、意思を通わせる。視線を転じると、慈夢とまきが、まるで餌付けをするように匠に唐揚げを食わせていた。

「太っちゃうから、勘弁して！」

「もう、太ってんだろ！　ほら、食いなさい、匠君！」

慈夢の言葉に兄弟そろって、ふっと、息をもらすように笑った。俺は恵まれていると思った。メンバーにも、環境にも、これ以上ないほど恵まれている。その瞬間、ミツトと目があった。まったく同じことをミツトも考えていると、なぜか確信した。

「じゃあ、俺がそそいでやるからよ」

かなり酔っ払っていたのかもしれない。あるいは、レコーディングを無事に終えた解放感がまさっていたのかもしれない。こんなにも気恥ずかしいことが平気で言える自分に海人は驚いた。

「お前の空っぽの洞のなかに、ビールだろうが、たっぷりのあんこだろうが、言葉だろうが、メロディーだろうが……」

さすがに、「愛情」という言葉は躊躇した。兄弟愛をそそぐなどと言ったら、ミツトが鬼の首をとったような顔で、「兄貴、気持ち悪いよ」と、皮肉を吐きだすことだろう。

「お前が、もうやめてくれ、たぷんたぷんで、あふれちゃうって泣きついてくるまで、とことんそそぎこんでやる」

おい！　兄弟で何をいちゃいちゃしてるんだ！　慈夢の叫び声がして、海人はあわてて口をつぐんだ。

「兄ちゃん」ミットがつぶやいた。猫を思わせる、つり上がった目がぐっと細くなった。「ありがとう」

こんなにもストレートに、ミットが礼の言葉を言うことは、きわめて稀《まれ》だった。海人はなかば呆気にとられて、「おぉ……」と、返事した。


寸胴鍋を洗い終えて、所定の位置に戻した。海人は空っぽの鍋のなかを無言で見下ろした。俺は兄弟の約束を果たせていたのかと、逐一思い出をたどって検証していくことは、恐怖以外の何ものでもなかった。

濡れた手を、丁寧にふいた。ミットはあのとき、たしかに言った。「みんな空っぽなんだ」と。本当にそうなのだとしたら、もう絶対に後悔はしたくないと思った。大切な身近なひとを、これ以上絶対に手放したくはない。

「あのさ、実は那菜子ちゃんに渡すものがあって」海人は前かけをはずし、カバンをまさぐった。リボンをかけ、ラッピングした封筒をいそいそと取り出した。

「これ、プレゼント」封筒を那菜子の眼前に差し出した。「今日、誕生日でしょ」

那菜子の顔が一気に輝き、華やいだ。一月三十日は、彼女の誕生日だった。去年は、マフラーを渡した。那菜子は去年の冬も、今年の冬も、毎日そのマフラーをしてくれている。

「開けてみていいですか？」

那菜子が丁寧にシールをはがしはじめた。目の前で答案を採点されている小学生のような、そわそわとした落ちつかない気持ちで、海人は那菜子の手元と表情を見くらべた。

「ディズニーのペアパスポート」

相手が何か言う前に、こちらから中身を告げてしまう。

「わぁ！」那菜子がチケットを胸に抱きしめた。「うれしいです！」

たしか、三ヵ月ほど前だった。ひさしぶりに兄弟で実家に帰り、両親と那菜子と食事をした。そのとき、テレビでたまたまディズニーランドの特集をしていた。最新パレードの舞台裏をリポートしていたのだ。

「私、ディズニーって行ったことがないんですよね」出前の寿司を頰張りながら、那菜子が言った。

「興味がないの？」海人は何気ないふうをよそおって、那菜子に聞いた。

「いや、めっちゃあります」那菜子は苦笑した。「家があんまり金銭的に余裕がなくって。それで、なかなか遊びとか旅行にも連れて行ってもらえなかったので……」

海人は心のメモに、このときの那菜子の言葉を留めておいた。那菜子が洞口堂で働きはじめてから、毎年プレゼントを渡していた。最初のうちは、両親を亡くした那菜子を励ますためだった。

それが慣習になっていったのだが、海人にとって那菜子が大事な存在になっていくにつれ、何を渡したらいいのか年々悩むようになっていった。

チケットを眺める那菜子の表情を見て、今年もよろこんでくれたと、海人は安堵した。

「いつも、お店のために頑張ってくれてるし、感謝の気持ちだよ」

「ペアってことは、いっしょに行ってくれるんですね？」

照れを隠しながら、うなずいた。

「海人さんみたいな、すごいひとといっしょに行けるなんて、思ってもみなくて。ディズニーランドなんか行ったら、周りのひとに気づかれて迷惑かけるんじゃ……」

「だから」思わず苦笑してしまった。「俺はそんな有名じゃないし、すごくもないんだっ……」

言いかけて、海人は体がかたまった。那菜子の目に涙が浮かんでいた。恥ずかしそうに、那菜子は顔を伏せた。

「今まで、まったく、私、いいことなかったし。幸せじゃなかったし」

那菜子が顔を上げた。赤い頬に、涙の筋が次々とつたっていく。

「あっ！　でも洞口堂で働けてることは、もちろんすごい幸せなんですけど、それでも、子どものころは、貧乏だっていじめられてたし、お父さんも、お母さんも、楽できないまま死んじゃって親孝行できなかったし……」

「……そっか」

「だから、信じられなくて。洞口堂で大事にされて、海人さんにもよくしてもらって」

那菜子は、泣きながら必死に笑おうとしていた。

「つらいこともたくさんあったけど、インディーズのころからサイナスを聴いてきて、頑張ろうってずっと思って。ミツトさんの歌声も、海人さんのギターも……、私の救いだったんです」

那菜子は小さい子どものように、手で涙をふいた。かさかさに荒れた手だった。海人は視線をそらし、宙を見上げた。ふがいない自分をありのまま嚙みしめていた。

今まで、俺はどこまで脳天気に生きてきたのだろうと自省した。自分の身のまわりには、たいした不幸は起きないと、高をくっていた。那菜子の両親の件ですら、どこか他人事のように思っていた自分がどこまでも愚かに思えた。

だからこそ、このひとを幸せにしたいと、切に思った。

ミツト、これから俺にはいったい何ができるだろう？


二月のなかばには、ミツトの暮らしていたマンションを引き払う予定だった。父の車に、店で使っている台車と、たたんだ状態の段ボールをつみこんだ。休日の午後、近くのコインパーキングに車を停め、海人は那菜子をともなって、マンションの片づけに入った。

ミツトの死の直後、一度だけ両親と部屋に足を踏み入れていた。そのときは、冷蔵庫の中身を捨ててブレーカーを落としたり、ゴミを出したりした。引き出しをひととおり探ってみたけれど、たしかにどこにも遺書らしきものは見当たらなかった。

海人はおそるおそる玄関の扉を開けた。まず、短い廊下が目に入る。

「よぉ、兄貴？　どうしたの？」

そんな表情を浮かべたミツトが、ひょっこり顔を出しそうな気がする。海人はスニーカーを脱ぎ、束にした段ボールを小脇に抱えて、ミツトのいない部屋に上がった。律儀に「お邪魔します」と、つぶやいて、那菜子が後ろからついてくる。

物は少ないのに、ミツトの気配や息吹を濃厚に感じる。心を平静に保った。海人はわざと大きく手をたたいた。

「さて……」リビングにかわいた手の音が反響した。「どこから手をつけようか」

間取りは1LDKだった。ホコリが午後の陽光を受けて、空中をただよっていた。海人は窓を開けて、空気を入れかえた。

ひとまず、ベッドの置いてある寝室のほうからとりかかることにする。クローゼットを開け放つ。見覚えのある服の数々がハンガーにかけられていた。感傷にひたっている暇はない。捨てるものと、持ち帰るものを分別しないといけない。時間はかぎられている。

「背格好はおんなじだし、海人さん、着られるものいっぱいあるんじゃないですか？」

「まあ、そうだけどな」海人は那菜子の提案に言葉を濁した。「いつもミツトが着てたのを俺が着たとして、メンバーが――とくに、ツムがどう思うかだよな」

「たしかに」那菜子も思案顔になった。「彼女さんは、服を見るたびにミツトさんを思い出しちゃうでしょうね」

匠は体型的に無理だとしても、慈夢にはいくつか気に入ったものを選んでもらってもいいかもしれない。と、考えかけて、いや、やっぱり服は重すぎるだろと思い直す。形見分けをするのだったら、機材だったり、ＣＤだったり、受け取るほうにとって負担にならないもののほうがいいかもしれない。

「とりあえず、着られそうな服は段ボールにつめて、古いのとか、下着と靴下は捨てよう」

段ボールを組み立てて、底をガムテープでとめる。その作業中、オートロックのインターホンが鳴った。匠に紹介してもらったリサイクルショップの店員だった。

部屋に上がってもらって、冷蔵庫や洗濯機、炊飯器などの家電、ソファーや机などの家具をまとめて査定してもらう。そのあいだに、海人と那菜子はクローゼットの整理をあらかた終えた。

家具や家電が次々運び出されると、部屋はほとんどすっからかんになった。まともな自炊をするヤツではなかったので、調理器具も食器も、ほとんどないにひとしい。あとに残されたのは、機材とパソコン、本棚から取り出した本、マンガ、ＣＤくらいだった。

「意外とあっけなかったな」がらんどうの部屋に、思ったよりも独り言が大きく反響した。

かわりに受け取ったのは、七千二百九十円だった。ほんのこれっぽっちで、ミットの積み上げてきた生活がほとんど持ち去られてしまったのかと思うと、少し悲しくなった。

海人は、クローゼットに最後に残ったミットのコートをたたもうと、ハンガーからはずした。それは、この冬にミットがよく着ていたアウターだった。ポケットに順番に手をつっこんで、レシートやポケットティッシュを取り出した。

「ん……」海人は手をとめた。内ポケットに妙な感触のものが入っていた。

とたんに胸騒ぎがした。手触りからして、どうも封筒のようだった。薄っぺらく、角があり、糊づけされて封がしてある。

手に汗がにじんだ。海人は、息を整えた。あらゆる可能性が、目まぐるしく脳裏をかけめぐった。最悪の想像はしないようにして、そろりと先端を出した。

ごく一般的な、定型の茶封筒だった。郵便番号を書き入れる七つの赤い枠が見えた。そこにボールペンで数字が記入されていた。一見して、見覚えのない番号だった。少なくとも、実家や自分宛でないことはたしかだ。

いつの間にか、那菜子がとなりに立って、封筒をのぞきこんでいた。そして、つぶやいた。

「わ……たし？」

「えっ？」

「これ、私の住んでるところの郵便番号ですよ」

「那菜子ちゃんの？」海人はあわてて封筒を引っ張りだした。

目を疑った。たしかに、ミツトの不器用な字で「内野《うちの》那菜子様」と書かれていた。互いに首をかしげたまま、目と目を見あわせた。切手を貼りつければすぐに送れる状態の封筒を前にして、海人はしばし考えこんだ。

那菜子に遺書を送るとしても、どうにも不自然なところが多かった。この封書が発見されるのを待つのなら、わざわざ郵便番号と住所を書きこむ必要はない。それに、なぜ那菜子一人に？

「那菜子ちゃんが、開けてよ」

「私、ですか？」

明らかに戸惑った表情で、小刻みに首を横に振る。

「だって、那菜子ちゃん宛なんだから。俺が開けるわけにはいかないでしょ」

どちらが開封するかで、しばらく押し問答をした。最終的には、那菜子の見ている前で海人が中身を取り出し、二人同時に検分するという結論に落ちついた。

「開けるよ」海人は、唾をのみこんだ。喉《のど》がからからにかわいていた。

なかに入っていた一枚の便箋《びんせん》を、そっと開いた。

《那菜子さんへ　お誕生日おめでとう。》

その文字が真っ先に目に飛びこんできた。海人は息をのんだ。那菜子が海人の腕にすがりついた。彼女の息づかいが、はっきりとつたわってきた。その温もりに励まされて、海人はつづきを読んだ。

《ささやかですが、プレゼントをお送りします。気に入っていただけたら、幸いです。》

目の前が涙でかすんだ。あわてて便箋を持っていないほうの手でこすった。

《ところで、僕は非常にやきもきしているのです。何にって？　あなたと、兄貴の仲です。さっさとくっついてしまえばいいのに、兄貴がぐずぐずしているものだから、僕としてもじれったいかぎりです。》

ん？　涙がとまった。

《弟として、あやまっておきます。ふがいない兄ですみません。ということで、同封したこのチ

ケットで、兄貴を誘ってやってください。そして、一気にゴールテープを切るのです！》

あわてて、封筒をひっくり返した。新幹線のチケットのような大きさの紙切れが、二枚フローリングの床にひらりと落ちた。

ディズニーのペアのパスポートだった。

「自殺じゃないです！」那菜子が叫んだ。「絶対違う！」

力が抜けた。ほとんどくずおれるようにして、海人はその場に膝をついた。チケットを拾い上げた。

「これを用意して、私の誕生日に送ろうとしてた。そんなひとが死のうとするわけない！」

海人は記憶をたどった。ディズニーに行ったことがないと那菜子が話したその日、ミツトはいつもどおり黙って寿司を食べていた。

まったく大げさじゃなく、最初から最後まで一言もしゃべらなかったかもしれない。両親が何か聞いても、うめき声のような返事しかしていなかった。

それでも、聞いていたのだ。しっかり那菜子の発言を心に留めて、この日のために準備をしていた。しかも、冗談半分ではあるにせよ、手紙では「ふがいない兄」のために謝罪の言葉まで書いている。

うれしさと、恥ずかしさと、くやしさと、やるせなさと、ごちゃごちゃになった感情が一気に押しよせて、涙があふれた。拳で膝をたたいた。

「あらためて、私のほうからも誘います」

那菜子がとなりにしゃがみこんだ。

「いっしょに行ってくれますか？」

海人は無言で何度も何度もうなずいた。

「海人さんにもらった分もあるから、ランドに行って、ホテルに泊まって、二日目にはディズニーシーにも行けますね」

「だね」泣きながら答えた。

しばらくして、気持ちが落ちつくと、海人と那菜子は玄関から靴をとり、ベランダに出た。おそろしくて立てなかった場所に、ようやく今、立つことができた。

「高いね」

「ですね」

「こわかったかな？」

「かもしれないです」

ここから月は見えていただろうか？　何を思い、夜景を見つめていたのだろうか？　海人はおそるおそる地上を見下ろした。

すると、見知った人影が視界に映った。目をこらした。まきと紬が歩道を歩いてくるのが見えた。

二人には昨日、片づけの件で声をかけていたのだ。ミツトの生前、紬はよくここに遊びにきていたようだ。引き払う前に、最後に部屋を見てみたいと、紬から返信があった。思い出の品物があれば、いくらでも引き取ってもらうつもりだった。

まきと紬が、ベランダの真下に来た。そして、こちらを見上げた。海人は大きく手を振った。

そのとたん、紬がその場にしゃがみこんだ。海人は手すりに身をのりだした。となりに立つ那菜子が、あわてた様子で海人の腕をつかんだ。

しばらく紬の背中をさすっていたまきが立ち上がり、大きく頭上でバツ印をつくるのが見えた。

那菜子がため息をついた。

「やっぱりつらいですよね。あそこでミツトさんが亡くなったって考えると……」

紬は感受性がひと一倍強い。ミツトの最期が頭をよぎったに違いなかった。海人はまきに電話をかけた。

部屋で休んでいくことを提案したのだが、まきは「まだ、無理だったみたい」と、答えた。

「ミツトは自殺じゃなかった。はっきりした証拠がさっき見つかったんだ。今度、きちんと話すけど、ツムにはそのことだけでも、つたえておいて」

まきが「わかった」と低い声で告げ、電話を切った。紬の腕をとり、立たせる。二人の小さい影が、駅に向かってゆっくりと遠ざかっていった。紬のことは、当分まきにまかせるしかなさそうだった。海人と那菜子は室内に戻った。

最後にパソコンを確認した。憂いや心配がすっかり払拭されたわけではなかったが、少しだけ気持ちに余裕が生まれていた。四桁の数字を、ミツトの誕生日を入力しクリアする。

メンバーの集合写真が、デスクトップの背景だった。『セカンドアルバムアイデア』と名づけられたフォルダが真っ先に目についた。開いてみると、歌詞のメモや音源のファイルが大量に保存されていた。
マウスをにぎる手が自然と〈空洞電車〉というタイトルのファイルに吸いよせられた。
それは、新曲のデモだった。クリックして、再生してみる。ミツトにはめずらしく、ストレートなエイトビートのロック調だった。疾走するような、速いテンポのイントロから、ミツトの甘やかなボーカルが入る。

《空っぽの電車　ひた走る
　一人　また　一人
　辻々の駅で　乗りこんで》

海人は自然と足でリズムを取っていた。Aメロがリピートする。

《終着駅が　見えなくて
　いつか　また　いつか
　辻々の駅で　降りていく》

つづいて、Bメロでひらりと花びらが舞い散るような、はかなげな調子に変わった。

《秒速で過ぎていく
電信柱　ひと　夢　信号
もう一度　会える
だから速度は　落とさずに》

そこで、ぶつりと音楽が途切れた。サビはまだ作られていないようだった。

「死んだら会えないって言ってたのに、あのとき」海人は思わずつぶやいてしまった。「なんだよ、会えるのかよ」

那菜子が大きく笑った。

「また会えるって信じてみるのは、生きてるひとの自由ですから」

＊

ついに洞口光人追悼ライブがはじまった。

入場のSEが終わると、海人を先頭にして、サイナスのメンバーはステージに出た。歓声がわきおこった。

ミツトの部屋を引き払ってから二ヵ月が経過していた。もう、四月も半ばだ。だいぶ暖かくなった。

海人はギターをかつぎながら、上手側《かみて》に立てられたマイクの前に立った。たくさんのファンたちの顔が見えた。見知った常連の姿も多くあった。最前列に立つ観客のなかには、すでに涙ぐんでいる女の子もいる。サイナスのグッズのタオルで、目元をぬぐっている。

海人はちらっと右側を見た。ステージの中央にもマイクが立てられている。そのかたわらには、ミツトのメインギター、ジャズマスターがギタースタンドにおさまっている。

今日、そのマイクが使われることはない。ギターが弾かれることはない。そこには誰も立たない。それでも、センターは不在となった主役のためにあけてある。

音が薄くなるが、この場にサポートを入れるつもりはなかった。メンバーたちも了承してくれた。ギターとキーボードにアレンジをくわえ、演奏に厚みをもたせる。

海人はマイクに向かって、大きく第一声を発した。

「今日は……、今日だけは、笑って送りだそうと思う」

ファンの多くが、頭上で手をたたいた。甲高《かんだか》い口笛が鳴り渡った。

「だから、みなさんも楽しんでいってください。最高の夜にしましょう！　最初の曲はミツトが残したデモから作った新曲です！」

まきが、両手に持ったスティックを顔の前にかまえながら、紬を見る。紬がうなずく。次に慈夢へ視線をすべらせる。

まきが、最後に海人を見た。準備はオーケー。うなずき返した。

まきがスティックを打ちあわせ、フォーカウントをとった。海人は力のかぎり、最初の一音を鳴らした。スピーカーが最大の音圧を出力する。
歌詞もコード進行もしっかり頭に入っている。これは、もうサイナスの曲だ。

《空っぽの電車　ひた走る》

海人は歌いだした。

《もう一度　会える
だから速度は　落とさずに》

海人が〈空洞電車〉のつづきを作った。サビの歌詞とメロディーを書いた。このライブが終わったら、メンバーに言おうと心に決めている。絶対にサイナスは終わらせない。そして、洞口堂も終わらせない。

《行き先のない　姿の見えない
空洞電車
汽笛の音

ふわり　舞い上がれ》

ひとがみな空っぽなら、ミットはむき出しの、精巧な、ガラス細工の器だった。一方の俺は、あんこを炊くための寸胴鍋のような器だ。でかいだけで、鈍くて、図太くて、ガラスの器の繊細さをつねに気にかけてやることができなかった。俺が守るべきだったと、海人は思った。やはり後悔はぬぐいきれない。

サビを歌いながら、上を見た。バルコニーのように張り出した二階の関係者席に、両親と那菜子の姿が見えた。母はミットの遺影を抱いている。父はただじっとこちらに視線をそそいでいる。那菜子は……。

あえて、見ないようにした。見たら、泣いてしまう、絶対。笑って送りだすと言った本人が、一曲目で約束を反故《ほご》にするわけにはいかなかった。

大丈夫、きっと笑っているはずだ。少し先になってしまうが、ゴールデンウィークの和菓子フェアが終わったら、ディズニーに行く。一泊して、ランドもシーも満喫してやる。

まず身近なところからはじめようと思った。初心にたちかえろうと思った。たとえ空洞の電車だったとしても、よりそって走ることはできるのだ。両親、那菜子、メンバーたちと、この世で生きているかぎりは、となりを並走していこうと、海人はギターソロを弾きながら決意していた。

2 加藤紬《かとうつむぎ》（ベース）

紬は手のひらの上の、小さな物体にじっと視線を落とした。

海人から受け取ったミツトの私物は、ピック一枚だけだった。それは、弦を弾くためのプラスチック製の道具だ。楽器店に行けば百円ほどで買える。

ふだんギターを弾くとき、ミツトは、涙形の、薄くて、ぺらぺらのピックを使っていた。けれど、紬がもらったのは、三角形で、分厚くて、硬いものだ。おそらく、ミツトが曲作りでベースを弾くときに使っていたピックだろう。

「本当にそれだけでいいの？」遠慮がちに海人がたずねてきた。「ベースとか、ほかの機材とか、遠慮せずに持っていっていいんだよ」

「物なんか、どうでもいいよ」紬は首を振った。「たとえばね、私がベースをもらったとして、もし私が死んじゃったら、そのベースはいったい次に、誰の手に渡るの？」

海人が絶句した。追悼ライブの一週間前、ミツトの実家を訪れた紬は、子どものころからミツトが座っていたという椅子に腰をかけていた。

「いや、すぐにってわけじゃないよ。たとえば三十年後とか、五十年後とかまで、ずっと形見として持ってるわけじゃん、そのベースを、大事にさ。ミツトの分身みたいに」

「うん」

「で、たとえば……」さっきから〝たとえば〟が多いような気がするけれど、気にしない。「私が将来結婚したとしてね、残された旦那さんは、いったいそのベースをどうするんだろう？　かつて妻が仲良くしてた男の形見だって知らない夫は、ずっと大事に持ってるのかな。それでさ、その夫も死んじゃって、そのあとは……」

べつに海人を困らせたいわけではなかった。ミツトのよろこびそうな回答を、ミツトが死んだ今も、ただただ心のどこかで求めているだけだった。

ピック一枚だなんて、さすがツムだねぇ。とがってるねぇ。物なんて、どうでもいいよね。無口で、無感動だったミツトが、ごくたまに見せる笑顔が見たくて、紬はバンドをつづけてきたのだ。

「私はピックでいいや。これが、すりきれて、なくなるまで、私はベースを弾きつづけるよ。それが私なりの、供養」

ほとんど冗談で言ったつもりなのに、海人は気味が悪そうな表情で、しきりにうなずいた。ピックがすりきれてなくなるまで使った人間など見たことも聞いたこともない。消しゴムですら、きちんと使いきったことがないのに。

ピックに穴を開け、鎖をとおして首にかけるなんていうダサいことはしたくなかった。ミツトがよろこばないだろうからだ。あくまで、ベースを弾くためだけに使う。失くしたらそれまでだ。

紬は楽屋の鏡を見つめた。ピックをにぎったまま、軽く前髪を整えた。

今日の追悼ライブが、このピックのデビューの日になる。さらに強くにぎりしめると、ピックの角が、手のひらに食いこんだ。鈍い痛みと、むず痒《がゆ》いような快感を存分に味わった。ミットのことを考えつづけていたら、不意に懐かしい音が耳に飛びこんできた。

カシャカシャと、実に軽快な音だった。とっさに顔を上げ、周囲を見まわした。

すると、となりに座っていたまきが、何も言わず、のっそりと立ち上がった。海人の前に立つ。

「ちょっと、それ、やめてくれない？」

フリスクの容器を手に持ち、振っていたのは、ミットではなかった。気づいた瞬間、紬は大きく落胆した。左手をゆっくり開くと、ピックの角が当たった皮膚に、深くえぐれたようなあとが残っていた。

自分の手なのに、よくよく見ると、実に不格好だった。小さいクリームパンみたいだ。そのくせ、ベースを日常的に弾いているせいで、ごつごつと硬く、節くれだっている。

まきが、海人の前を離れ、ふたたび紬のとなりに座った。フリスクを振っていたのは、海人だ。私のことを気づかって海人に文句をつけたのは、まきだ。

それは、わかっている。にもかかわらず、いったいこの人たちは誰なのだろう。ここはどこなのだろう。なんで、私はベースなどという訳のわからない楽器を弾き、ましてや職業にまでしてしまったのだろうと、際限のない違和感が襲ってきた。ミットが生きていたときには決して感じなかった、自分だけが浮いているような感覚だった。

紬はピックをもてあそびながら、その違和感の源泉をたどろうとした。

兄弟姉妹の多い大家族の長女だったせいで、いつも家の手伝いをさせられていた。なかなか自分の自由な時間がもてなかった。それでも、中学生になったら部活がしたいと思った。あこがれだった吹奏楽部に入部したかった。

ところが、両親に猛反対された。練習がハードで長いからだ。説得に時間がかかり、ようやく放課後の音楽室を訪れたころには、新入部員の楽器はあらかた決まってしまっていた。本当はトロンボーンがやりたかったのだが、先生からなかば強制的に押しつけられたのは、人数の足りないコントラバスだった。

意味がわからなかった。吹奏楽部なのに、金管でも木管でも打楽器でもなく、なぜか弦楽器を弾かされる。

もしも——。

こんな仮定に意味はないかもしれないけれど、もしもそこで違う楽器を選んでいたら、私はこんなところにはいなかったはずだ。洞口光人追悼ライブの楽屋で、こうしてぽつねんと座りこみ、場違いな感覚を味わうこともなかったのだ。

海人が何事かしゃべっていたけれど、ほとんど耳には入ってこなかった。マネージャーの匠に呼ばれ、紬も自動的に立ち上がった。

「とにかく、楽しもうよ。最後かもしれないんだし」海人にかけた言葉は、自分でも思ってもみないほど、空疎に響いた。

楽しむ？　最後？　それが、本当にミツトの望むことなのだろうか？

今までの人生のほとんどを、ミツトを中心に、ミツトの希望にかなうように行動してきたつもりだった。

ミツトのいなくなったサイナスの存続を、ミツト自身が望むのか否か――。

この三ヵ月間、ずっと考えつづけてきた。ミツトなら「つづけてくれ」と言うような気もするし、「俺のいないサイナスはサイナスじゃない」と、つっぱねそうな気もする。

「大事なのは、ツムの意思なんだよ」ここ三ヵ月のあいだ、ずっとそばによりそってくれたまきに、散々言われてきた言葉だった。「ツムがどうしたいかなんだよ」

理性ではわかる。でも、みずからの意思とミツトの意思が、ミツトと出会ってからの約十五年でずぶずぶに溶けあって、はっきりと分離することはかなわないのだった。

ライブハウスのスタッフに案内されて、通路を歩いた。キーボードの慈夢が吹く口笛が狭い廊下に響いた。ちらっと後ろを振り返ると、海人が両手に息を吐きかけているのが見えた。まるで真冬に、かじかんだ手を温めるようなしぐさだった。

バンド結成当時の真冬の河川敷を思い出した。土手に腰をかけ、川面を眺めていた。世界が今まさに生まれ出た瞬間のような、あるいは世界が終わる数秒前のような、圧倒的な夕陽を目の前にして、私はいったい何を考えていたのだろうと、紬は記憶をたどっていった。

私たちバックのメンバーが川だ。そして、ミツトが夕陽だ――紬はあのときそう感じた。夕陽がしっかりと照り映えるように、私たちがよどみのない、きれいな川の流れをつくっていかなければならない。川が汚くなれば、夕陽も映えることはない。

紬は若かった自分を懐かしく、愛おしく思い出した。たしかに、二十歳の私は澄んで、きれいだった。

今の私は汚い。

汚い川に絶望して、夕陽は沈んでしまったのかもしれない。三ヵ月たった今も、その疑いを払拭できていない。

舞台袖にスタンバイを終えると、ステージの中央が垣間見えた。ミットのジャズマスターがギタースタンドに立てかけられている。主を失って、所在なさげに、申し訳なさそうに、観衆の目にさらされている。それなのに、強烈なライトをぎらぎらとボディーに反射させ、輝いている。

まるで、ミットそのもののようだった。一見すると頼りなく、自信がなさそうなのに、一方では堂々と輝いて、ふてぶてしい。

ミットの意思と切り離された、純粋な私の意思はどこかにあるのか？　その答えを出すために、私はここに——追悼ライブのステージに立とうとしている。

紬はもう一度、ミットの使っていたピックをきつくにぎりしめた。

＊

神経を疑った。ミットが亡くなった現場で、頭上から笑顔で手を振ってくる海人の振る舞いを目にして、一気に頭に血がのぼった。

　ベランダの真下だった。今日はミツトの部屋の片づけと、形見の引き取りに呼ばれていたのだが、エントランスに到達することすらかなわなかった。

　紬はこらえきれず、地面にしゃがみこんだ。氷のように冷たいアスファルトに手をついた。まさにこの場所に、ミツトはたたきつけられたのかもしれない。ミツトの血が染みこんでいるのかもしれない。紬は吐き気とめまいを懸命にこらえていた。

「ツム！　大丈夫？」

　すぐとなりにいるはずのまきの声が、遠くから聞こえる。がんがんと頭が痛み、目に涙がにじんだ。

　痛かっただろうか？　苦しんだだろうか？　最後の瞬間、何を考えただろうか？　ほんの少しでも、私のことを考えてくれただろうか？

　とめどない後悔が背後からおおいかぶさってくる。去年の暮れから、ミツトとほとんど口もかないほどのケンカがつづいていた。もし、それがなかったとしたら、おそらくインフルエンザだったミツトは熱が出たと知らせてくれたはずだ。泊まりこみで看病に行っていれば転落はふせげたのだ。

「あのね、海人が部屋に上がって、休んでいくかって」まきがスマホを片手に聞いてきた。

「ごめん」ミツトの存在をたしかに感じるのに、ミツトはどこにも存在しない。そんな拷問のような空間には耐えられそうになかった。「無理かも」

まきは海人との通話に戻った。紬はミツトが横たわっていたかもしれない場所の痕跡を探した。ひき逃げ現場の鑑識係のように、這いつくばって、何かの破片や髪の毛一本でも見つけだそうとした。

さすがに、一ヵ月が過ぎているだけあって、シミひとつ見つからなかった。二月の乾燥した北風が吹き抜けて、目の前を枯れ葉が舞い飛んだ。すべてが悪い冗談か、幻のように感じられた。葬儀で見た、ミツトのうっすらと微笑んでいるような穏やかな顔も、クオリティーの低いドッキリとしか思えなかった。

それなのに、体が、涙腺が、勝手に暴走して、通夜のときは棺にすがりつき、腹の底からちぎれるような叫び声をあげた。まきや慈夢が引きはがさなければならないほど、取り乱していたらしい。そのときのことを紬はあまり覚えていない。死後一週間くらいは、時間の経過があやふやで、自分のほうが生きているのか、死んでいるのかもわからない状態だった。

スマホをカバンにしまいこんだまきが、ふたたび紬のかたわらにしゃがんだ。

「私もよくはわからないんだけど、海人の伝言、つたえるね」

アスファルトの、灰色の細かい粒々を凝視しつづけた。

「ミツトは、自殺じゃなかったって。その証拠がさっき見つかったんだって。だから……」

「だから、何？　自殺でも、そうじゃなかったとしても、何かがかわるの？　ミッちゃんが生き返る？」

「いや、それはさ、私たちの気持ちの持ちようが……」

「私たちの気持ちなんて、どうでもいいよ。ミッちゃんがいないことがすべて。私がそばにいてあげられなかったことがすべて」

まきが大きくため息をついた。さすがに、申し訳なくなった。まきにはまだ小さい子どもがいるのに、ここ最近はほとんどつきっきりで世話をしてくれていた。

ベースとドラムとして――同性のリズム隊として、長年苦楽をともにしてきた。サイナスはこの二人がいなければ成り立たないとまで、音楽評論家やライターに言われたこともある。出会いは高校だ。紬が進学後もつづけた吹奏楽部で、まきは打楽器パートだった。

「ごめん」紬は土下座の姿勢のままつぶやいた。

「いや、いいよ」怒っているのかいないのか、まきは素っ気なく言って、紬と同じように地面に手をついた。「冷たいね」

「うん、冷たい。かわいそう」

「うん、かわいそうだ」

まきは、ミツトとは違った意味で、あまり感情を表に出さない。喜怒哀楽を表現するのが苦手なのか、それとも圧《お》し殺《ころ》すことが癖になっているのか、大きくよろこんだり、涙を流して悲しんだり、激昂して怒鳴ったりする姿をほとんど見たことがない。

バンドメンバーで、サッカーのワールドカップやオリンピックをテレビで観る機会がむかしはよくあった。日本がゴールを決めると、ミツトでさえ男連中にまざってよろこんでいた。しかし、まきは笑みを噛み殺し、腕組みしたまま、うんうんと、しきりにうなずくだけだった。本当はスポーツが好きで、うれしくてしかたがないはずなのに——みんなといっしょに万歳してハイタッチしたいはずなのに、必ず冷静なふりをよそおうのだ。

「立てそう？」まきが片腕をとった。「あんた、すごい軽くなった。瘦せすぎだよ」

「うるさいわい」

「あのねぇ、うるさいわい、じゃなくて。すごく心配してるんですけど」

「そろそろ、まきも自分の心配しなよ。旦那とのごたごたをどうにかしなよ」

「それこそ、うるさいわい！」

二人にしか通じない、二人だけのノリだった。とくに笑うわけでもなく、暗鬱《あんうつ》な心のまま冗談のような会話を交わす。

まきは、大人の女性という感じがする。まきを前にすると、自分がひどく幼く思えてくる。少なくとも、ミツトの死後一ヵ月間の危険な状態を脱しつつあるのは、すべてまきのおかげだった。後ろ髪をひかれる思いで、紬はマンションをあとにした。もう、二度とここには来ないかもしれない。

じゃあね、ミッちゃん——紬は心のなかで大きく手を振った。

この場所に、花やお供えものを手向けるのはやめようと思った。そんなことをしたら、ミツトがずっとこの冷たいアスファルトに縛りつけられてしまいそうな気がした。ミツトには、安らかにお墓で眠ってほしい。そう感じられるまでに、紬の気持ちは回復しつつあった。

「そういえばさ」まきが腕をからませたまま、遠慮がちにたずねてきた。「平子《ひらこ》慎司《しんじ》の件、考えてくれた？」

「ああ……、うん、けど……」

「べつに断ってくれてもいいんだからね。一度、会って話を聞くだけでも」

「わかった。けどね、ちょっと今、実家でヘビーな問題があったらしくて……」

「何があったの？」

「いや、わからないんだ。お母さんに呼ばれただけで。とにかく、早く来てって言われて」

「どの家も大変だね」

ちっとも大変だとは思ってなさそうな、冷淡な口調だったけれど、それはクールなまきの平常運転だ。まきはきちんと「大変だ」と思ってくれているのだ。私には、それがわかる。ライブ中にアイコンタクトを交わしただけで、相手が何を考えているのか二人のあいだなら察知できる。けれど、唯一、読めないことがある。まきがサイナスをつづけたいと思っているのか、脱退したいと思っているのか、だ。


ひさしぶりに訪れた実家は、荒れ果てていた。十歳の妹と七歳の弟が遊んでいるレゴブロックが、忍者のまいたマキビシのように床中に散乱している。洗濯物がたたまれないまま、山になって放置されていた。

「あんたたち、片づけなさい！　ツムちゃん来てるんだよ！」きんきんと耳にさわる母親の怒鳴り声が、多少苦々しくも、懐かしく感じられた。電車で三十分ほどの場所にあるのに、実家に帰るのは数年ぶりだった。正月も顔を出さない。

妹と弟がじゃれついてきたので、買ってきたケーキを見せると、大きな歓声があがった。大家族ともなると、ピースではなく、ホールで買ってしまったほうが手っ取り早いし、安上がりだった。

七年前まで、母親の実家で、祖父母ふくめ、十人で暮らしていた。どれだけ家事を手伝っても、料理や食器洗い、洗濯物が無限ループで日常を侵食してきた。掃除機をかけたばかりですっきりしたと思ったら、もうその夜にはあちこちに髪の毛やホコリが落ちている。あのころは、早く家を出たいとしか考えていなかった。

今は、祖父が亡くなり、自分と、すぐ下の妹と弟が一人ずつ家を出て――しかし新たにいちばん下の弟がくわわり、七人がこの古い一軒家に暮らしている。

「大変なのよぉ、ツムぅ」ケーキを切り、子どもたちに分け与えた母が、さっそくねっとりした口調で泣きついてきた。

紬は無言で食卓についた。どんな厄介事が待ち受けているのか、内心気が気ではなかった。醤油やソースが出しっぱなしの、べとついたテーブルに、母はお茶の入ったマグカップとケーキののった皿を置いた。

「聞いて、驚かないでよ」

ミツトの件は知っているはずなのに、母はいたわりの言葉すら口にしなかった。さすがに葬儀の直後は電話を何回かかけてきてくれたのだが、それ以来、まったく連絡はなかった。結局、自分の家庭のなかの出来事だけが、母の世界のすべてなのだ。

母が食べるでもなく、フォークの先でケーキをつついていた。そして、ふぅと、息を吐きだした。

「ティアラが妊娠したの」

紬はしばし、絶句した。犬や猫の話ではない。高校生の妹だ。「冠姫」と書いて、ティアラと読む。自分が長女でよかったと唯一感じるのは、母が年をとるごとに、キラキラネームに傾倒していったことだ。加藤ティアラなんて名前をつけられたら、恥ずかしくて改名している。

「だって、ティアは、まだ高二でしょ？」

紬は妹との年齢差を頭のなかで数えながら聞いた。人数が多すぎて、それぞれの弟と妹が何歳になっているのかとっさに出てこない。

「もしかして……、堕《お》ろさないの？」

「それもふくめて、ツムに相談しようと思って」

「お母さん、まさか産ませようなんて思ってないよね？」

「なんで？　私は大賛成よ」

どいつもこいつも、頭がおかしいと思った。テーブルに両肘をついて頭を抱えこみ、髪をかきむしった。シャンプーを怠っていたせいで、脂っぽいにおいがただよった。

紬はやはり、母が十七のときの子どもだった。父親は高校の同級生だったらしいが、結婚に至ることはなかった。紬は一度も実の父に会ったことはない。

今の父親は、母の二回目の結婚相手だ。一回目の結婚で、すぐ下の、次女と長男が生まれた。二回目で、三女のティアラを筆頭に四人の妹と弟が生まれた。自分一人だけ、父親を知らない。

「産んじゃったら、これからが大変でしょ。ティアはまだそういうことわかってないんだから、周りがきっちり言い聞かせないと」

「ティアが大変なら、みんなで育てていけばいいじゃない」

それこそ、犬猫じゃないんだと言いたかった。そんな軽々しい気持ちで出産をするな、と紬は心のなかで吐き捨てた。

物心ついたころから、この家族が大嫌いだった。軽薄と言ったら言いすぎかもしれないけれど、大ざっぱで、騒々しくて、まるで動物園みたいな家だった。いちばん嫌だったのは、外食や旅行のときだ。たとえば、しゃぶしゃぶの食べ放題に家族で出かけたとする。

肉の盛りつけが少ないと、母が店員に文句をつける。弟や妹がはしゃぎまわって、店をつぶす勢いで食べまくる。紬が申し訳なくなって、店員に「すいません」とあやまると、義理の父親が「なんであやまるんだ。俺たちは客だぞ」と、怒鳴る。

旅行のホテルの朝のバイキングは一大決戦だ。「肉！」「あっちにケーキあったよ！」「えっ、どこどこ？　ないんだけど！」という叫び声が、さながら猿山のように響いた。周囲の宿泊客に笑われて、紬は一人でさっさと部屋に戻ったことが何度もある。厚かましくてがさつな家族が恥ずかしくて、消えたいと思った。早く、一刻も早く、一人暮らしをしたかった。

家族のなかで一人だけ、価値観が百八十度違った。もしかしたら、自分の父親は周囲の目を気にする根暗な性格だったのかもしれない。だったら、ちゃんと避妊をしやがれと、紬は顔も知らない本当の父親をののしるのだった。

母の高校のときの写真をこっそり引っ張りだして、実の父親を探したこともあった。一枚だけ自分に似た男子高校生を見つけたけれど、当然母に聞くことはできなかった。

母はギャルだった。今は四十五歳になり、見る影もなく太っている。襟首《えりくび》や袖がよれよれになったトレーナーを着て、腰がゴムのスウェットをはき、いかにも怠惰な物腰でケーキを食べている。

「ツム姉！　いる？」

玄関から明るい声が響いた。制服姿のティアラが居間に顔をのぞかせた。学生カバンをソファーに放り投げて、紬の胸に勢いよく飛びこんでくる。思わず紬は怒鳴ってしまった。

「ちょっと、ティア！　お母さんから、話聞いたよ。お腹をもっといたわりなさい！」

天真爛漫《てんしんらんまん》な妹だ。ミツトは真冬の夕陽みたいに儚《はかな》かったけれど、この子はのぼったばかりの夏の太陽だ。

ティアラがまとわりついてきた。床に膝をつき、椅子に座っている紬の腿に、頬をすりよせてくる。人なつっこい猫そのものだ。ポニーテールがしっぽのように、からみついた。

「ごめんね、ツム姉が大変なときに。こんなことになって、つらかったでしょう？」

ティアラはかわいい。母と違って、きちんと他者に気遣いができるからだ。

「ねぇ、もう大丈夫なの？　ミツトさん亡くなって、それどころじゃないのに」

「そっちは気にしなくていいから。今は、ティアの今後のこと、きちんと考えなきゃ」

「私ね、いっつも同級生に自慢してるんだよ。このバンドのベース、うちのお姉ちゃんが弾いてるんだって」

ティアラの頬に大きくえくぼが刻まれた。妊娠させた男の気持ちがわからないわけではないと、紬は思う。だからこそ、相手への憎悪が同時にわいてくる。

「なんでちゃんと避妊しなかったのよ」

「勢い？」と、ティアラが悪びれもせず答えた。深く物事を考えているのか、いないのか、わからない。成績はすこぶる悪いらしいと、母親から聞いている。

「あのね、自分の身は自分で守らないと」

「ツム姉だって、勢いでヤッちゃうときもあるでしょ？」

頬がほてった。思い出したくもない情景と感触が、ものすごい回転速度で頭のなかをよぎっていった。

夜、ミツトの部屋だった。真っ暗だった。紬は裸で四つん這いにさせられていた。ミツトの指先が、紬の背骨の稜線をゆっくりとなぞっていく。ミツトの唇が、紬の脇腹に吸いつき、這っていく。

思わず体が震え、「あっ」と声に出しそうになるのを、ようやくこらえた。紬はあわててお茶を飲み、気まずさをごまかした。

思い出は、暴力だ。連鎖して襲いかかってくる。

ここそとコンドームをつけていたミツトの丸まった背中が、脳裏によみがえる。耳をなめられたときの熱い吐息が――ぴったりと密着してまじわったときのミツトの汗ばんだ肌の感触が、たしかな快感となって体中を駆けめぐりそうになる。

意識をそらそうと、席についたティアラへ視線を向けた。顔が赤くなっていないか心配だった。

「ねぇ、ティア自身はどうしたいの？　それがいちばん大事だよ」姉らしく忠告しながら、散々まきに同じことを言われていたなと、心のなかで苦笑した。

「えー、あたし？」と、ティアラは人差し指で髪の先をくるくると巻きながら、他人事のように答えた。「わかんねぇ」

「わかんね、じゃないでしょ！」

ミツトは必ず避妊をした。「勢い」という言葉とも無縁だった。互いの家に泊まると、ケンカをしていないかぎり、三回に一回くらい、自然とそんな流れになった。ミツトは事の最中も、やはり無口だった。

「あたし、正直、全然まだ実感ないし」

「あんたね、そんなこと言ってるあいだに、みるみるお腹大きくなって、とりかえしつかなくなるんだからね！」紬は妊娠の経験もないのに、口から唾を飛ばす勢いで自覚をうながした。「あんたの人生なんだよ。同年代のみんなが進学したり、遊んだりしてるのに、ティアだけ自由にできなくなるんだよ」

「まあ、それもわかるけどさぁ、かわいそうじゃん、せっかくできたのに」

ど真ん中の正論にぶつかって、紬は黙りこんだ。かわいそうと言われたら、それ以上返す言葉はなくなってしまう。

「でね、今度向こうの当人と親御さんとの話しあいがあるんだけど」と、母が横から口を出した。「ティアラの付き添いをツムにたのもうと思って」

「はい？」耳を疑った。「なんで、私なの？　お母さんは？」

母は「嫌なんだって」と、一言苦々しげにつぶやいた。

「ティアが嫌なの？」

「そうらしいわよ」と、母はティアラをにらみつけた。「ツム一人だけついてくることが、あちらさんと話しあいの場を持つ絶対条件なんだって。もう、この子も本当に頑固なの」

「だって、お母さんとお父さんが出てきたら、百パー恥ずかしい展開になるんだもん。絶対ケンカ腰で、私そっちのけでさ、怒鳴ったり、泣いたりするんだよ。あたし修羅場みたいになるの、ホントに嫌だからね。マジで最悪」

十中八九、向こうは堕胎をすすめてくるだろう。それを押しきって出産に舵を切ったとき、かかる費用やその先の養育費は請求できるのだろうか？　母は経験者なのだからたのもしいはずなのだが、「恥ずかしい」と主張するティアラの気持ちもよくわかる。

「ツム姉なら、向こうの親とも冷静に話してくれそうだもん。あたし、心強いよ」

なんで、よりによってこんな時期にと、思わなくもなかった。この家族と接していると、どんなに落ちこんでいても、強制的に騒がしい場所まで引きずりだされてしまう。

「わかったよ、私がついてく」

「ありがと。ツム姉、大好き！」

となりに座っていたティアラが抱きついてきた。くさくないだろうかと心配しながら抱き返し、背中をさすってやった。

「あたし、ツム姉みたいにカッコいい大人になりたい！」

「あのね、私はちっともカッコよくないの。うじうじして、悩んでばっか」

父親が違うから、ティアラとは似ても似つかないと思う一方で、やはり半分は血がつながっているのだからシンパシーを感じるところもある。

あけすけで、感情的で、いわゆる肝っ玉の母親を、ときおり恥ずかしく、うとましく遠ざけてしまう部分は、少なくとも同じだと言えそうだった。


音楽プロデューサーの平子慎司との会談は、それから一週間後に行われた。

高級ホテルのラウンジだった。ボーイに恭《うやうや》しく案内されコートを預けると、すでに席についていた平子が立ち上がった。

「お呼びだてして申し訳ない」軽く頭を下げた平子は、年齢不詳に見えた。

薄い紺のジャケットの下は、黒いVネックのTシャツだ。真っ白のパンツに、先のとがった革靴が、どうにもチャラくて、胡散臭《うさんくさ》げな雰囲気を放っていた。けれど、業界では名の知れたプロデューサーには違いない。ウィキペディアの情報では、四十五歳。母親と同学年だった。

「こちらこそ、食事のお誘いをお断りしてしまって、申し訳ありません」紬も頭を下げ、相手の差し出した名刺を受け取った。「実は、まだとてもそんな気にはなれなくて……」

どこかで食事でも、と言われていたのだが、紬は貸しをつくるのが嫌だったので、丁重に断っていた。何よりまだ食欲がわかなかった。酒を飲む気にも当然なれなかった。

「私のほうこそ、無理を言って出てきてもらって、すみません」平子がメニューを広げて、紬のほうに向けた。「何になさいます？」

コーヒー一杯で、目玉が飛び出そうな値段だった。食事の誘いを断ったことを少し後悔した。きっと、とてつもない高級店に連れていってくれたことだろう。

ふかふかのソファーの座り心地が、どうにも悪かった。背もたれに背中を預けず、紬はいつでも立ち上がれる姿勢をたもっていた。ワンピースの裾のしわを、無意味に伸ばした。

「どうですか？　少しは落ちつきましたか？」

「まあ、いちおう……」

「どうしても、いち早くあなたに会いたかったものですから」

平子は彫りの深い顔に、くしゃっと笑顔をつくった。目尻に濃いしわができた。

「まだサイナスがどうなるかはわからない段階ですが、単刀直入に申し上げます。はっきり言って、あなたがほしい。僕のもとで、ベースを弾いていただきたい」

紬は表情筋をかたく引き締めた。

妙な間があいた。コーヒーが運ばれてきた。長い取っ手のついたサイフォンから、ボーイがカップにコーヒーをそそぐ。その様子を、平子と二人でじっと眺めていた。

「すみません、先走りすぎました。紬さんは、サイナスは当然つづけるおつもりですよね？」

「わかりません。まだ、何も決めてません」正直なところを答えた。そう簡単に心を開くつもりはないという意思も、同時につたえたつもりだ。

「そうですか……」と、平子はつぶやき、何も入れていないコーヒーに手をつけた。一拍間をおいてから、笑顔をたもったままふたたび話をはじめる。「実は、今年の夏に始動するアイドルのプロジェクトにあなたをお誘いしたいと思いまして」

「アイドル⁉」つい大声を出してしまった。

平子は、その無邪気な反応がおかしくてたまらないというように、さらに笑みの配分を濃くした。

「紬さんをアイドルにしようとは思っていないので、ご安心を」

「ですよね」思わず愛想笑いを浮かべてしまった。意識してつくっていた無表情がくずれた。徐々に平子のペースにのせられていることに、警戒心がより強くなっていく。

「その女性アイドルグループは、バンドサウンドを基調とした、アグレッシブなラウドロックをコンセプトにしようと考えてます。ライブやツアーには、もちろんバックバンドがつねに帯同します」

「そのベースに、私を？」

「はい。バックバンドも、すべて女性でかためるつもりです。つまり、アイドル×ガールズバンドが最大の売りになるわけです。今、日本を代表する各パートの女性プレーヤーに声をかけてます。この息苦しい世の中に、女性の力で風穴《かざあな》を開けたい。そう思っております」

「はあ……」

はあ、としか言いようがないので、うなずいておく。

「私がついていけますかね？　具体的なジャンルは？」

「まあ、平たく言えばミクスチャーですね。ロック、メタル、ラップ、スクリーモ、ダンス、エレクトロニカ。すべて網羅しつつも、あくまでボーカルのメロディーラインはクリーンでポップに万人受けできるように考えてます」

「バックバンドは激しい感じですね」

「お嫌いですか？」

「いや、若いときはよく聴いてました」

「紬さん、あなたじゅうぶん若いですよ。二十八でしょ、まだ」平子は薄く生えた無精《ぶしょう》ひげをなでた。「女性のベーシストで真っ先に声をかけるなら、あなた以外考えられなかった。不謹慎な言い方ですが、チャンスだと思った。サイナスの加藤紬が参戦するとなれば、アイドルファンだけでなく、ロックファン、サブカル方面からの集客も期待できる」

紬はコーヒーを飲んだ。絶対おいしいはずなのに、ただただ苦いだけで、味がよくわからなかった。

「失礼なことを、あえて言わせていただきます」

平子が片頬を、ぐっとつり上げた。ミツトのことを言われると、紬は直感した。

「あなたは、いい加減、洞口光人の呪縛から逃れるべきだと僕は思う」

「はいっ？」予想していたはずなのに、トゲのある口調になってしまった。「なんですか、呪縛って」

「洞口光人が亡くなった今、あなたを縛りつける存在は何もないはずだ。もっと、自由になるべきなんだ。あなたは素晴らしいベーシストなのに、洞口光人にいまだに縛られているとしたら、それは音楽業界の損失です」

「なんで初対面のひとにそんなこと言われなきゃいけないんですか！」周囲の目も忘れて、怒鳴ってしまった。「聞き捨てならないです。はっきり言って、不愉快です！」

立ち上がりかけたところで、腕を力いっぱいつかまれた。

「呪縛、という言葉が失礼なら、祝福、と言いかえてもいいかな」

「祝福……？」紬は浮かせかけていた腰をすとんと落とした。

呪縛と祝福。両極端の意味と意味が、頭のなかでぶつかりあった。混乱した。

「どちらもおんなじようなもんでしょう」平子は平然と言った。「呪縛にしろ、祝福にしろ、あなたは洞口光人に出会ってしまった。その色に一瞬にして染まってしまった」

まるで平子自身、その瞬間を目の当たりにしたかのような、確信的な言いぐさだった。

しかし、まさしく平子の言うとおりだったのだ。出会いは中学だ。入学早々に、ミツトと同じクラスになった。さらに、二学期の席替えでとなり同士になった。

気味が悪くなるほど、まったくしゃべらない、猫みたいな男子――ミツトの第一印象は、それ以上でも以下でもなかった。先生にあてられたとき以外、しゃべったところをほとんど見かけたことがない。

そこにいても、いなくても関係のない、透明な存在だった。すぐとなりにいるにもかかわらず、しだいに紬の意識からも消えていった。急に難しくなった授業と、家事の手伝いと、コントラバスという慣れない楽器の練習でそれどころではなかった。

放課後の教室に、大きな楽器を運びこみ、個人練習をしていた。指の皮膚がすりきれ、ひりひりして痛かった。絆創膏《ばんそうこう》だらけで、とても女の子の手には見えなくて、泣きそうになった。

「コンバス、カッコいいよね」

誰もいないはずの教室で、いきなり背後から声をかけられたので、紬はあやうく背丈よりも大きい楽器を倒しそうになった。あわてて抱きしめるようにボディーをつかむと、声の主が前にまわりこんできた。

「ねぇねぇ、フレットがないのに、どうして出したい音がわかるの?」

となりの席の男子だった。名前すらとっさに出てこなかった。冗談ではなく、本当にはじめて声を聞いたような気がした。

紬の戸惑いにはおかまいなしで、長い前髪の隙間からのぞく目を輝かせ、コントラバスと紬を見くらべている。

「フ……フレッ……ト?」

「ギターにあるフレット。まあ、言ってみれば、ピアノの鍵盤みたいな。そこを押さえれば、出す音がわかる、みたいな」

そう言われても、フレットのある楽器を弾いたことがなかった。紬のなかではフレットレスのコントラバスが当たり前だった。

「たぶん、感覚？　ほら、金管で言うと、トロンボーンみたいな感じ」

「感覚で音がわかるんだね。紬さんって、音感があるんだね！」

いきなり名前を呼ばれて、頬が熱くなった。ふだん、まったくしゃべらない男子が、ここまで饒舌《じょうぜつ》なことに驚いて、うまく反応できない。コントラバスを抱えたまま、もう片方の手でセーラー服のリボンをもじもじといじくった。

「いや、音感はないと思うけど……」声が震えてしまった。「結局、慣れなんだと思う」

「そうなんだ。ねぇねぇ、この弓みたいなので弾くのと、指で弾くのはどう違うの？」

ようやく名前を思い出した。洞口光人だ。相手がコントラバスに夢中になっているのをいいことに、まじまじと観察してしまった。

まつ毛が長かった。中性的な顔立ちが、興奮のためか赤く上気していた。瞳がきれいだった。

「左手、見せて」

強引に手をとられた。とっさに引っこめようとしたら、強い力でにぎられ、逆に引きよせられた。

「すごい練習してるね。紬さん、えらいね」

絆創膏の上から、ひりひりする部分を、指先で優しくなでられた。

透明だったとなりの空白が、急激に豊かな色彩に満ちあふれていくようだった。赤、青、黄色、橙——どの色がどの色かはっきりとわからないほど、ごちゃごちゃに溶けあって、目の前でまたたいた。

「俺はね、ギター弾いてるんだ」

二学期がはじまったばかりで、まだまだ暑かった。開け放った教室の窓から、サッカー部のかけ声が飛びこんできた。

「紬さん、今度、ベース弾いてくれない?」

「ベース?」

「エレキベース。楽しいよ」

「弾けるかな?」

「弾けるよ。いっしょに、バンドやろうよ」

紬は自分でも驚いたのだが、即座に「うん」と、大きくうなずいていた。ぼろぼろの左手が、恥ずかしいものではなく、何かの勲章のように思えたのははじめてだった。

平子の言うとおりなのかもしれない。呪縛と祝福が、表裏一体となった出会いだった。このあとの人生のほとんどが、ミツトを中心にまわることになるとは、中学一年生だったころはまったく考えていなかった。

ミットとの出会いを語り終えると、平子は「いいですねぇ、青春」とつぶやいた。ちっともいいもんじゃないと思ったけれど、紬は黙ったまま相手の言葉に耳を傾けた。

「プロデューサーの仕事の醍醐味っていうのは、アーティストの未知の可能性を引き出すことにあるわけです。これはね、一度成功体験を味わうと、癖になってしまう。あなたたちが、ライブに夢中になるように」

喉がかわいた。紬はコーヒーカップを持ち上げ、すっかり飲み干してしまったことに気づき、音をたてないようにゆっくりソーサーに戻した。

「洞口光人一色に染まったあなたから、まったく違う色を引き出してみたい。僕の手で、まったく違う色に染めてみたい」

「なんだか、いやらしく聞こえますね」かろうじて、冗談を返した。

「ははっ」と、平子はわざとらしく笑った。「たしかに、男女の仲と似通ったものはあるかもしれない。まあ、音楽それ自体が、恋愛みたいなものですからね」

ミットとはじめて会話を交わした週の、週末だった。

ミットに誘われるままスタジオに行くと、ミットの兄がいた。海人は高校一年生で、中一の目には大人に見えて緊張した。

五百円でエレキベースをレンタルした。はじめてアンプをとおして、電気的に増幅された音を出した。コントラバスとはまた質の違う、腹の底に響く低音に、紬は魅了された。

「四弦の一フレット目、次に三フレットと……」ミットに手をとられ、弾き方を教えられた。

「このルートのサイクルを、二小節ずつ、八分のリズムで、ずっと繰り返してみて」

単調なベースの音に、兄弟のギターがのる。最初は二人とも基本的なコードを刻んでいる。そのうち、ミツトが指を自由に動かしはじめる。ローポジションから、ハイポジションに左手が移る。ひずんだ音色のトレモロが、泣いているようなメロディーを奏でた。

ミツトのギターソロ、海人のカッティング、紬の低音がまざりあって、狭いスタジオのなかで轟音となり、渦を巻く。紬はただ人差し指一本で弦を押さえ、四つのコード進行を同じ動きで延々と繰り返しているだけなのに、自分までとてつもなくすごいことをしているような気分になった。

スタジオの鏡ごしに、ミツトと目があった。

ミツトはにっこりと笑っていた。その瞬間、紬は「このひとと生きていくのだ」と、明確にさとった。

「あなたの第二の人生を、ここからはじめるんです」

それなのに、平子はミツトを忘れ、捨て去り、違う音色を出せと言う。

「今が、そのときなんです。臆せず、一歩を踏みだしましょう」

「ひとつ、聞いていいですか？」紬は相手の言葉をさえぎった。「洞口光人が死んで、まるでよかったみたいな口ぶりですよね、さっきから」

わざと挑発的に、生意気な口調で言ってみた。しかし、平子は中高生くらいの小娘を相手にするような、やわらかい眼差しでゆっくりと首を横に振った。

「いや、ちっともよかったなんて思ってませんよ。僕はね、インディーズ時代からサイナスのファンなんです。洞口光人の大ファンなんです。あんな才能は、そうそう出てくるものじゃない」

平子は苦笑を浮かべた。「ただ、洞口光人と仕事をしてみたいとか、個人的につきあってみたいとか、そういうことは全然思わなかったな。いろいろ、メンバーの苦労話は噂としてつたわってきてたから」

「どんな噂かは知らないけど、それは大正解です」

「紬さんも、大変でしたね」

「そりゃ、もう。言葉をしゃべれるだけ、赤ん坊のお守りよりも大変でした。ふだんは何もしゃべらないくせに、本当に余計なときだけ、余計なことをぼそっと言うんですよ、あいつ。なんで、周りの迷惑を全然考えないのか、私もわからな……」

気がつくと涙がにじんでいた。あわててハンカチでふいた。平子は紬から視線をそらし、テーブルを見つめているようだった。

「どんなに、悔やんだとしても、彼が亡くなってしまったことは事実だ。それは、もうくつがえせない。天才は夭折《ようせつ》だなんて、とおりいっぺんの感想を述べたってしかたがない」

最初のスタジオから約五年後、紬はサイナスをやめたことがあった。

ミツトから離れて、ひたすらバイトに明け暮れていた一年半のほうが、もしかしたら今よりも精神状態は悪かったかもしれない。カラフルだった毎日の色彩が灰色へと塗りつぶされた時期だった。

「同じように、運命や宿命といった聞こえのいい言葉で片づけて、あなたと洞口光人との仲を云々したって、しょうがないじゃないですか。大事なのは、あなたの未来です。あなたの力で、悲劇だの、運命だのと訳知り顔で言ってくる連中をねじ伏せるのです」

では、今は何色なのか？　そう問われたら、日が暮れたあとの暗闇というしかない。そして、もう朝日が二度とのぼることはない。何もかも、平子の言うとおりだ。私の内部の太陽系の仕組みを、根本からつくりなおさなければ、明るい未来は訪れないと、紬はしっかり自覚していた。

「私なら、そのお手伝いができる。今日は、ひとまずそれだけを知っておいてほしかった」

平子は伝票を素早く取った。興味があれば、名刺に連絡を、と言いそえて、悠然とその場を立ち去ろうとした。

「平子さん！」あわてて、呼びとめた。「もし、このあと、クソみたいに高い焼き肉屋に連れて行ってくださいってたのんだら、どうなりますか？」

平子はほんのわずか、宙に視線を向けた。そして、今日いちばんの笑顔を見せた。

「それでこそ、サイナスの加藤紬です。僕だったら、そう答えますね」

平子はそのあと用事があるらしく、食事は日をあらためて、ということになった。心機一転とまではいかないけれど、平子と話して気持ちが前へ向きかけたのはたしかだった。まず、ティアラの問題を片づけなければならない。

話しあいは、その三日後に行われた。場所に指定されたのは、相手の家だった。東京の住宅街では一般的なサイズの、二階建ての一軒家だった。紬はティアラをともなって、チャイムを押した。

玄関から出てきたのは、母と同年代の女性だった。痩せていて小柄なわりに、威圧的で、ぎすぎすした印象を与えるのは、相手がひどく無愛想だったからだ。

「秋山進吾《あきやましんご》の母です」険《けん》のある表情と口調だった。そのうえ、無遠慮な視線でこちらを値踏みしてくる。

どうやら、ティアラとの関係に不審を抱いているらしい。紬はあわてて頭を下げた。

「はじめまして、私はティアラの姉です。このたびは……」と、言いかけて、その先の言葉につまった。

このたびは、お招きいただいてありがとうございます——これはどう考えてもおかしい。このたびは、まことにすみませんでしたと、あやまる必要もない。「えーっと……」と、曖昧にごまかして、あらかじめ用意していた言い訳を口にした。

「本日、父は仕事で、母は具合が悪いので、私が参りました」

「そうですか。どうぞ、お上がりください」

にこりともしない相手に嫌な予感を抱きながら、紬は軽くティアラの尻を押して先に玄関へとおした。

居間のとなりに、和室があった。座卓の前には、父親らしきスーツの男と、もう一人、男子高校生が神妙な面持ちで座っていた。これが、秋山進吾——ティアラを妊娠させた当人なのだろう。

すすめられるまま座布団の上に腰を下ろすと、てっきり父親だと思っていた人物が、よどみのない動作で名刺を出してきた。

「弁護士の川名《かわな》と申します」

考えてみれば、いくら重要な話しあいとはいえ、父親が自分の家でネクタイをしめているのはおかしい。相手は臨戦態勢を整えて、この場にのぞんでいるということだ。

あぐらをかいて座ったティアラの膝を無言でたたき、正座させる。礼儀がなっていないと、相手にナメられたくなかった。これだから大家族の娘はと、見下されたくなかった。

相手の親子と、座卓をはさんで向かいあった。紬はティアラの様子をそれとなく横目でうかがった。

つまらなそうに、制服のスカートのプリーツをいじっている。進吾もうつむいたままだ。若い二人は視線をあわせようともしなかった。ティアラに事前に聞いたところによると、交際して半年で、今もラブラブなのだということだった。

紬の予想に反して、進吾は気弱そうな外見だった。ティアラの相手だから、もっと不良っぽい男をイメージしていたのだが、黒髪で、眼鏡をかけていて、母親に似て小柄だった。

「加藤さん」と、進吾の母が第一声を発した。「お父様の仕事は？　何をされているの？」

ティアラの妊娠とどういう関係があるのかと問いただしたかったが、紬は素直に答えた。

「長距離バスの運転手です」

「そうなの。大変なお仕事ですよね。つかぬことをお聞きしますけど、ティアラさんのお父様と、あなたのお父様は……」

「違いますね、はい」

「ちなみに、お母様があなたを出産されたのはおいくつのときなのかしら？」

「十七です」

「あらぁ、まあ！」

どこかふくみのあるような言い方だった。隠しきれない敵意がにじみ出ている。父親と呼ばれるべき人間が三人存在することは、隠しておこうと思った。

「それで、お姉様は何をなさっているの？」

「私ですか？」ついにこらえきれず、嫌味を吐きだしてしまった。「それって、今回の件と何か関係ありますか？」

ティアラと進吾そっちのけで、にらみあった。進吾の母は、一転、にっこりと微笑んで言った。

「ただの、雑談じゃないですか。なんでそんなにかりかりしてるんですか？」

「そうですね」紬も頬の肉をぐっと盛り上げた。「私は音楽関係の仕事をしています」

「音楽関係……と、言いますと？」

「バンドです」

「まあ……！　バンド！」

正直なところ、職業を聞かれるのがいちばん嫌だった。バンドをしていると答えると、たいていのひとは、アルバイトが主な収入源で、いい年をしていまだに夢を追いつづけているイタい人間だと考えるらしい。いやいや、ちゃんとプロで稼いでますからと、わざわざこちらから弁明するのもおかしいので、いつも歯噛みしている。

「お母さん、ティアラのお姉さんは、すごいんだよ」進吾がおずおずと、甘えるような口調で言った。「大手のレコード会社からCD出してるし、全国ツアーもしてるし」

「どんなバンドなのかしら?」

「そうですねぇ、一言で言えば……」紬は腹を決めた。一人静かに、心のなかで戦いの狼煙《のろし》を上げた。「ジャンルは、ごりごりのロックですかね、はい」

本当はまったく「ごりごり」ではないのだが、紬の大げさな表現に、案の定進吾の母は「まあ……!」と、眉をひそめた。

「私、クラシックやオペラしかたしなまないもので、そのような攻撃的な音楽はどうにも……」

あー、やべぇ、ケンカしちゃう。怒りが沸点へと徐々に近づいてくるのを、紬はむしろ歓迎した。

相手は典型的な過保護とマザコンの親子のようだった。息子の一件をわびる気もなく、むしろ大家族の奔放な家庭で育ったあばずれ女にたぶらかされたとでも思っているのだろう。付き添いはロックバンドをやっているろくでもない姉、妹は礼儀もなっていない野良猫、ああ嫌だ、嫌だという相手の心の声が、あからさまにつたわってくる。

「単刀直入に申し上げます」弁護士がようやく口を出した。「堕胎の費用はこちらで全額負担致します。そのかわり、これ以降秋山さん一家とはかかわりを持たないということをお約束いただければと思います。それさえご了承いただけたら、ご本人の念書を一筆……」

予想どおりだった。紬は両親の言いつけを再度、頭のなかで確認した。金のことはどうでもいい。ティアラとお腹の赤ん坊の尊厳だけ、しっかり守ってこい。

「では、こっちも単刀直入にいきましょうか」

紬は腕まくりをして話しはじめた。自分も堕ろして当たり前だと思っていたはずなのに、いつの間にかティアラの味方をしているのが不思議だった。

「産みますよ、当然。だって、赤ちゃん、できてるんすよ。そのうえで、そちらはどう責任とってくれるんすか？」

ティアラがあきれた顔で、紬の袖口をくいくいと引っ張った。これでは、父や母が来たのとかわらない――むしろ、それよりもひどいと思っているのかもしれない。しかし、もうこの怒りをおさえることはできなかった。

「おたくの息子さんの出来心で、うちのティアラは傷ついてるんすよ。そこらへん、お母さん、どう思ってるんすか？」

「あなたたち、お金をたかりに来たんでしょう！　高校生で産むだなんて、非常識にもほどがありますよ！」

「たかりだなんて、ふざけないでください！　お母さんにも責任があるんですよ。息子の下半身の監督不行き届きですよ、はっきり言って。まず、あやまってしかるべきなんじゃないですか？」

座卓をたたいて、中腰になった。

「なんていう、下品な……」

進吾の母は、となりの息子の肩に手をまわし、守るように抱きよせた。

「息子に聞きました。おたくの娘さんに誘われるまま、そういう行為におよんでしまったと。こちらがあやまる筋合いはありません！」

「誘われて嫌だったら、男は勃《た》ちゃしませんよ！　そっちだってノリノリになってるから、最後までいってるわけでしょうが！」

「まあ……！」

「さっきから、まあ！　ばっかり！　お母さん、あなたね、現実をしっかり見てくださいよ！　孫ができるんですよ！」

「お姉ちゃん！」ティアラが顔を真っ赤にして叫んだ。「お姉ちゃん、もういいから。もう、じゅうぶんわかったから」

座卓の上においていた手を、ティアラはすがるように進吾のほうへ伸ばした。

「あたしは、産みたいよ」

進吾はうつむいたまま、ぴくりと肩を震わせた。

「ねぇ、進吾君はどうしたいの？　お母さんのじゃなくて、進吾君の意思は？」

進吾が母親のほうをうかがいながら、おずおずとティアラの手をにぎった。高校生のカップルは、二人とも目に涙をためながら、しばらく見つめあっていた。

紬はため息をついて、目をつむった。かつての自分とミツトに、二人の姿が重なるようだった。今にも泣きだしそうなミツトの表情を、頭から追い出すのに必死になっていた。

ねぇ、ツムはどうしたいの？　ツムの意思はどこにあるの？

ミツトの声がありありと聞こえてくる。

ねぇ、ツムには意思がないの？　何か言ったらどうなの？

紬がサイナスをやめたのは、高校三年の七月の終わりだった。そのころ、紬は長らく体調不良に見舞われていた。

今思うと、過労が原因だったのだろう。ドラムとしてまきがくわわったサイナスは、四人で本格的にライブ活動をはじめていた。スタジオ代や機材の費用をかせぐために、紬はコンビニでバイトをしていた。さらに、全国大会も狙える都立高の吹奏楽部では、ハードな練習をつづけ、さらに家事の手伝いもこなした。

放課後、コントラバスを抱えながら階段を移動していたら、急な立ちくらみに襲われ、足を踏みはずした。転落はまぬがれたものの、強くついた手と腕に激痛が走った。

病院の診断で、左手首の骨にヒビが入っていることがわかった。

吹奏楽部の最後の大会の東京都予選直前だった。オーディションではメインのA組に選ばれていた。中学からの六年間の総決算のはずだった。

まきをはじめ、部の仲間からは、絶対に予選を勝ち抜いて、九月の本選に出るからと励まされた。さらに、そのあとには全国がひかえている。早く治せば、あと二回、本番で弾けるから、と。

しかし、その願いは届かなかった。あっけなく部は予選で敗退した。紬は客席で三年間の部活動を終えた。厳しかった練習が、すべて無駄になった。いつだってクールなまきが泣きながらあやまってきたのは、あとにも先にもその一回だけだ。

落ちこんでいる暇などなかった。次はサイナスのライブが待ち受けていた。話しあいのために集まったファミリーレストランで、ミツトは開口一番、ベースにヘルプのメンバーを入れると発表した。

「なんで……？」紬はミツトに食ってかかった。「嘘でしょ？　私、ずっとライブのために頑張ってきたんだよ」

「大事なところで、ケガするヤツが悪い」突き放すように、ミツトが言った。

コントラバスのかわりは、後輩がつとめた。でも、サイナスのベーシストは自分以外にいないと思っていた。それだけが心の支えだった。

「じゃあ、ライブをキャンセルすればいいじゃない。たった一回くらい……」紬は泣きながらごねた。

「ふざけんなよ！」ミツトが色をなして怒鳴った。「なんで、お前の不注意のためにキャンセルしなきゃいけないんだ」

「不注意だなんて、ひどすぎるよ！」

今回ばかりは、まきはまったくフォローしてくれなかった。まきはズルいと、紬は思った。

同じく部活とサイナスを両立してきたにもかかわらず、まきはそこまで苦労をしていない。ドラムはあまり機材の費用がかからない。スティックとスネアドラムさえ買えば、ドラムセットはスタジオにもライブハウスにも、音楽室にだってある。おまけに家が裕福だから、バイトをする必要がない。当然、家の手伝いもない。練習と演奏に集中できる。

「ヘルプが入るのは、あくまでツムが治るまでだからさ」海人がとりなそうとした。「それまで、ゆっくりしてなよ。今まで忙しかったんだし」

ベースの座を奪われると思った。ヘルプは、海人の親友がつとめるという。

幸の薄すぎる、みじめな自分が心底嫌になった。いつだって大事なところで損をして、割りを食うのは私なのだ。紬はファミレスを飛び出した。まきがあわてて追いかけてきた。

「ごめんね。でも、ヘルプをたのむ以外、なかったんだよ。つらいだろうけど、しっかりケガを治そうよ」

ミツトのいない場になると、こうして優しい言葉でなぐさめてくる。やっぱり、まきはズルい。

「私はね、べつにいいんだよ。ヘルプが入っても」しゃくりあげながら、まきと肩をならべ、駅への道をたどった。「でもさ、つらかったね、大変だったねって、ちょっとくらい言ってくれてもいいじゃん。部活は残念だったね、治ったらサイナスで頑張ろうねって、それだけ言ってくれたら、私、すんなり受け入れられたのに」

ぶっきらぼうなミツトに、そんな人間らしい共感や思いやりを望んでもしかたがないとわかっていた。けれど、自分の不運と恵まれない境遇のせいで、ますます性格がひねくれて、子どもみたいにダダをこねるのをとめることができない。

ヘルプの入ったサイナスを観に行く気には到底なれなかった。ケガが完治しても、練習にはいっさい参加しなかった。部活もサイナスもなくなり、生きる気力を失ったまま、半年が過ぎた。

ミツトが突然家を訪ねてきたのは、年明けすぐの真夜中だった。携帯電話で呼びだされた紬は、同じ部屋で眠る妹たちを起こさないようにそっと家を出た。

自転車にまたがっていたミツトが、ゆっくりと降り立った。コートについたフードを脱いで、じっと見つめてくる。

「ツムがどうしたいのか、全然わかんないよ」

月が出ていた。そのせいで、ミツトの瞳が濡れているのが、はっきりわかった。

紬は相手の顔を見ないようにした。雲のない月夜をわざと選んでやって来たのではないかとさえ思えて、ミツトが憎たらしかった。

「ねぇ、ツムはどうしたいの？　ツムの意思はどこにあるの？」

はじめて話しかけられたときのように、左手をそっととられた。

サイナスをやめろ、と迫られているような気がした。それがミツトの意思ならば、そっくりそのまま自分の意思として受け入れようと思った。

「ねぇ、何か言ったらどうなの？」

「じゃあ、やめるよ」

言ってしまってから、こんなはずではなかったと後悔した。ミツトが最初にあやまってくれたら、自分も素直にあやまれたのに。サイナスに戻れたのに。

でも、よくよく考えたら、ミツトはちっとも悪くないのだ。自分の強情な性格を呪った。

「私はやめる。それが私の意思だよ」

心のどこかでは、とめてくれることを期待していた。けれど、相手はミットだ。そんな都合のいいドラマみたいな展開が待っているはずもない。

「わかった」たった一言だけだった。ミットがあっけなく手を離した。

自転車に乗ったミットの背中が見えなくなった。紬はかじかんで感覚のなくなった左手を空中でとめたまま、いつまでも月を見上げていた。


「手を離しなさい！」

進吾の母親の金切り声が耳に入って、紬は我に返った。

「進吾をたぶらかさないでください！」

涙目のティアラと進吾が、座卓の上でつないでいた手をほどいた。進吾は絞りだすような痛切な声音であやまった。

「ごめん、僕はお母さんにしたがうよ」

結局、純粋な自分の意思などというものは、存在しないのかもしれないと紬は思った。言葉も考え方も価値観も、そして意思も、周囲の身近なひとたちの影響を受けて形成されていく。それを呪縛というのか、祝福というのかは、相手しだい――自分の気持ちしだいでかわるのだろう。

「そっか。しかたないね」意外にもあっさりとうなずいたティアラは、ブラウスの袖で勢いよく目のあたりをぬぐった。立ち上がって、さっさと和室を出てしまう。「ツム姉、行こう！」と、うながされるまま、紬もティアラのあとを追った。

「ちょっ……、お待ちください！」弁護士が呼びとめた。「もし、出産となった場合、こちらはいっさい金銭的な負担を負わな……」

玄関に向かっていたティアラが、振り返って叫んだ。

「うっせぇ、クズ！　お前らの金なんて、いるか！」

進吾の母が、呆気にとられた様子で、口を大きく開けていた。「まぁ！」という声すら出てこないようだった。進吾は追いかけようかどうしようかと、迷っているような姿勢で腰を浮かせていた。紬とティアラはかまわず玄関を飛び出した。真冬の住宅街を早足で歩いた。

「なんか、すっきりしたかも」ティアラが肩を揺すって笑った。白い息が大きく広がって、すぐに消えた。

強がっているようにも見えたけれど、多少は強がらないと母にはなれないのかもしれない。十歳以上年下の妹にも、追いこされ、おいていかれそうで、うかうか立ち止まってはいられないと紬は気を引き締めた。


家に帰るなり、「ねぇねぇ、聞いてよ！」と、ティアラが母に事の顚末《てんまつ》を語った。

「私は絶対、紬がブチ切れるって予想してたからさ」母まで腹を抱えて大笑いした。「それでこそ、私の娘だよ」

紬と母、ティアラで、ホットカーペットの上に置いた洗濯物の山をとりかこみ、たたんでいた。足下がぬくぬくと温かく、ひさしぶりに穏やかで、なつかしい気持ちに包まれていた。

「いや、私だって、最初は冷静に話しあおうって……」

その言葉をティアラがさえぎった。

「ツム姉って、やっぱりなんだかんだ言って、お母さんに似てるよ」バス運転手である父親の制服を丁寧にたたみながら、紬と母を見くらべた。「いや、似てきたって言うほうが正しいかな」

「えー⁉」と、紬は口をとがらせた。「それ、すごい嫌だ」

ミツトから離れてひと月半、私の言葉や意思や感情から、ますますミツトの要素が揮発して抜けていくと紬は実感した。母の濃度が濃くなる。離れて暮らしていたとしても、血がつながっているだけ、その影響は強い。

「何言ってんの。親子なんだから、似てくるに決まってんでしょ」母が不機嫌そうにつぶやきながら立ち上がり、夕飯の支度にとりかかった。「あんた、食べてくんでしょ？」

「ああ」と「うう」の中間で返事をした。たまになら、騒々しい家族にかこまれて食事をするのも悪くないかもしれない。これからは、定期的に帰ろうと思った。ティアラの経過も気になる。

ティアラがせっかくたたんだ洗濯物を枕にして仰向けに寝転がった。ホットカーペットが気持ちいいのか、大きく伸びをした。近くに置いてあったスマホを、顔の上にかかげていじりはじめる。

進吾君と連絡をとらないのかと聞きかけて、結局紬は口をつぐんだ。さっきから明るく振る舞ってはいるけれど、「お母さんにしたがう」という進吾の言葉に、ショックを受けていないはずがない。台所の母を手伝おうと、紬が立ち上がりかけたとき、ティアラが聞こえるか聞こえないかの声でぼそっと言った。

「私もね、嫌いで、嫌いでしかたなかったんだ」

「何が？」浮かせかけた尻をカーペットに戻した。

「お母さんも、この家も」

低くおさえた声だった。それだけに冗談としていなすことができず、紬は返事に困った。

「お節介だし、うっとうしいし、大家族って死ぬほど恥ずかしいし、貧乏だし、最悪だって思ってた」

妹はこの家に何の不満もないと勝手に思いこんでいた。けれど、考えてみれば紬がここを出たのはティアラが小学生のときだったし、思春期になって家族に嫌悪感を抱くのは当たり前と言えば当たり前かもしれなかった。

スマホをロックしたティアラが、ごろごろと転がってきて、紬の膝の上にちゃっかりと頭をのせた。

「でも、今は好きなんだよ」真下から紬の顔を見上げて微笑んだ。「進吾君のこと、本気で好きになったら、受け入れられるようになったんだ。この家族のいろんなこと、理不尽なことも、全部。きらきらして、見えてきた」

それはよかった、とは簡単に言えなかった。大人の争いで、進吾から引きはがされたティアラに、口先だけのなぐさめを言えるわけがなかった。紬はティアラのやわらかい髪をなでた。

「私もこの子に、そう言ってもらえるように頑張るよ」頭をなでられながら、ティアラは自分のお腹をなでた。「嫌いだけど、好き。そう言ってもらえるように、頑張るから」

やはり、どうしても頭に去来してしまうのは、ミツトのことだった。私もミツトが、大嫌いで、大好きだった。おそらく、ミツトも私のことが、どうしようもなく好きで、同時に嫌いだったのだと思う。

その気持ちに早く気がついていれば、もっと余裕をもってミツトと付きあえたかもしれない。嫌いでいいんだと認めることができたら、狂おしい憎悪にかられることもなく、寛容になれていたかもしれない。

「今度……」気持ちが沈みこみそうになって、紬は明るい口調をとりつくろった。「母の日にでも、ちゃんと贈り物しようか。お母さんに」

「だね」紬の気持ちがつたわったらしく、ティアラが膝の上でうなずいた。

玄関のチャイムが鳴った。

ティアラの頭をどけて、紬はインターホンに出た。「げっ！」と、思わず変な声がもれてしまった。

画面に映っていたのは進吾だった。ぐっと顔を近づけてくる。思いつめた表情がアップになった。

「秋山です！　ティアラさんに会わせてください！」

インターホンのスピーカーから声が響くと、ティアラが跳ねるように起き上がった。二人であわてて玄関になだれこんだ。「ちょっと、どういうことよ！」と、母まで台所から駆けてくる。

扉を開けると、うなだれた進吾が立っていた。走ってきたのか、肩で息をしている。紬と母に向かって、勢いよく頭を下げた。

「突然すみません」

紬はあたりを見まわした。進吾のほかには誰もいなかった。

「ティア、俺、バカだったよ」

せわしなく眼鏡を押し上げながら、ティアラを見すえた。

「さっき、なんであんなに情けないことを言っちゃったのかって……」

紬と母は無言で目を見あわせた。

「俺、ティアラと結婚したい！　いっしょに、お腹の子、育てたい！」進吾が近所に響きわたる大声で叫んだ。「ティアラを見捨てるなんて、絶対にできない！」

ティアラが腕を広げ、進吾の胸に飛びこんだ。

「私もだよ！　来てくれて、うれしい！」

二人はかたく抱きあった。互いの肩口で、互いの涙をふいていた。紬は展開の早さに呆気にとられていた。これが若さというものかと、まぶしく見つめていたのだが、母だけはあからさまに眉をひそめていた。

「あんたね、簡単に言ってくれちゃって。どうやって生活する気なの？　子どもをつくったときもそうだけど、勢いじゃどうにもならないことがあるんだからね！」

産むことには大賛成と言ったはずなのに、とたんに厳しい顔つきで進吾を一喝した。

「何もかも、甘すぎるんですけど！　あんたね、今、お父さんいたら、マジでぶん殴られて、ボコボコにされてたからね」

もちろん、母は母で十七歳のときには苦労をしたはずで、男のころころかわる振る舞いに憤る気持ちも、紬にはよくわかった。

今までなんとなく目をそむけてきた可能性を、紬は突然目の前に突きつけられた気がした。自分はこの世に生まれる前に、その存在を抹消されていたかもしれないのだ。今さらながら、若かったころの母の葛藤を思った。ティアラの不安を思った。

とたんにしおれて蒼白になった進吾の肩に、紬はそっと手をかけた。

「進吾君。今は気持ちが興奮して、熱してるときなんだと思う」

薄くて、男としては頼りない肩だった。それでも、ゆくゆくはティアラと子どもを守ってほしいと思った。

「そちらのお母さんのこともあるし、今はちょっと距離をとってみたら？　それでも、まだティアラを思う気持ちがかわらないのなら、それは本物なんだと思う」

母をちらっと見た。うなずく母に励まされて、言葉をつづけた。

「ティアラにさっき聞いたけど、進吾君の夢は学校の先生でしょ？　これから、大学に行って、教員免許とってしっかり稼げるようにならなきゃ」

「ですね」進吾が涙をぬぐった。決然とした表情にかわった。「お姉さんの言うとおりです。ティアがお姉さんを自慢する気持ち、今日、すごいよくわかりました。僕よりも断然男気にあふれてました」

「男気って、お前、バカにしてねぇか？」紬は進吾の家での自身の蛮行を思い出して、死にたくなった。

ティアラが進吾の手をそっととった。

「先生になっても、私たち、好き同士だったら結婚しようよ。それまで、私、待ってるから。子どもといっしょに待ってるから、迎えに来てよ」

「俺の気持ち、絶対かわらないから」

二人は見つめあった。

「進吾君、好きだよ」

「俺もだよ」

紬はため息をついた。私たちも、これほど素直に、情熱的になれていたらと思わずにはいられなかった。気がつくと自然といっしょにいるのが当たり前になって、些細なケンカで離れたり、くっついたりを十五年間繰り返した。

紬は急速に暮れていく冬の空を見上げた。ミツトの名前を心のなかで呼んだ。何度も呼んだ。ミツトが明らかにそれとわかるかたちで好意らしい好意を見せたのは、たった一度きりだったと思う。

紬がサイナスをやめて、一年半が過ぎていた。高校卒業後、目標も持てず、コンビニでバイトをつづけていた。週六日で働いていたから、家にお金を入れても、みるみるうちに貯金がふくらんでいった。使い道は何もなかった。

春だった。大学に進学したまきが、二年生になった。二十歳になる年だった。三月に大きな地震があったばかりで、混乱と混沌がつづいていた。ただ機械的に決まりきったルーティーンの仕事をこなすことで、沈鬱《ちんうつ》で残酷な社会も、ミツトの不在もやりすごそうとした。ミツトとはもう二度と会うことのないまま、自分は朽ち果てるのだと覚悟していた。

「いらっしゃいませ」

レジの中でホットスナックの唐揚げを準備していたら、背後に客が立つ気配があった。カウンターに重い荷物が置かれる音がした。

「宅配便ですか？」

振り返った瞬間、すべての雑音が失せた。外の通りを行くバイクのエンジンも、フードの揚げ物を揚げる油の音も、客の話し声も、一切合切が紬の世界から消え去った。

ミツトがカウンターの向こうに立っていた。

「これ……」

ミツトが言った。プールのなかみたいに、くぐもって聞こえた。

「送る」

紬は視線を落とした。楽器のハードケースが置かれていた。大きさからして、ギターではなく、ベースらしい。

「送り状は？」想像以上に、自分が出した声は冷淡だった。

元気だった？　地震は大丈夫だった？　実家を出たって、まきから聞いてるよ。ちゃんと食べてる？　言いたいこと、聞きたいことが、土砂崩れを起こして、喉元まで押しよせる。もう少しで、口をついて出そうになる。

ミツトがシールを剝《は》がしていない状態の送り状を差し出した。そこには、汚い字で、紬の家の住所が書かれていた。紬の名前が書かれていた。受け取る手が震えた。

「ベース買った、ツムのために」

ミツトが、へへん、と鼻の下をこすった。今どきマンガでも見ないようなしぐさだった。わざわざ私の家に近いコンビニまで運んできて、わざわざ宅配便で送る。自慢したいのはわかるけど、それってサプライズになってないんじゃない？　紬は笑いたいような、泣きたいような気分を必死に押し殺していた。

「サンダーバード。ツムにあうかなって思って」

ギブソン社のベース――サンダーバード。かなり高価なはずだ。

「はじめてバイトした。一年間。めっちゃつらかった。ツム、すごいなぁって思った」

感激を表に出さないようにしていたら、手に力が入り、あやうく送り状をにぎりつぶしそうになった。何食わぬ顔でシールを剝がして、ハードケースに貼りつけた。

「こんなときだからこそ、言わなきゃって。やっぱり、俺、ツムなしじゃ生きていけない。ツムのベースがいい」

サイナスをつづけているまきからは、定期的に連絡が届いていた。ヘルプからそのまま正規のベースにおさまった海人の友人――匠の技術に、ミツトは不満を抱いているらしい。

「ツムに復帰してほしい。それが俺の意思だよ」

ミツトの背後にべつの客がならんだ。今、レジに出ている店員は自分しかいなかった。ミツトがそれを察して、立ち去りかけた。

「ミツトの意思は、そのまま私の意思だよ」

ミツトの背中に告げた。軽くうなずく気配があった。それで、いいんだと思えた。最初にスタジオに入った中学生のときに、こうなることは確信していたのだ。

ツムなしじゃ生きていけない。ツムのベースがいい——はたして、ミツトが私自身を求めているのか、それとも私の弾くベースの音だけを求めているのか。そんなことはたしかめるだけ無駄だと思った。ミツトに必要とされていることがすべてだった。

「ありがとうございました」紬は大きく頭を下げた。

送り状をあらためて見直したら、着払いになっていた。ふざけんなよと思ったが、ミッちゃんらしいと笑いもこみ上げてきた。このまま持って帰ろうかと迷ったけれど、結局やめた。そのかわり、勝手に午前中の時間指定にチェックを入れた。

翌日、玄関で朝九時からスタンバイしていた紬は、チャイムの音が鳴るやいなや、早押しクイズのようにドアノブを押した。ハードケースを抱えた配達員をあやうくハグしそうになった。送料を払い、印鑑を押して受け取ると、さっそく蓋《ふた》を開けてみた。黒い、無骨なデザインのボディーをなでながら「よろしくね」と、サンダーバードに語りかけた。

生まれかわったような気分で、コンビニに出勤した。コンビニのとなりの民家には、大きな桜の木があった。四月の一週目で、花びらが徐々に散りはじめていた。駐車場に停められた車のボンネットや、アスファルトに降りそそぐ。

紬は春のにおいを、鼻から目いっぱい吸いこんだ。地震から間もないなか、だいぶ不謹慎だとは思ったのだが、このときばかりは、灰色だった世界にいっぺんに色彩が戻った。青い空と、白い雲と、ピンク色の花びらが、目に痛いほど鮮やかで、まぶしかった。

進吾が何度も名残惜しそうに振り返りながら帰って行く。ティアラはそのたびに大きく手を振っていた。

「あー、なんだか腹減っちゃった。メシ、何?」進吾の姿が曲がり角に消えると、ティアラが母に聞いた。

「メシ、じゃなくて、ごはんって言ってくれない? だから、向こうの親御さんにあきれられるんじゃない」

「ごはんは、三文字だけど、メシは二文字ですむから、メシのほうがいいじゃん、断然」

二人の会話を聞きながら、きっと今、ティアラの見えている世界もカラフルに輝いているのだろうなと紬は思った。二月の真冬で、空はどんよりと曇っている。ほとんどグレー一色だ。けれど、ティアラにとっては道行くひとの真っ赤なダウンコートや、向かいの家の青い屋根が、くっきりと浮かび上がるように感じられていることだろう。

結局、世界をどうとらえるかは、この心持ちしだいなのだ。呪縛か祝福なら、祝福だと考えよう。出会えてよかったと考えよう。

ミツトだけではない。私には家族がいる。これから生まれてくる甥か姪がいる。そして、家族同然のメンバーがまだ残っているのだ。


平子との約束の日を迎えた。高級焼き肉店の奥まった個室に案内されると、そこには考えてもいなかった人物が同席していた。

「葬儀以来だね。調子はどう？」

匠はぎこちない笑みを浮かべた。もちろんコートは着てきたのだろうけれど、室内では真冬でもTシャツ一枚だった。

「紬ちゃん、少し痩せたんじゃない？　大丈夫？」

匠はバンドのなかでただ一人、「ツム」というあだ名を使わない。紬は曖昧に言葉を濁して、「いちおう……」と、うなずいた。

「今日のゲストです」と、平子はにこやかに席をすすめてきた。「せっかくですから、食事はわいわいと、にぎやかなほうがいいと思って」

「なんで……？」

「私に紬さんを紹介してくれたのは、匠君ですから。そのお礼もかねて」

「えっ、でも連絡はまきから……」

「ごめん！」匠が両手をあわせた。「平子さんに紬ちゃんの紹介をたのまれて、それでまきにお願いしたんだよ」

「じゃあ、私に直接言えばよかったんじゃない？　なんで、わざわざまきを経由しなきゃいけないの？」

また悪い癖が出てしまったとしっかり自覚しているのに、暴走していく気持ちと言葉をとめることができない。

「ほかの仕事を紹介するってことはさ、まさか私にサイナスをやめてほしいって思ってるわけ？　私、邪魔かな？」

「そんなわけないだろ！」匠が気色ばんで怒鳴ったが、すぐに肩を落としてつぶやいた。「そんなわけないって。俺は……」

「まあまあ、とりあえず落ちつきましょうよ」平子が場をとりなした。「みなさん、ビールでいいですか？　紬さん、飲めるんですよね？」

平子と匠がならんで座り、紬は平子の向かいに腰を下ろした。しばらく、気まずい無言がつづいた。

正直、匠とは微妙な仲だった。高三の夏からサイナスを離脱していた一時期、かわりにベースをつとめていたのは海人の親友の匠だった。しかし、約一年半後にミツトに請われるまま紬が復帰を果たし、結果として匠をおしのけるかたちになってしまった。

それまでのサイナスの窮地を救ったのは匠だった。それなのに、ミツトの一存で匠はクビ同然の扱いを受けた。それでもサイナスにかかわりたいからと、その後はバンドの手伝いを買って出てくれた。メジャーレーベルに所属した今も、マネージャーとはいえ、バンドメンバー扱いでサイナスのために働いてくれている。

ベースの件は、匠も納得ずくだったとはいえ、なんとなくわだかまりが残ってしまった。少なくとも、紬は匠と二人きりのシチュエーションが苦手だった。どうにも遠慮が先に立って匠との会話がぎこちなくなってしまう。

ビールと肉が運ばれてきて、三人で静かにジョッキをあわせた。さすがに、ミツトの死があって匠も平子も「乾杯」とは言わなかった。

男二人が肉を焼きはじめる。

「こういういい肉は焼きすぎないほうがいいんだよ」

「もう、さっとでいいですよね」

「けど、匠君、あんまり食わないでよね。ここ、めちゃくちゃ高いんだから」

「安心してください。見てのとおり俺、小食ですから」

「いやいや、嘘でしょ！」

二人でトングをにぎって、軽口を交わし、酒を飲む。とても昨日今日知りあった仲のようには見えなかった。もしかしたら、紬との積年のわだかまりの件も、平子には話しているのかもしれない。

「ほら、紬ちゃん、焼けてるよ」匠が紬の皿に肉を取りわけた。

「ねぇ……」と、紬は匠に呼びかけた。

バンドメンバーは「匠」もしくは「匠君」と呼ぶ。紬一人が、なんとなく呼び方を決めあぐねたまま、長い年月がたってしまった。用があるときも「ねぇ」や「あのさぁ」で、すませてきた。煙の向こうの匠が「何?」と、目顔で問い返してくる。紬は思いきって名前を呼んだ。

「匠……君は、やっぱり私のこと、ミッちゃんに縛られてるって思う?」

匠の持つトングが空中でとまった。

「うーん、そんなこと言ったら、メンバー全員そうだと思うよ。俺だってそうだしさ」ふくよかな頰の肉をぐっと盛り上げて、ひとのよさそうな笑みを浮かべた。「みんな恋しちゃったんだよ、ミツトに。もちろん、紬ちゃんほどではないにせよ」

百キロを超す巨漢の男が言うと、妙にチャーミングで、思わず紬は笑ってしまった。

匠が勝手に肉を大量追加する。平子が「おいおい」と、匠の肩をたたいた。一杯目のビールだったのだが、アルコールがあまりにひさしぶりで、紬は徐々にまわってくる酔いを感じはじめていた。

「あのね、俺が平子さんの依頼で、紬ちゃんを紹介しようと思ったのは、将来の選択肢は絶対に多いほうがいいと思ったからなんだよ」たたかれた肩をさすりながら、匠が言った。「今まで俺たちは、ミツトが右と言えば右に、左と言えば左に進んできた。それで成功をおさめてきた。何の問題もなかった」

そのとおりだった。何でも大げさにたとえたがる慈夢に言わせれば、「気まぐれな独裁者は死んだ。解放された民たちは自由を手に入れたかわりに、途方に暮れた」とでも表現するのかもしれない。

「あのね……」紬は残り少なかったビールを飲みきった。「私の妹が妊娠したんだけど、十七歳で」

「えっ！」匠と平子が口をそろえて叫んだ。

「まあ、本人は産みたいって言ってるけどさ、出産か堕胎か……。私はね、なまじ選択肢があるほうが、きついし、残酷なことだってあると思うんだ」

もちろん、ミットを亡くした自分のことも頭にあった。バンド存続か解散か。ミットの意思がわからない以上、どちらの選択も正解ではないような気がしてくる。

匠がさっきからにぎりっぱなしだったトングを置いた。匠の取り皿には、焦げた肉が冷めて山盛りになっていた。

いつもそうだった。自分のことは後まわしにして、周囲のひとたち——とくにメンバーの世話を焼く。マネージャーだからというよりも、もともと気配りのできる優しいひとなのだと思う。

「選択肢がある残酷と、ない残酷なら、俺はやっぱり選択肢があるほうが断然いいと思うよ」匠が箸《はし》をとりながら、うつむき加減で言った。「少なくとも、俺は選べないんだ。サイナスをつづけたくても、俺は自分の意思でそれを選べる立場にないから。すべてメンバーにまかせるしかないから」

匠の言葉を聞いて、紬はすでに空になっているジョッキの持ち手を強くにぎりしめた。

「紬ちゃんが戻ったときだってそうだったよ。俺に選択の余地はなかった」

そう言ってから、匠はあわてた様子で箸をぶんぶん振った。

「あっ、でもね、何度も言ってるけど、俺はなんとも思ってないからね。紬ちゃんの弾くベースが大好きだし、サイナスにとってはベストだったたんだよ」

「でも、匠君は、マネージャーになったとき、サイナスに残る選択をしたでしょ？」

「いや、違うよ。選択肢なんてない。サイナスに残るのは、絶対だった」

「えっ……？」

「言っただろ。恋をしちゃったんだ。ミツトの音楽に。そこから離れるなんて考えられなかった」

網についた脂に火がついて燃え上がった。さっきから黙ったままの平子が、お冷やのコップから氷を箸でつまみ出し、鎮火にあたった。

煙が目にしみた。あやうく泣くところだった。ミツトに恋をした。メンバーみんな同じだったのだ。加入の時期はばらばらでも、それこそがサイナスの原点だった。匠とのわだかまりが、網の上の氷のように、急速に溶けてなくなっていくのを感じていた。

今までなぜ面と向かって、匠と話さなかったのだろう。

でも、匠は生きている。おそくはないと紬は思う。

「言っときますけど、私、サイナスを崩壊させようと思ってるわけではないですからね。紬さんも、匠君も、サイナスとの両立を最大限尊重するつもりですから」平子が網の交換を店員にたのんだ。

「匠君……も？」驚いて平子を見た。

「ぜひうちの事務所にどうかって誘ってるんですけどね、なかなか首を縦に振ってくれなくて」

「えっ、そうなの？」

「とにかく、みんなの結論を待ってみるよ。もし、それでマネージャーとしての俺の居場所がなくなってしまったとしたら……」

紬は熱を持って爆《は》ぜる炭火を見つめていた。匠が自分の言葉を打ち消すように、わざとらしく手をたたいた。

「そうだ！　そういえば、紬ちゃんに持ってきた物があったんだ」匠がリュックから取り出したのは、ＣＤのケースだった。「〈うねる春〉のミニアルバムだよ」

それは、サイナスがインディーズからはじめてリリースしたアルバムだった。一曲目のタイトルがそのままアルバムの名前になっている。

「これずっと大事にしてたんでしょ？　ミツトに壊されたって聞いたから、持ってきたよ」

「ありがとう。でも、パソコンに入ってるし」

「俺もパソコンに入ってるよ。オリジナルは、紬ちゃんが持ってるべきだと思う」そこで匠はため息をついた。「しかし、なんでミツトはそんなことをしたのかねぇ」

「実はね、けっこう私が悪かったところもあって……」紬は去年の大晦日の出来事を二人に話した。

兄弟二人と年越しを待ちながら酒を飲んでいた。自分の家ということもあり、気がゆるみ、酩《めい》酊《てい》していた紬は、クリスマスイブのライブイベント直後、とある男性に告白されたことを自慢した。相手は何度も共演したことのあるバンドのベーシストだった。

「あのね、そのひと、私の弾くベースも、私のことも大好きなんだって」かなり酔っ払ってしまい、うきうきとした口調でまくしたてた。「好きな曲は〈うねる春〉でね、タイトルどおり、私のベースがすごいうねって、からみついて、それでいてなめらかで、耳から離れないんだって」

「でも、断ったんだよね？」ミツトの手前、海人は気まずそうな表情を浮かべていた。

「すごいもったいないなぁって思ったけどね。でも、友達からはじめましょうってことで、連絡先は交換したよ。今度、ごはん行ってくるし」

ミツトはぶすっとした表情で、大晦日のバラエティー番組を見つめていた。

ミツトをたきつける気持ちがないわけではなかった。うかうかしてると、ほかのひとのところへ行っちゃいますよというアピールを、酔った勢いでしてしまった。決して怒らせたかったわけではない。そろそろ、結婚など将来のことをきちんと話したかっただけだ。

しかし、逆効果だった。ミツトがいきなり立ち上がった。ＣＤをおさめているラックに歩みよる。

歴代のサイナスの作品を、ジャケットを表にして飾っていた。ミツトは、迷いなく〈うねる春〉のミニアルバムをつかみとり、ケースから取り出し、円盤を真っ二つに割ってしまった。さらにケースも床にたたきつけて、足でばきばきに踏み割った。

ミツトが物にあたるのは、めずらしかった。あまりの剣幕に、紬と海人は呆気にとられたまま、ミツトの破壊行為をとめることができなかった。けれど、ミツトの一言で、紬も一気に頭に血がのぼった。

「こんな曲、恥ずかしい過去だよ。これを好きだって言うヤツは、マジでアホだな」

「ねぇ、ひどくない？　このＣＤ、すごい大事にしてたんだよ！」

サイナスに復帰した記念の曲だった。ミットと二人で、ベースラインを考えた。プレゼントされたベースで丁寧に一音一音、サイナスの底を支えるメロディーをつむいでいったのだ。

「もう七年も前だろ。クソみたいな曲にいつまでもしがみついてんなよ。前を見ろよ」

「最低！」

ミットは帰っていった。沈鬱なムードのまま、海人と年明けを迎えた。

そして、それっきりミットはこの世からいなくなった。


「嫉妬だな」平子が言った。

「ですね」と、匠もうなずいた。

「かわいいところもあるね」

「まあ、こっちも寛大な心で接していれば、かわいいって思えるんでしょうけど」

本当に嫉妬なのだろうか？　そんな単純な感情や動機で、あそこまでミットが激昂するのかと、紬は首をひねった。

「この〈うねる春〉って……」平子がテーブルの上のＣＤを指さした。「私もサイナスの曲のなかで、一、二を争うほど好きなんですけどね」

平子が腕を組んだ。

「これって、洞口光人から紬さんへのラブレターだよね、明らかに」

「は……？」思わず声がうわずった。「ラブレターって？」

「いや、ラブレターはラブレターですよ。口で告白できないから、曲で……っていうのは、まあアーティストらしいじゃないですか。やっぱり、かわいいところがあるなぁと」

思わず匠を見てしまった。まばたきを繰り返しながら、匠が驚いた表情で見返してきた。

「えっ、紬ちゃん、気づいてなかったの？　それ以外の何ものでもないと思ってたんだけどな」

そのあと、二軒ハシゴした。かなり飲んでしまった。

必死に固辞した記憶はあるのだが、結局平子に一万円札をにぎらされ、タクシーに乗った。一人暮らしの部屋に帰った。

「うーい、酔っ払っちまったぜい」独り言が狭い玄関にむなしく響いた。そのままベッドに倒れこみ、毛布を抱き枕にして、ごろごろとのたうちまわった。

頭のなかで「ラブレター」という言葉が渦を巻いていた。このままだと、となりの部屋に迷惑なほど「わー」とか「うー」とか叫びそうだったので、思いきって立ち上がり、匠にもらったCDを再生してみた。深夜だったので、ボリュームを下げた。

〈うねる春〉のイントロが流れた。温かく、かつ重厚なオルガンの和音が曲のスタートを切った。ベースが低音部と高音部をうねるように行き来し、さらに海人のギターがアルペジオを奏でる。まきのハイハットが、クローズとオープンを繰り返し、十六分の細かいリズムを刻む。

Aメロ、Bメロと、たゆたうような、緩やかに流れるような調子がつづく。サビに入ると、クリーントーンだったギターがひずみ、一気に春の嵐が吹き荒れた。ミツトのボーカルが呻吟《しんぎん》する。

《心と体がどろどろに溶けだすような
うねる春の訪れ
桜の下　放課後
君の笑顔はじける
それだけで
どうやら僕は救われるらしいんだ》

紬は考えてみた。これがミツトからのラブレターだ、と。
ほかの男性から告白されたことを告白され、ミツトはかつて送ったラブレターをみずから破り捨てた。ミツトを破壊行動へと駆り立てたのは、いったいどんな感情だったのだろうか。
①平子や匠の言うとおり、嫉妬した。
②ただただ、紬の不義理に激怒した。
そして、三つ目の可能性に思い至る。
③わざと嫌われ、紬がべつの男性に心おきなくいけるように仕向けた。
いやいや、そんなバカなと思う。ミツトが人間関係において、そんな高等テクニックを駆使で

きるわけがない。

　それでも、あながち見当違いとも思えないのは、ミットとのとある会話が、ミットの死からずっと頭を離れないからだ。

　紬のバンド復帰が決まった直後のことだった。ミットと二人で井の頭《いかしら》公園に行った。桜はすっかり散ったあとだったけれど、池には一面、ピンク色の花びらが敷きつめられていた。十九歳の、春の終わりだった。

　手こぎボートに乗った。ミットはさも当然のように、紬にこがせた。紬は池の中央まで出て、手を休めた。

　しばらく、たゆたっていた。ミットは座ったまま、目を閉じ、耳元でフリスクの容器を振っていた。その軽快なリズムにあわせて鼻歌を歌っていた。そのわりに、上機嫌には見えなかった。何かに耐え、苦痛をやり過ごそうとしているようだった。

　すぐそばを親子連れのスワンボートが通過していった。父親と、小さい男の子だった。波が立って、二人の乗る手こぎボートが揺れた。

「ここ数年ね、春になると調子が悪いんだ」ミットがボートのへりにしがみついた。「なんだかね、耳鳴りがして、見るもの全部がまぶしくて、どぎつくて、色とか、声とか、人々のよろこびとか、悲しみみたいなのが、まるごと襲いかかってくるみたいな」

　自分もつい最近、世界に色と光がよみがえる経験をしたばかりだった。ミットからプレゼントされたベースが届いた日だ。

しかし、春めいた世界が向こうから襲いかかってくるような、まがまがしい印象はない。ミットは苦しげに眉をひそめた。もしかしたら、ついこの前の震災も影響しているのかもしれない。

「ねぇ、ツムは子どもがほしいって思う？」

「どうしたの、いきなり」

スワンボートの少年が、大笑いしてはしゃぎながらペダルをこいでいた。父親も競うように両足を上下させている。

「いいから、答えてみて」

この手のミットの質問は、いつも緊張する。回答しだいでは、ミットの機嫌が極端に悪くなるからだ。

「うーん、いつかほしいとは思う」紬はおそるおそる答えた。

「そう」とくに、ミットの表情に変化はなかった。春の日差しが降りそそいで、ミットは手でひさしをつくった。「何人？　ツムんちみたいに、十人とか？」

「まさか」紬は笑った。「それに、うち、子ども十人もいないから」

ミットも笑った。

「ツムには、幸せになってほしいな」

「えっ？」

「俺はたぶん、幸せにはなれない気がするから。だから、俺のことは気にしないで、誰かいいひとがいたら……」

ミツトが水面に手を伸ばした。浮かんでいる桜の花びらにさわった。ボートが大きく傾き、あわてて紬は反対側に重心を移した。

そのとき、自分たちの行く末が見えたような気がした。

ボートが転覆しないようにバランスをとり、互いに距離をとったまま、永遠に結ばれることはかなわない。まるっきり私たちの関係、未来そのものだ。微妙に揺れる重心が崩れないように、ミツトの動きと感情を見極め、さっと身を引く。どうにかぎりぎりで均衡をたもつ。となりに座ることすら許されない。

でも、そんなの嫌だと思った。

「じゃあ、私も幸せじゃなくていい。だから、ずっと……」

このまま、人生が転覆してもかまわないと、本気で思った。二人が近づくと、バランスを失い、ボートは確実にひっくり返る。たとえ汚い池に沈んでいくとしても、二人で手をとりあい、抱きあいたい。不幸せでもいい。

「ツム」前髪の奥の目が細くなった。「ありがとうね」

ミツトがこんなにも直接的にお礼を言うのはめずらしく、紬はどう答えていいのかわからなかった。

「ツムがそばにいてくれると、苦痛がちょっとはやわらぐから」

紬はうなずいた。ボートのオールをにぎりしめた。

「じゃあ、いるよ」

紬は胸を張って言った。ミツトの不安が少しでも減るように、自信に満ちた表情をとりつくろった。

私のほうこそ、心のなかは、不安でいっぱいだったんだよ。

「そばにずっといるから、安心して、ミッちゃん」

＊

追悼ライブがはじまっていた。

「笑って送りだそう」という海人の言葉を聞きながら、紬はミツトに贈られたサンダーバードをかついだ。

小柄な女性にはあまりに無骨なベースだ。飼い慣らし、乗りこなすのに、かなり時間を要した。今では大事な戦友だ。

一曲目の〈空洞電車〉を海人が歌いきった。二曲目は、〈うねる春〉だ。

ミツトのピックを右手ににぎった。イントロはエフェクターのファズを軽くきかせて、春の生命の息吹を感じさせるように、力強く、低音から高音へのスライドを繰り返す。波に揺れるボートのように、右へ、左へたゆたう。

あのボートの上で、紬は「そばにずっといる」と言った。

それなのに、年々、ひとなみの幸せを求めてしまった。私だって、結婚したい、家族がほしい、子どもがほしいと、あのときの約束を忘れて、ミツトにプレッシャーをかけてしまった。私は贅沢《ぜいたく》だった。ミツトと、ただ、いっしょにいられればよかったはずなのに。私は汚くなってしまった。夕陽が映えるきれいな川の流れを目指していたはずなのに、大人になり、いつの間にか濁って、初心を忘れてしまった。

結果、夕陽はあっけなく沈んだ。悔やんでも、悔やみきれない。でも泣かない。紬は歌った。この歌をほかの誰にも歌わせるつもりはなかった。

ボーカルが入ると、ベースは曲の後景にしりぞく。ファズをオフにし、コードの単純なルート音を繰り返す。

《心と体がどろどろに溶けだすような
うねる春の訪れ》

スピーカーから跳ね返ってくる声が、自分の声のように聞こえない。いつもはミツトが歌っていたからなおさらだ。紬はちらっと中央を見た。

スポットに照らされた空間に、ミツトはいない。となりは、空白だ。ミツトの感じていた春の狂暴さをはねのけるように、声をかぎりに歌いつづけた。今のミツトが少しでも楽になってくれたらと願った。祈った。

《桜の下　放課後
　君の笑顔はじける》
精いっぱい笑ってみた。笑いながら歌った。今度は上を見た。関係者席が見えた。招待した平子がいた。ふだんの冷静な物腰では考えられないほど、両手を万歳して、絶叫していた。口の動きでわかる。同じ歌詞を歌ってくれている。
そのとなりには、ティアラと進吾がいた。「お姉ちゃん！」と叫ぶのが、これも口の動きではっきりわかる。ティアラのお腹は大きくなりはじめている。
ティアラは言った。「ミツトさんの生まれかわりだね」と。あんなヤツがまた出てきたら、男でも女でもかなり面倒くさい、いい加減、勘弁してほしいと思う一方で、もう一度私の近くに生まれてきてくれたら、今度は絶対に守ってあげたいと心に誓う。

《それだけで
　どうやら僕は救われるらしいんだ》
一番のサビを歌いきり、ほっとひと息つく。慈夢のキーボードソロが鳴り響いた。
このライブが終わったら、メンバーに、匠に言おうと思っている。私はサイナスをつづける。平子のオファーも受ける。もっともっとサイナスの音楽を知ってもらうために、違うジャンルにも足を踏み入れるのだ。

ミツトから受け取った余りある祝福を、メンバーに、家族に、ファンに——これから生まれてくるティアラの子にも分け与えられるように、サンダーバードを弾きつづける。

紬はようやく見つけた。それこそが、まぎれもない、私自身の意思だ。

3
村井匠《むらいたくみ》（マネージャー）

匠は楽屋の扉の前で立ち止まった。

胸に手をあてて、動悸をしずめようとする。サイナスのバンドTシャツを着た自身の腹が、激しく上下していた。

呼吸が乱れているのは、急いで移動してきたせいもある。ミツトの死後、しばらくはストレスがたまり、食や酒に逃げ場を求めつづけた。最近、ダイエットをはじめたのだが、体重はようやく百キロを切ったところだ。

追悼ライブを前に、どんな顔をしてメンバーに声をかけていいのかわからなかった。心臓が高鳴っているのは、その緊張感もある。ここは、明るいトーンを心がけるべきか。それとも、真面目な調子でいくべきだろうか。扉の向こうにいるメンバーの雰囲気が、いまいち読みきれない。

開演時間が迫っていた。ぐずぐずしてはいられない。匠はノックなしに、思いきって扉を開けた。

「そろそろ、移動ね！」自然と威勢のいい声が出てしまった。手をたたきながら、楽屋を見まわした。「ラス前の曲かかったよ！」

自分が来る前に、メンバー間でどんな会話がなされたのかはわからない。しかし、なんともぎこちない雰囲気がただよっていた。今日は、それぞれが思い入れのある曲でボーカルをつとめる。ナーバスになるのも無理はないかもしれない。

そのうえ、大事な話しあいがライブ後にひかえていた。匠は親友の海人にもまだ打ち明けていない、ある決意を心に秘めていた。

舞台袖で、海人の横顔をおそるおそるうかがった。海人は厳しい表情で、手に息を吐きかけていた。

まるで、自分自身が出演者であるかのように、匠の緊張も一気に高まった。ライトや機材の熱もあいまって、額に汗がにじんだ。

入場前のSEが終わり、ライブ会場がざわめきに包まれた。海人を先頭にして、メンバーたちがステージに出ていくと、爆発的な歓声が響きわたった。

大事な仲間たちが神々しく見える。同時に、ふだんは身近なメンバーの存在を遠く感じる瞬間でもある。

四人の後ろ姿に「頑張れ」と、心のなかで声をかけた。一人欠けているのが、本当に寂しく、信じられなかった。

マネージャーになって以来、小さい箱でも、大きいライブハウスでも、約九年間、こうしてみんなの背中を見送りつづけてきた。音楽の才能のない自分は、舞台には立てない。スポットライトを浴びることはかなわない。

匠はサイナスのマネージャーとして、バンドを一生支えていこうと誓った日のことを思い出していた。

真冬の河川敷だった。あまりにも夕陽がきれいで、たったそれだけのことなのに、泣きそうになってしまった。目にたまった涙の水滴に、赤い光が反射して、まぶしさがさらに強まった。横にならんで座るメンバーにばれないように、目を見開き、乾燥した風に眼球をさらした。

このバンドのコンセプトは、川のような浄化だと、そのとき匠は思った。上流から絶えず新しい水が流れてくる。すべてが洗い流されて、きれいになっていく。ミツトの歌にはそういうパワーがある。

あれから、長い年月がたった。匠は「浄化」という言葉の本来の意味を見誤っていたと、今さらながら痛感していた。

ヘドロのようにたまった世界の汚い側面を、ミツトの歌が洗い流し、濾過《ろか》する。サイナスのファンたちは、新たな活力を得て、日常に戻っていく。しかし、無条件で何もかもがきれいになるわけじゃない。濾過したということは、必ず澱《おり》のような、滓《かす》のようなものがあとに残される。

濃縮された世界のどぎつい部分を、ミツトは一身に引き受けていたように思えてならない。感受性の強いむき出しの体に、ひとの悪意や憎しみ、歓喜や悲哀が突き刺さる。

さぞかし孤独で、苦しくて、つらかったはずだ。できれば頼りにしてほしかったけれど、凡人である自分には、到底ミツトの苦悩は背負いきれなかっただろう。

「今日だけは、笑って送りだそうと思う」海人がマイクをとおして呼びかけた。

客席から拍手がわいた。こみ上げてくるやり場のない悲しみをごまかすように、匠も大きく手を打ち鳴らした。

＊

「選択肢がある残酷と、ない残酷なら、俺はやっぱり選択肢があるほうが断然いいと思うよ」

平子と同席した、焼き肉屋の個室だった。匠はこれ以上ない本音を紬にぶつけてしまった。決して紬を励ますつもりはなかった。情けない自分がただただみじめだっただけだ。

才能のある人間には、たくさんの道が用意されている。みずから選びとることが許される。ミツトは天才で、残りのメンバーは平凡だと音楽のわからない人間がよく陰口をたたいているけれど、匠に言わせればとんでもない。ミツトの要求する高い理想を実現するには、なみのセンスと根性ではつとまらない。

「でも、匠君は、マネージャーになったとき、サイナスに残る選択をしたでしょ？」紬が不思議そうに聞いた。

紬は自分のことを恵まれない人間だと考えている節がある。けれど、それは大間違いだ。紬はミツトからサンダーバードをもらった。それがすべてだ。

この子は神に見出だされたのだと、まったく大げさではなく匠は思う。天からの授かり物をたまわることが許されるのは、神に認められた者だけなのだ。

「言っただろ。恋をしちゃったんだ。ミツトの音楽に。そこから離れるなんて考えられなかった」

それを聞いた紬は笑った。匠は笑えなかった。網についた脂が燃え上がって、会話の間があいた。自分の取り皿に山盛りになっていた、焦げて冷えた肉を、匠は一気に頬張った。

持たざる者には、神はそっぽを向く。いくら恋い焦がれても、全身全霊でつくしたとしても、容赦なく首を切り落とされる。理不尽、というよりは、単純明快なのだ。すべては才能の世界なのだから。

クビを宣告されたときもそうだったのだが、もっとも屈辱的な仕打ちを受けたのは、ライブ中、客の目の前でミツトから怒鳴られ、なじられたときだった。

慈夢がくわわり、五人態勢になった直後のことだ。小さいライブハウスだったけれど、その日は週末でかなり客の入りがあった。

三曲目の途中で、ミツトの弾くジャズマスターの弦が一本切れた。いちばん細い一弦だった。ギターをかき鳴らしながら歌を歌っていたミツトの動きが、突然とまった。バックの四人は、ボーカルがなくなっても、しばらく演奏をつづけていた。客がざわつきはじめた。

匠は唾をのみこんだ。ミツトがゆっくりとこちらを振り返ったからだ。光る目が、舞台袖に立っていた匠をとらえた。切れた弦があらぬ方向へはね上がり、空中で揺れていた。

そのころから、匠はマネージャーとギターテックをつとめていた。ギターテックは、演者のギターの管理が主な役目だ。ライブ中は、ミツトと海人のギターチェンジを助け、チューニングを行う。弦の張り替えも、必要があれば事前にすませておく。

この替えどきが、実に難しい。ミットは、ある程度弾きこなし、手になじんだ弦を好む。かといって、酷使しすぎると錆びるし、音の質も落ちる。海人のギターは二週間、ミットの場合は三週間を目安に替えていた。

けれど、切れるときは、切れる。これは事故のようなものなのだ。

「おい！」ミットが怒鳴った。「切れたぞ！」

弦が切れたということなのか、ギターの持ち主がキレたという宣言なのか、よくわからなかった。

「ふざけんなよ！　台無しだよ！」

すべての演奏が、完全にストップした。ミットが舞台袖に近づいてくる。Tシャツの胸ぐらをつかまれ、ステージ上まで引きずり出された。

「ご……ごめん！」

「ごめんじゃすまない！　ちゃんとやるって、匠君、言ったよね？　ねっ？　ねっ？」

ふつうのギタリストは、たとえ弦が切れたとしても、一曲は弾ききる。そのあとは、セカンドギターに切り替えるなり、メンバーのMC中に張り替えるなりする。

「ねっ？　ねっ？」粘着質な「ね」がとまらなかった。

「いいぞ！　やっちまえ！」客たちが、なぜか曲を聴いているときよりも、盛り上がっていた。サイナスのことを知らない人間がほとんどなので、いい余興が見られたとでも思っているのかもしれない。

「やめろって、ライブ中だぞ！」海人が真っ先にあいだに入ってくれた。スピーカーがハウリングを起こし、耳障りな音がこだました。すぐに静かになったのは、ライブハウスのＰＡスタッフが、手元で強制的に音量を下げたせいだろう。

紬がミツトの背後からさっとジャズマスターのボディーをつかんだ。器用にギターからストラップをはずし、取り上げる。

「早く、今のうち！」

紬の言葉にうなずいて、匠は押しつけられたギターとともに狭い舞台袖に引っこんだ。まずは、切れた弦をとりのぞく。手が震えてうまくいかない。

「台無しだ！」ミツトがまだステージで怒鳴っていた。「どうしてくれんだ！」

「お前の悪い癖には、もううんざりなんだよ！」海人も負けじとやり返す。「全部が全部、完璧なコンディションでライブできるなんて、ありえるわけないだろ！　いい加減、妥協という言葉を覚えろ！」

「妥協？　兄貴は、いつも妥協してるの？　正気を疑うよ。そんなんだから、下手くそなんだよ！」

「俺は正気だ。そんなことをステージ上で平気な顔で言う、お前の正気を疑う！」

「はい、ということでね、兄弟喧嘩でも肴《さかな》にしばらくお酒でも飲んでいただいて」と、慈夢がつなぎのＭＣをしてくれる。

メンバーたちの声を聞きながら、無事に一弦を張り直し、あらためてすべての弦をチューニングした。ミツトを刺激しないように、背後から忍びより、さっとギターを肩にかけてやる。

それを見届けてから、紬が次の曲のリフをソロで弾きはじめた。ファズのきいた、地を這い、うねるようなフレーズだ。海人がアルペジオを鳴らし、慈夢が重厚な和音をのせる。まきがスティックをとった。きりのいいところでフォーカウントをとり、〈うねる春〉のイントロに移行する。

こうなると、ミツトも文句がつけられない。渋々といった表情でAメロを歌いはじめた。匠はほっと息をついた。Tシャツが汗で変色していた。

たとえば、サイナスが順調に有名になっていったとする。ドームや武道館で、ライブができるようなバンドになる。

そんな大舞台で、ギターの弦が切れる。サイナスは成長しても、ミツトの人間性はまったく成長していない。数万の観客を前に、演奏を放棄し、裏にひかえる匠をなじる。

「まさかね……」腰に手をあてて、つぶやいた。

武道館でそれをやったら、大事件だ。

しかし、ミツトならやりかねないと思う。首にかけたタオルで、匠はとまらない汗をふいた。

六畳ほどの狭い部屋だった。匠はパイプ製の簡素なベッドに、上半身裸の下着姿で横たわっていた。

結局、ドームツアーも武道館も実現することはなかった。所属レーベルで企画が立ち上がった洞口光人追悼ライブが、音楽フェスへの参加をのぞけば、サイナス史上もっとも大きい二千人規模のライブ会場での演奏となる。

匠は寝そべりながら、右腕を真横に伸ばしていた。二の腕の上には、ミカサの頭がのっていた。匠が軽く身じろぎをすると、ビニール張りのマットレスが、むぎゅうと苦しそうにうめいた。

「大丈夫？　しびれてない？」

ミカサが聞いた。本当は右腕の感覚がなくなるくらいしびれていたのだが、「大丈夫だよ」と答えた。

「それにしても、匠さん、ひさしぶりだよね」

「うん」

「何してたの？」

「ちょっとね……」匠は言葉を濁した。「仕事でばたばたしてて」

渋谷のファッションヘルスだった。いわゆる風俗だ。匠はこの店の常連で、ミカサをひいきにしていたのだが、ここ最近はミツトの死でそれどころではなかった。食欲はストレスのせいで異常なほど昂進したものの、さすがに性欲だけはほとんどわかなかった。

紬と平子と別れたあとだった。焼き肉屋のあと二軒まわり、かなり飲んだはずだがそこまで酔ってはいなかった。紬とのわだかまりはたしかに溶けた。しかし、やり場のない、言葉にできない鬱憤《うっぷん》も溜まっていた。

紬は、おそらく自分の力で立ち直るだろう。紬にはサンダーバードがある。ミツトに認められた音楽の腕がある。そして、容姿もすぐれている。アイドルのバックバンドをつとめても、ひけをとらないほどの。

ほかのメンバーもそうだ。みな、それぞれにライトを浴び、カメラを向けられても恥ずかしくない見た目をしている。私生活も充実している。一方、匠はコンプレックスだらけだった。体重は百キロの大台を超えてしまった。顔も仏像のようだとよく子どものころからからかわれた。彼女はいない。三十一年間で、一度もできたことがない。初体験は二十三歳のとき、ソープランドですませた。

自分は何も持っていない。風俗に行くことくらい許してほしいと、誰にともなく言い訳を繰り返してどうにか自分を保ち、ここまで生きてきた。こうして女性と肌身をあわせると、心が落ちつく。しかし、自分は一回二万円弱ほどのお金を払わないと、その満足を得られないのだ。

「私もね、ちょっと、すさんでたの、ここ二ヵ月くらい」ミカサが人差し指の先で、つんつんと匠の腹をつついた。

プレイ後だった。六十分コースのうち、まだ二十分ほど余っていた。匠はしだいにプレイそのものよりも、このまったりとした雑談の時間を楽しむようになっていた。恋人同士のような気分を味わえた。

しかし、今日はミカサの様子がおかしかった。いつ会ってもテンションが高く、元気なミカサが、ため息ばかりついていた。

「すさんでたって、どうしたの？」

「洞口光人が死んだでしょ？　あれ、すごいショックだった」

思いもよらないところに、話題が飛んだ。匠はダクトがむき出しになった、コンクリートの天井を見つめていた。

ミカサを指名しつづけているのは、顔がタイプということもあるが、彼女がサイナスの熱狂的なファンだと知ったことも大きかった。たったそれだけで、精神的なつながりが持てた気がしたのだ。

匠はさすがにサイナスのマネージャーであることを明かしていない。音楽業界に勤めているとだけ話している。

「自殺しちゃうんだって思って、本当にやりきれなくなったよ」

「いや、自殺じゃないって」

「なんで、そんなこと言いきれるの？」

匠は顔を横に向けた。極端にしぼられた間接照明が、ぼんやりとミカサの横顔を浮かび上がらせていた。

無表情だった。あどけない顔だが、いったい何歳なのかわからない。店のプロフィールでは二十歳ということになっている。

「でも、サイナスの公式発表では転落事故だって……」匠は顔を正面に戻した。「だったら、自殺じゃないでしょ」

ミカサが急に起き上がった。シースルーのキャミソール姿が、華奢《きゃしゃ》な体軀《たいく》を強調している。

「自宅のベランダでしょ？　ふつう、落ちる？　事故って何？　子どもじゃないんだから、自殺以外考えられないでしょ」

匠は何も言葉を返すことができなかった。たしかに、そうだ。事情を知らないファンからしたら、公式発表の転落事故は真実を覆い隠すための建前だととらえるに違いない。まさか、海人のパートナーの話までして、自殺でないことを証明するわけにはいかなかった。もどかしかった。

いっそのこと、身分を明かしてしまおうかと匠は考えた。これまで、サイナスのバンドTシャツや、タオル、レアなポスターをミカサにプレゼントしつづけていた。最初は音楽業界で働いているという匠の話を胡散臭げに聞いていたミカサも、しだいに心を許してくれるようになった。風俗嬢と客以上の関係になっていると、匠は勝手に思いこんでいた。

今なら、言える気がする。しびれていた右腕に血がかよい、さわさわとくすぐったい感覚が走った。「あのね……」と、言いかけたとき、ふたたびミカサがとなりに倒れこんだ。

今度は横向きで匠の腕に頬をのせ、人差し指の先で円を描くように、乳輪の周囲をもてあそんでくる。ただ、そんな思わせぶりなしぐさとは裏腹に、その口調はひどく物憂げで、沈んでいた。

「生きる気力がなくなっちゃった」

「そんな……」乳首をいじるミカサの手をつかんだ。「生きる気力って、大げさじゃない?」

「大げさじゃないよ。私がこれまで頑張ってこられたのは、サイナスのおかげなの。洞口光人が必死に歌ってるんだから、私も精いっぱいやらなきゃって。でも、自殺されちゃったらさぁ、何もかも裏切られたみたいな気分になるじゃん」

ミカサがこれまでどんな人生を歩んできたのか、匠には知るよしもない。ヘルスで働いているのは、ただ割のいいバイトだからなのか、もっと深い事情があるのか。どうしても映画やドラマのせいで、風俗嬢は借金を背負っているというイメージがこびりついている。

「あーあ、なんだ、結局そんなオチなのか。洞口光人もあきらめちゃうのか。これじゃあ、人生頑張ったって何も意味ないじゃんって、そんな気持ちにさせられた」

ミカサのため息が振動となって、右腕からつたわってくる。俺は目の前にいるひとすら救えない。けれど、洞口光人なら直接会わずとも、たくさんのファンたちを救えたのだ。匠は無力感にさいなまれた。

「ごめん、俺、何もしてあげられなくて」

「なんで匠さんがあやまるの？　私が勝手に落ちこんでるのに。関係なくない？」

関係ない――その一言はひどくこたえた。ミカサには傷つけるつもりなどなかったのかもしれないが、拒絶されているように感じられた。匠はミカサを起こし、自分もベッドの上にあぐらをかいた。狭いベッドの上で向かいあった。

「洞口光人が死んでも、彼の作った曲は生きつづけるよ」

言ったとたん、自分が嫌になった。こんな陳腐ななぐさめの言葉なんか、誰でも言える。サイナスのマネージャーなら、もっと気のきいたことが言えないのかと、心のなかで自分をなじった。

「曲を聴いたら、頑張ろうって思えないかな？　洞口光人と、メンバーたちが、必死になって残した曲なんだ。あいつが生きた証なんだ」

「あいつがって……、まるで友達みたいな言い方だね」

「それは……」

ミカサが真っ直ぐに見つめてくる。小さい顔に比して、大きな目だ。プチ整形くらいはしているのかもしれない。

匠はたじろいだ。

こうして懸命に生きている一人の女性を救えないどころか、逆に自分のような人間が彼女を崖っぷちに追いこんでいるような気がしてならなかった。

浄化だ。

風俗嬢が男たちの鬱憤を吐きださせる。男のほうはすっきりして、何事もなかったように日常に戻る。けれど、そこで浄化され、残った澱や滓は、女性がすべて引き受ける。間仕切りで囲われただけの、狭く、薄暗い六畳の小部屋に降り積もる。

申し訳なくて、うつむいた。段々になった腹がうらめしかった。

「匠さんもサイナス、好きなんだよね？　洞口光人が死んだって聞いて、やっぱりショックだった？」

ミカサと話をあわせるために、匠もサイナスのファンをよそおっていた。あわててうなずいた。

「そりゃ、悲しいよ」

俺は洞口光人が高校生だったころから、いっしょにいるんだ。口癖や、何をされたらよろこび、怒るかまで、すべて知りつくしている。悲しくないわけがない。それをミカサに言いたい。

壁の向こうから、シャワーの音と、女性の甲高いはしゃぎ声が聞こえてきた。

「ねぇ、匠さん、私のこと好き？」

「そりゃ、好きだよ！」

「私もね、好き。匠さんって優しいし、親切だし、乱暴なことしないし。こんなにいいお客さん、滅多にいないよ」

　期待と、そこはかとない不安で、心臓が高鳴った。営業トークではなく、こうしてあからさまな言葉で好意をしめしてくるのははじめてだったのだ。

「私のお願い、聞いてくれたら、プライベートで会ってあげてもいいよ」

しびれた右腕にまだ感覚が戻らない。左手でさすっても、自分の腕のような気がしなかった。

「お願いって？」

　ミカサがぐっと声のトーンを落とした。

「どこかでアイスを調達してきてくれたら、本番、してあげてもいいよ」

「アイス？」匠は拍子抜けした。「そんなのコンビニでも、スーパーでも……」

「それ、本気で言ってる？」なぜか、ミカサがにらみつけてくる。「匠さんって、音楽業界のひとでしょ？」

　音楽業界とアイスが頭のなかで結びついた瞬間、匠は思わず尻をすべらせてミカサから距離をとった。ミカサの鋭い目が、懇願するような上目遣いにかわった。

「ねっ、キメてからやると、すごい気持ちいいんだよ。嫌なこと、全部忘れられる。匠さんも、やろうよ」

「覚醒剤なんて、見たことも聞いたこともないよ！」

ミカサが「しっ！」と、人差し指を口にあてた。二人して周囲をうかがった。となりの部屋の風俗嬢の声は、かわらず聞こえてくる。匠もぐっと声量を落とした。アイスは覚醒剤の隠語だった。

「いくら音楽業界だからって、そんなのやってるのは、たぶんごく一部の人間だけだよ。どこでやりとりされてるのかも、さっぱりわからない。本当だよ」

ヒップホップやテクノといったほかのジャンルはわからないけれど、少なくとも周囲のロック系、サブカル系の若手バンドのあいだで、薬物の話題がのぼることはまったくない。たばこは吸いません、お酒も飲めませんという草食系バンドマンも、ここ最近ではめずらしくない。

「その感じだと、ミカサちゃん、やったことあるんだね？」

ミカサはしばらく視線を泳がせてから、こくりとうなずいた。

「一回、捕まってる。執行猶予つき。一年半くらいやめてたけど……」

いざ、告白されると、言葉につまった。

「匠さん、もしかして引いてる？　ごめんね、これからも来てくれるよね？」

「大丈夫だよ」ミカサの手をとった。必死に訴えかけた。「でも、せっかくやめてたんだから我慢しないと。ねっ、ほかのことならなんでもするからさ」

「なんでもって、何？」

「それは……」

「匠さん、私のこと全然わかってない！　何もかも嫌になったたって言ったでしょ！　私、耐えられない」

ミカサは匠の手をうっとうしそうに振りほどいた。

「もう、頑張っても無駄なんだって。私、そこまで強くないし」

ミカサの言葉の調子は、ころころと不安定に変化した。怒ったり、泣き言を吐いたり、こちらをなだめすかしたりと、目まぐるしく移りかわっていく。情緒が乱れているのは、一目瞭然だった。

それもすべて、男たちの欲望や憤懣《ふんまん》を引き受けているからかもしれないと考えると、やりきれなくなった。

「あのね、こんなこと頼めるの、匠さんしかいないの。匠さんなら、絶対ほかのひとに言わないって信じられるから」

つけこまれている――その自覚はしっかりある。けれど、頼りにされると心がどうしようもなくくすぐられる。

プレイ時間終了の、十分前を告げるベルがけたたましく鳴った。

たぶんこの様子だと、たとえ調達を断ったとしても、ミカサは必ずどこかから覚醒剤を手に入れてしまうだろう。だからといって、今の自分たちの関係上、プライベートまで見守ることはできない。やめろ、頑張れと口先で励ますことが、どんなに意味のないことか――逆に相手をいらつかせるだけか、匠は痛いほどよくわかっていた。

匠はここ数年、定期的に心療内科を受診していた。健康そのものなのに――うつ病でもなんでもないのに、精神を病んでいるふりをするのは、さすがに後ろめたさを感じた。不安で眠れないと、ため息まじりで医師に話し、睡眠薬や向精神薬を処方してもらう。

処方箋の薬局を出ると、待ちかねた様子でミツトが駆けよってくる。長い前髪の奥の、あまり生気の感じられなかった瞳が、このときばかりは澄んで輝いていた。

「はい、一ヵ月分」匠は薬でぱんぱんになったビニール袋をそのままミツトに差し出した。

ミツトは袋を胸元に抱きしめて、微笑んだ。

「こんなこと頼めるの、匠君しかいないんだ。匠君だけが、頼りなんだ」

ミツトは不安で押しつぶされそうだと言う。眠れないのだと言う。けれど、病院には絶対にかかりたくない。メンバーにも相談できない。そんなミツトのために、匠が同じ症状を医師に話し、薬を何度となく横流しししていた。

「お安いご用だよ」

犯罪だという自覚はあった。けれど、どんなに言葉をつくして、励まし、なぐさめたとしても、一錠の睡眠薬にはかなわない。ましてや、匠は海人や紬のように、精神的な支柱にはなってやれない。そんな自分が、少しでもミツトの役に立っているのが、誇らしかった。ミツトの生み出す音楽の、一パーセントにでも貢献できているのなら、これ以上のよろこびはなかった。

「でも、このこと、紬ちゃんとか海人に言わなくていいの？」

「匠君は、余計なこと考えないでいい」

ミツトはもらう物だけもらうと、すぐにいつものすげない調子にもどった。匠はそれでもかまわなかった。薬のやりとりをしたあとは、必ず二人でする恒例行事があった。

ラーメンを食べにいくのだ。匠が様々な情報筋から聞きつけたうまい店ののれんをくぐる。地方のライブハウスに行ったときは、その界隈《かいわい》で有名なラーメン屋を訪れることもある。

「ここはね、常連のファンのひとから教えてもらったんだ」

運ばれてきたつけ麺を、二人ですする。ミツトからの返答はない。

「今度さ、そのひとにサイン書いてあげてよ。すごいよろこぶと思うよ」

やっぱり答えはない。ちゃんと書いてくれるとわかっているから、無理に言質《げんち》はとらなかった。

無言で食べすすめる。ミツトがしゃべらないから、その後は匠もしゃべらない。とくにそれで問題ない。それにしても、ミツトは実にまずそうに食べる。

食べ終わると、ミツトはいつもノートを取り出した。歌詞のアイデアを殴り書きしている代物だ。暗号のような汚い文字の隙間に店の名前を記入し、何やら数字を書きこんでいる。

「九十六点……」ノートを横からのぞきこんだ匠は、思わず噴きだしてしまった。「すごい顔しかめて食ってたわりに、高評価」

「うるさい」ミツトはノートを勢いよく閉じた。かたわらに置いていたビニール袋をまさぐり、薬のシートを取り出す。コップの水で向精神薬を流しこんだ。

そのとき、ようやくミツトの顔に、安堵の影がさすのだった。

それにしても、いろんなラーメン屋行ったなぁと、匠はミカサに手渡されたTシャツを着こみながら感慨にひたった。律儀に点数をつけているのもかわいかった。ちょっと涙がこぼれそうになって、Tシャツの襟に頭を通すとき、さりげなく布地で目のあたりをこすった。

「アイスの件、なんとかしてみるよ」身なりを整えながら、匠はミカサに言った。覚悟を決めた。落ちるところまで落ちる。匠とミカサの神様は、もう死んでしまった。二度といっしょにラーメンを食べることはできないのだ。ミカサを救うために、自分にできる方法はかぎられている。

「本当に?」光彩を失っていたミカサの目に、一気に輝きが戻った。「うれしい!」

まさによだれを垂らしそうな、飢えた犬のような表情で、ミカサは小さく飛び跳ねた。すぐに連絡先を交換した。個人的なつながりを持つという念願がかなったのに、達成感はまったくわいてこなかった。

四十九日を迎えた。ミツトの遺骨をお墓に納める日だ。

先祖代々の和菓子職人が眠る墓だという。そんな家系になぜミツトのような芸術家気質の神経質な人間が生まれたのか、匠は不思議に思った。

葬儀では取り乱していた紬も、すでにミツトの死をのりこえた様子だった。納骨は三月の穏やかな晴れの日に、粛々と行われた。

精進落としの席で、匠は海人のとなりに座った。

「追悼ライブ、ほぼ詳細が決まったよ」匠は海人のコップにビールをそそいだ。「すぐに曲を決めて、練習もはじめないとな。かなり腕がなまってる」海人もそそぎかえしてくれる。「そういえば、匠はミットの物で何か欲しいのってある？」

匠は黒いネクタイを緩めた。少し考えてから答えた。

「ノートかな？」

「は……？　ノート？」

「うん。歌詞を書きためたみたいな、ふつうの大学ノート。もし、残ってれば」

「お前、歌詞なんて書かないだろ」

「いや……、なんというか、ミットの生きた証、みたいな」

どのラーメン屋が何点だったのか、たしかめてみたい。二人の大切な歴史であり、思い出だった。おそらく、海人も紬も、ミットの食べ歩き趣味は知らなかったはずだ。何しろ、ミットは匠と違ってどれだけ食べても太らなかった。

「ノートな。たぶん、あったと思う。段ボールにつめた記憶があるから」海人は釈然としない表情を浮かべながらも、律儀にスケジュール帳にメモをとった。

海人との出会いは高校一年生のときだった。匠はなかなか友人ができなかった。同じクラスの男子から、「大仏様」と揶揄されていた。御利益がありそうだからと、目の前で合掌され、祈られたこともある。昼休み、匠はイヤホンを耳につっこみ、大好きなロックやメタル、ジャズやクラシックの世界に逃避していた。

どこかへ移動して弁当を食べていたらしい、前の席の男子がもどってきた。椅子の背もたれを抱えこむようにして、こちらを向いて座る。何事かをしゃべっているらしく、口元がさかんに動いていた。まったく聞こえなかったし、聞きとる気もなかった。まさか自分に話しかけているとは思わず、視線を落として机の木目を見つめた。

「おーい！」

いきなり、イヤホンをはずされた。中学では、いじめすれすれの、イジりをされてきた。またか、と思った。

「村井君、どんな音楽聞いてんの？」

相手の男子は、「大仏様」ではなく、ちゃんと名前で呼んでくれた。匠は顔を上げた。イヤホンからもれるドラムの音が、カシャカシャと鳴っていた。

「えっとね、洋楽のバンド」

「ちょっと、聞いてみていい？」

匠はあわてて制服のワイシャツの袖でイヤホンをぬぐった。

「すげぇ！　かっけぇ！」首をかくかくさせてリズムをとりながら、海人が叫んだ。あまり音楽に慣れていない、ぎこちないノリ方だった。「なんていうバンド？　CD持ってるの？　貸してくれない？」

たしかに、ミツトの才能に出会ったときは度肝を抜かれた。ミツトの歌声にひかれ、恋に落ちた。けれど、それ以前に海人と前後の席になったことがすべてだったのだ。

海人とその弟がギターをはじめたと聞いたときは、胸が躍った。誘われたわけでもないのに、ひそかにベースをはじめた。それまではいくら音楽が好きでも、自分が楽器を演奏するなど思いもよらなかった。

前任のベーシストがやめたときは、ようやく自分にも運がまわってきたと思った。海人は匠の加入をまるで自分のことのようによろこんでくれた。ミツトにベースをクビにされたときは、朝までいっしょに飲んだ。マネージャーとしてバンドに残れるように、レーベルやメンバーを説得してくれたのも海人だった。

本当の意味でひとに優しく、気配りができるのは海人なのだ。自分は心のどこかで見返りを求めてしまう。汚い人間だ。だから、必ずしっぺ返しを食らう。

「成功させような、追悼ライブ」海人が肩に手をかけてきた。

匠はかろうじて、うなずいた。

まさか、親友を相手に聞けるわけがなかった。覚醒剤を手に入れるツテやルートを知っていたらと一瞬、ミカサのことが頭をよぎりかけたのだ。だが、まさか海人が、そんなイリーガルな世界とのつながりを持っているとは思えなかった。海人の純粋な瞳も、誰にでも分けへだてなく接する物腰のやわらかさも、高校生のときからまったくかわっていなかった。

ミカサからは、頻繁に「まだ?」と連絡が入る。匠は「今、頑張ってるから、ちょっと待って」と、なるべく引きのばすような返事をしていた。だが、そろそろ限界だ。これ以上待たせたら、ミカサはべつの人間を頼ってしまうだろう。

「海人さん！」若い女性が、近づいてきた。海人の実家の和菓子屋で働いている子だ。「おじさんとおばさんが、海人さんに挨拶をまかせるって」

「えー」と、かったるそうに海人は語尾を伸ばした。「那菜子ちゃんがしてよ」

「なんで私がするんですか！」

いかにも仲がよさそうだった。海人にはどうかミツトの分まで幸せになってほしかった。この男を巻きこむわけには絶対にいかないのだ。


事前にアポイントをとり、とある音楽事務所を訪れた。六本木だった。匠は上昇するエレベーターのなかで、何度も自問を繰り返した。

俺は本気で覚醒剤を入手しようとしているのか？　ひととして一線をこえる勇気があるのだろうか？　大学生のとき一度だけ女の子に告白したことがあったのだが、玉砕した当時とはくらべものにならないほど緊張していた。段になった腹の肉と肉のあいだに、汗がたまっているのがはっきりわかった。

スマホに入っている連絡先を二度、三度と上から下までスクロールした結果、アイスにつながりそうな人物はこの男しかいなかった。実力と金があり、裏の世界にも通じていそうな凄《すご》みを、そのひととなりから感じる。

案内された応接室で、匠は平子のひとのよさそうな笑顔と向きあった。

「ようやくうちで働く決心ができた？」

平子はソファーに深く腰をうずめ、足を組んだ。その背後で、おしゃれな加湿器がさかんに蒸気を吐きだしていた。匠はひとつ咳ばらいをした。

「それが、その……」

喉がかわいた。水が飲みたかった。

「正社員扱いで、福利厚生もしっかりしてるよ。けっこう、ホワイトな会社だと思うんだけどな」

ホワイトという平子の言葉に、怖じ気づいた。まさか、覚醒剤などというブラックなワードを出せる雰囲気ではなかった。さっきから、嫌な味の唾が口のなかにたまっている。

「言ったよね、匠君」平子が組んでいる足をといた。ローテーブルに身をのりだしてくる。「何か困ったことがあったら、いつでも頼ってきてねって」

頼られることはうれしかったけれど、ひとに頼ることは苦手だった。仏様のくせにお願い事をするなんて、冗談は顔だけにしろと言われそうな気がした。

匠は居住まいをただした。ソファーのスプリングがきしんだ。腹の前で抱えこんだ腕を意味もなくさすりつづけた。

「寒い？　どうしたの？　匠君が来るから暖房切ってたんだけど、つける？」

「平子さん！」

ソファーを下りて、床に正座し、両手をついた。

「覚醒剤を手に入れる方法、知ってますか？」

平子の笑顔が、そのとたん、能面のような無表情に塗りこめられた。

「それ……、本気で言ってますか？」

平子の言葉が敬語にかわった。丁寧な口調のほうが、よっぽど迫力があった。平子の視線に射すくめられて、匠は灰色のカーペットを凝視しつづけた。

「それは、君が使うんですか？」

「まさか……！」頬の肉が震えるほど、勢いよく首を振った。「僕はそんなもの、使いません！」

「じゃあ……、メンバーですか？」

「違います！」

「誰が使うんですか？　教えてください」

平子には嘘がつけない。すべてを見透かされていると思った。タオルハンカチで額の汗をふきながら、匠はヘルスでの出来事を洗いざらいしゃべった。

一喝されて、事務所をたたき出されると思った。けれど、平子は無表情から一転、にっこりと微笑んだ。それはそれで、不気味な笑顔だった。

「とりあえず、頭を上げてくださいよ」

言われるまま、匠は土下座の体勢から、ソファーに座り直した。

「僕のところに来たのは、大正解でしたね」

平子とは、とある音楽イベントで出会った。業界で名の通った天才的なプロデューサーにもかかわらず、腰がやたらと低かった。けれど、ただ者ではない威圧的なオーラも同時に放っていた。握手を交わした手の力がものすごく強かったのが、深く印象に刻まれている。

「最終確認ですが、その女のバックに、こわいひとがついていそうな気配はないですね？」

「こわいひと……」おそらく、暴力団のことを言っているのだろう。「たぶん、ないです。自分で使ってるだけだと思います」

「匠君は、そのひとが好きなんですね？」

「好き……かどうかは、わかりません。でも、してあげられることといったら、これくらいしか……」

「わかりました」平子がのっそりと立ち上がった。「ちょっと、待っててくださいね」

応接室を出ていく平子の背中を見送った。ドアの向こうのオフィスからは、電話のベルや、女性の話し声が絶えず聞こえてきた。壁に貼られている、平子がプロデュースしたアーティストのポスターをぼんやりと眺めていた。

本当に「大正解」だったのかと、一人で考えつづけた。膝の上で両手を組みあわせた。貧乏揺すりがとまらなかった。

たった五分が、一時間にも感じられた。戻ってきた平子が、ローテーブルの上にビニール袋を放り投げた。

いわゆる、パケという袋だ。手のひらよりも小さく、ジッパーがついていて、中身が出ないようになっている。

「えっ……、あっ……えぇ」匠は言葉を失った。すぐに現物が出てくるとは思いもよらなかった。

ごく少量の白い粉が入っていた。心拍が跳ね上がった。平子のほうは、なんでもないというように、大儀そうに腰を下ろした。

「あの……」上顎に張りついた舌を、ようやくの思いで引きはがした。「ありがとうございます。お金は?」

しかし、平子はその質問には答えなかった。

「いいですか? これを持ってるからといって、不審な動きをしないように。たとえば、道を歩いていて、前から警官やパトカーが近づいてくるとする。そこで、あからさまに視線をはずしたり、急にUターンしたり、路地に入ったりということはやめてください。ヤツらは流れを見てるんです。往来の流れから著しくはずれるような動きは慎んでください」

「わ……わかりました」

「心配ですねぇ」

平子が今度は俊敏な動きで立ち上がった。匠のとなりにどっと座り直す。スプリングがきしんで、匠の巨体が揺れた。

「君は、弱い。すごく弱いし、脆《もろ》い。だからこそ、ひとの痛みがわかる、とも言えますけどね」

平子が肩に手をまわしてきた。がっちりとロックするように体を引きよせられる。細身の体には似合わない腕力だった。ジムには定期的に通っているのだという。

「紬さんをはじめ、メンバーたちはミツト君の死をおそかれ早かれのりこえるでしょう。まあ、放っておいても、彼らは精神的に強いから大丈夫と言えば、大丈夫かもしれない。君とは大違いだ」

平子の腕のなかで、うつむいた。恥ずかしくて、情けなくて、消えてしまいたくなった。

「とにかく、これ以上危うい一面をさらしていると、きっとサイナスに多大な迷惑をかけてしまうでしょう。悪いことは言わないから、私のところに来なさい。いいですか？　これは、命令です。もう、君の処遇も命運も僕がすべてにぎっていると考えてください」

匠はぎゅっと目をつむった。ひととして、大きく道をはずれてしまった。もう、サイナスには戻れない。平子の言うとおり、懸命に戦っているメンバーたちに迷惑はかけられない。

帰り道は、生きた心地がしなかった。財布の小銭入れの部分にパケを入れ、さらにその財布をリュックの内側のいちばん深いポケットにしまった。リュックを前に抱えて、きょろきょろと左右を見まわしながら歩いた。

指名手配犯になったような気分だった。平子の忠告は頭に入っていたのだが、どうしても明るい太陽のもとを堂々と歩けない。

俺は弱い、俺は脆い——ぶつぶつつぶやきながら、地下鉄日比谷線に乗りこんだ。ドアの横の手すりのそばに立った。電車が駅を出て、窓の外が暗くなった。自分の顔が映しだされた。じっとにらみつける。ひどい顔だった。

思い出されるのは、サイナスがメジャーレーベルに所属することが決まったときのことだ。メンバー全員が、念願だった目標をひとつ達成して、よろこび勇んだ。朝まで飲みあかして、互いのこれからの夢を語りあった。

もちろん、匠も死ぬほどうれしかった。日ごろの苦労が報われた瞬間でもあった。しかし、心の片隅に一抹の不安をおぼえてもいた。

俺の立場は、これからいったいどうなってしまうのだろう……？

レーベルに所属するということは、会社側のマネージャーがつく可能性がある。またしてもクビだろうか。嫌だ、嫌だ。ここまで、いっしょにやってきたんだ。絶対に離れたくないと思った。

俺は弱い。卑《いや》しい。「おめでとう」と、一言添えて、自分も新たな一歩を踏み出すべきではないかと考えた。マネージャーを募集している音楽事務所なら、たくさんある。今の自分なら、業界に多くの知りあいや友人がいて、ツテもある。サイナスをメジャーに押し上げた実績もじゅうぶん認められている。

後日、海人の部屋に呼びだされた。所属にあたって、ツメの条件が決まったという。

「村井君」と、はじめて話しかけてくれたときのように、海人があらたまって名字で呼んできた。

「おつたえすることがあります」

匠は顔を上げた。けれど、海人の顔が見られなかった。ぼんやりと、奥の白い壁に焦点をあわせた。

「安心して。匠はサイナスのメンバー扱いで、今までどおり残ってもらうことになったから」

「メンバー扱いってことは……」はじめて、海人の顔をまともに見ることができた。感激のあまり、涙ぐんでしまった。

「収入はきれいに六等分する。今までの——もちろんこれからの匠の貢献を考えたら、当然のことだよ」

「本当に？」

「だって、数えただけでもきりがないよ」海人は指を折った。「機材の管理と機材車の運転、SNSの運用、フライヤーの作成、スケジュール管理にブッキング、グッズの管理と販売、その他の対人折衝——これを一手に匠が引き受けてくれたから、俺たちは音楽に専念できたんだ」

「でも、よく思わないメンバーもいるんじゃ……」

「そんな、まさか！　全員、納得したよ。反論するヤツはいなかったから」

真っ先に頭に浮かんだのは、ミツトだ。ミツトはしゃべらないだけで、何かしらの不満を抱えているのではないかと疑ってしまった。

その懸念は、メジャー発ファーストシングル〈種蒔く人〉の音あわせ中に的中してしまった。

それまで、練習やレコーディングの際、ミツトは必ず匠をそばにスタンバイさせていた。演奏後、ミツトが不満そうに軽く首をひねると、匠の出番となる。ミツトの後ろにそっと近づいて、ご託宣をうかがう。

「もっとさ、サビのあと、ぐわーんってなんないかな？」ミツトが耳元でささやいた。

「ぐわーん？」

「音色《おんしょく》的に、ぐわーんと。膨張してる宇宙みたいな、ダークな広がり」

そのイメージを、具体的な言葉と指示におきかえるのは、いつも匠の役目だった。

「慈夢、ソロなんだけどさ、ピアノじゃなくて、もっと空間系のシンセの感じにできる？　あんまり安っぽいぺらぺらな音にしたくないから、エコーとかディレイとか、ギターのエフェクターかましてもいいけど」

「了解」慈夢がキーボードの設定をいじる。試しに弾いてみる。ミットがさかんにうなずく。

その繰り返しの作業で、ミットの作ったデモ音源が肉付けされ、完成された曲になる。ミットの言葉はとにかく感覚がすべてだった。

「もうちょっとね、サビのリズムをジャンジャンジャーンってしたい。ハードル走みたいな、走って、飛び越える感じ」という、ミットの意思を最大限くみとって通訳する。

「海人と紬ちゃんと、まきは、サビに入った二小節目頭のEマイナー7の音ね、シンコペーションで。前の小節のケツを食ってく感じで」

実際に音をあわせてみると、疾走感が増す。ミットが満足してうなずいてくれる。匠がサイナスにおいて、もっとも達成感をおぼえる瞬間だ。

海人には「お前、よくミットの言いたいこと、わかるな」と感心される。「ふつう、ジャンジャーンとハードル走じゃわからないぞ」

ベースをクビになった当初、サイナスに残るため、ミットがいったい何を求めているのか必死に観察し、研究する癖をつけた。その積み重ねが、今の匠の役目をつくりあげた。

ところが、〈種蒔く人〉のときは勝手が違った。スタンバイとチューニングが終わると、ミットは分厚い防音の扉の外を指さして言った。

「匠君がいると、スタジオが寒いんだ。エアコンの設定、めちゃくちゃ下げるから。出てってくれる？」

「えっ……、じゃあ、温度を上げるよ」

「いいよ。今度は、匠君の体温で暑くなっちゃうから」

「じゃあ、ちょうどいい温度に……」

「いや、いいから出てって。休んでていいから」

とても気まぐれで言っているようには見えなかった。こうなると、ミツトは絶対に譲らない。海人に肩を優しくたたかれ、匠はうなずいた。メンバーたちの同情の視線を背中に感じながら、トイレに駆けこんだ。

邪魔だったんだ。やっぱりメジャーには、俺は必要なかったんだ。鏡を見つめた。ここしばらく、ホームページの移行に手間取って、あまり寝ていなかった。無精ひげが生え、頬がむくみ、目が落ちくぼみ、実にひどい顔をしていた。ミツトが嫌悪を抱くのも無理はないと思った。

地下鉄が終点に近づき、地上に出た。目の前が急に明るくなって、窓に映っていた自分の顔がすっかり消え去った。

一度家に帰るか、ミカサに連絡をとるか、電車のなかで迷いつづけた。まだ、冷静になるチャンスは残されている。家で落ちついて考えれば、このクスリを平子に返す未来も選択できるかもしれない。

けれど、今は自暴自棄の気持ちがまさっていた。もう、どうにでもなれと思い、スマホを取り出した。

「ゲットしたよ」――親指を立てた絵文字が、どうにもそぐわない気がしたが、結局つけくわえた。

メッセージを送信すると、ものの数秒で返事が来た。請われるまま、その足で恵比寿にあるというミカサの家に向かうことにした。中目黒駅で電車を降り、階段を下って反対側のホームに出て、ふたたび折り返しの日比谷線に乗りこむ。

ミカサの家はワンルームのマンションだった。

服がクローゼットからあふれ出して、ベッドにまで侵食していた。

空のペットボトルに大量の吸い殻がつっこまれていた。

白かったはずの壁紙は、うっすらとヤニっぽく変色していた。

ミカサの目は血走っていた。靴を脱ぐ暇も与えてくれないほど、強く腕をとられ、室内に引っ張りこまれる。

「やるでしょ?」たった一言聞かれた。

すでに、用意は周到になされていた。アルミホイルにライター、ストロー。ある程度調べたから、わかる。いわゆる「炙《あぶ》り」と言われる方法だ。気化した煙を吸うのだ。アルミホイルは、スプーンのように、柄《え》と受け皿の部分が手作りで形成されていた。

「俺はいいよ」恵比寿駅で買ったペットボトルのお茶を飲み干した。

「なんで?　いっしょにいこう?」

ミカサがすがりついてくる。

「気持ちいいよ。匠さん、私とやりたかったでしょ？」

匠は首を振った。

「俺は弱いんだ。だから、一度やったらマズいと思う、きっと」

「意気地なし」ミカサはたった一言そうつぶやいて、そっぽを向いた。

本当にこれでよかったのかと、今さら後悔が襲ってきた。もう、おそい。ミカサにせっつかれて、パケを出した。

ミカサが、パケのなかの白い粉を、アルミホイルに出した。一粒もこぼさないように、実に慎重に、舌なめずりをしながら、ミカサは半分ほどを受け皿の部分にのせた。

ライターが着火される。ミカサがアルミホイルの下から炙る。

匠は窓辺にゆっくりと歩みよった。壊れていくミカサを見たくなかった。マンションは七階だった。見下ろした。高い。めちゃくちゃ高い。地上が遠い。目がくらむ。車も、ひとも、小さく感じられる。

ミツトのことを考えた。あやまって、落ちた。きっと、無念だったはずだ。サイナスはこれからだった。武道館もドームもまだだった。ミツトは生きたかった。

その事実をミカサにつたえていなかったことに、この瞬間、気がついた。

サイナスのマネージャーであることをしっかり打ち明けるべきだった。ミツトが用意していた誕生日プレゼントの話もして、思いとどまってもらうべきだった。

あわてて振り返った。

「ミカサちゃん、ちょっと待って！」

すでに、煙は立ちのぼっている。ミカサは左手にアルミホイルのスプーンを、右手にストローを持っていた。

ミカサが胸を上下させて、煙を吸いこむ。

そのとたん、ミカサは咳きこんだ。

「何これ！」

ストローを荒々しく放り投げる。

「ふざけんなよ！」

焦げたようなにおいを匠も感じた。ミカサが人差し指の先で、アルミホイルのなかの物質をすくう。

「熱っ！」と、つぶやきながらも、人差し指を口にもっていった。

ぷっ！　と、破裂音が響いて、ミカサが床に唾を吐きだした。

「しょっぱい！」

「え？」

「塩だよ、これ！」

「塩!?」

匠は聞き返した。聞き返した直後、「ふふっ」と、息がもれた。もれた瞬間、笑いがこみあげてきた。

腹の底から笑った。しかつめらしく説教してきた平子の顔を思い浮かべると、笑いがとまらなかった。腹を揺すって笑いつづけた。

「何笑ってんだよ！　だましやがったな！　ふざけんな！」

ミカサが殴りかかってきた。力は弱かった。匠は思う存分、殴らせた。頭も、頬も、腹も、肩も、腿も、殴らせるだけ、殴らせた。殴るだけでは足りないのか、しまいには蹴られ、全体重をかけて押し倒された。

ふたたび、馬乗りの体勢で殴られる。両腕で顔をおおって防御しながら、匠は心のなかで何度も平子にお礼を言った。ありがとうございます、おかげで人間の側に踏みとどまれました。

殴り、蹴り疲れたのか、ミカサも仰向けに倒れこんだ。笑いつづける匠につられたらしく、腹の上に手をおいて笑いはじめた。

「暴れたらちょっとすっきりしたかも」しばらくして、ミカサが聞いた。「匠さんが、だましたわけじゃないんだね？」

「うん。すごい信頼できるひとだと思って頼んだら、こうなった」

「信頼できるひとっていうのは、正しいかも。匠さんのことも、私のことも助けてくれた」

僕のところに来たのは、大正解でしたね――そんな平子の言葉を思い出した。感謝してもしきれなかった。二人で寝転がったまま、天井を見つめていた。マンションの外廊下のほうから、母親を呼ぶ幼児の声が聞こえてきた。

匠はスマホを取り出した。平子に電話をかける。スピーカーのボタンを押して、ミカサにも会話が聞こえるようにした。

「もしもし？　匠君？　そろそろかけてくるころだと思ってましたよ」

「ありがとうございました」スマホに向かって頭を下げた。仰向けに寝ているので、うなずくようなかたちになった。「でも、こんな無理なお願いをした俺を事務所から追い出すことだってできたのに、なんで……？」

「僕も、いろいろ考えましたよ。でも、たとえ追い返しても、匠君がどこかで本物を手に入れてしまったら、取り返しがつかなくなるでしょ？　その前に、僕が手を打っておく必要があった。言っときますけど、僕、反社会的な勢力とはいっさいつながり、ないですからね。あわてて給湯室で塩をつめたんですから」

ミカサが匠の肩に頭をのせてくる。スマホを持つ反対の手で抱きよせた。

「でも、サイナスをやめろと言うのは、はっきり言って、僕の本音ですよ」

サイナスという言葉を耳にして、ミカサが驚いた様子で、半身を起こした。

「君は紬さんとは違った意味で、もっと広い世界を見たほうがいい。僕はね、ただの温情で匠君を誘っているわけではない。無能は必要ない。君がマネージャーとして有能だからヘッドハンティングしているんですよ」

なおも平子の声がスマホから聞こえてくる。

「サイナスとは、しばらく距離をとりなさい。違う経験をしてみなさい。言ったでしょ？　もう、君の運命は僕のものですよ」

冗談っぽく平子は笑ったが、声は真剣そのものだった。何度も礼を告げて、電話を切った。

匠はミカサに身分を明かした。持っていたスマホに保存された写真を隅から隅まで見せた。サイナス公式ツイッターにのせるため、メンバーの日常の写真を撮るのが日課になっていた。そこには、ラーメンをすするミツトも、ギターを弾く海人も、ふざけてグラビアのようなポーズをとる紬も、恥ずかしがって手でレンズを隠す直前のまきも、大好きな猫を抱く慈夢も、思い出のすべてがつまっていた。

俺たちの、すべてだ。俺の人生の、すべてだ。

でも、そろそろ旅立つころかもしれないと匠は思った。平子の言うとおり、サイナスに迷惑をかける前に。弱い自分を仲間たちにさらす前に。

「早く言ってよ！」ミカサがふたたび、匠をグーで殴った。

今度こそ、みぞおちに入った。「ぐふぅ」とうなってから、匠はようやくつたえたいことを、つたえた。

「あのね、ミツトは自殺じゃないんだ。本当なんだ」

息せき切って、自分の半生をミカサにつたえる。ベースをクビになったことも、ミツトへの愛も、憎しみも、すべてしゃべった。

「俺はミツトを救ってやれなかった。あんなに苦しんでたのに」

涙があふれて、とまらなくなった。

「知ることができてよかったよ。ミツトさんは、一生懸命生きたんだよ。でも、生きることができなかったんだよ」

ミカサもそれまでの人生を訥々《とつとつ》と語りはじめた。

もともと、売れないグラビアアイドルだったのだという。ＡＶ転向の話が出て、断った。ストレスで覚醒剤に手を出し、逮捕された。そのあとは、行き場がなく風俗で働きはじめたのだという。

「私も、ミツトさんのぶんまで、もうちょっと頑張ってみようと思う。施設に入ってみようと思う。迷ってたけど、決めた」

ゴミ箱に入れられていた冊子を、ミカサは拾い上げた。薬物の更生施設のパンフレットだった。

「ミカサちゃんは……」と言いかけたとき、ミカサが人差し指を匠の口にあてた。

私、本名は美佳《みか》なの。ただの、「美佳」。そう、ミカサは言った。

「美佳さん」と、匠は言い直した。「俺、痩せる。痩せつづけるよ。だから、美佳さんも、やめつづけてほしい」

美佳はうなずいた。

「じゃあ、お互い頑張ろう」

頑張れ——それは、もしかしたら無責任な言葉なのかもしれない。けれど、もし肩をならべ、いっしょになって頑張るのだとしたら、それは多くの責任と覚悟をともなう言葉にかわる。

だからこそ、頑張れる。少なくとも、メンバーとはそうしてともに走ってきた。

ミツトはどうだっただろうか？　いっしょに頑張ってきた意識は、ミツトにはあっただろうか？

考えつづけながら、追悼ライブ選曲会の日を迎えた。匠はカラオケ店のビッグサイズのパーティールームを予約した。まだ小さい子どもがいるまきのために、昼間の時間を選んだ。

「さて……」と、話しあいのイニシアチブをとるのは、いつも慈夢の役目だった。「ギターのサポートを入れないのはいいとして、そもそもボーカルはどうするの？　ここ大問題だよ。まさかミツトのそっくりさんをヘルプで入れるわけにもいかないからね」

「ってか、ミツトのそっくりさんは海人でしょ？」

「全部は歌えないよ。キーの問題もあるし。とくに高い曲はハーフダウンか、一音下げくらいはしないと」

「私もたたきながらは、絶対無理だよ」

「じゃあ、まきはドラムやんなくていいから、ボーカル専任で」

「いや、もっと無理だから！」

「無理かどうかは、カラオケで判断しようよ」

「私は歌わないから。絶対！」

四人のやりとりを聞いているかぎりは、ミツトの死を悪いかたちで引きずっているメンバーはいないようだった。四十九日も過ぎ、それぞれが日常に復帰しつつある。

匠はひとまず食事と飲み物の注文をとった。ひととおりメンバーの希望を聞いて、最後に自分のオーダーをつたえた。

「じゃあ、あと黒ウーロン茶と、豆腐サラダと野菜スティックで、お願いします」

フロントに通じる受話器を置くと、慈夢が目を丸くして近づいてきた。逃げる間もなく、腹の肉をつかまれた。

「おいおい、どうした、匠君。フライドポテトピザ唐揚げ人間が、なんでそんなにヘルシーな注文をしてるの？」

「いや……、実はダイエットをはじめて」

「マジかよ！」慈夢は猫の顎を下から撫でるように、匠の腹の肉をさわさわともてあそんだ。

「そんなことしたら、かわいいペットがいなくなっちゃうじゃないか」

「俺の肉はペットじゃないよ」

選曲は匠の予想よりもスムーズに進んだ。それぞれが、やりたい曲を選出して、ボーカルをつとめることになった。もともと、メジャーのアルバムは一枚だけだから、海人が推薦した新曲や、インディーズ時代のものをふくめても、できる楽曲はかぎられていた。

早くも酔っ払った紬が、まったく関係のない流行《はや》りのJポップを歌いはじめて、会はなしくずしにただのカラオケ飲み会にかわっていった。

海人がとなりに移動してきた。その手には、Ａ４ほどの紙の束がにぎられていた。

「忘れないうちに渡しておくよ。これ、お前が欲しがってたもの」

匠は訳もわからないまま受け取った。ぱらぱらとめくってみる。表のような枠のなかに、数字や文字がびっしりと書きこまれている。

「ミツトのパソコンのなかをいろいろ見ててさ、気になるエクセルのファイルがあったんだ。あいつ、エクセルなんてふだん使わないからさ、すごい目立ってて。しかも、ファイル名が〈ラーメン〉だからね、俺もびっくりしたけど」

日付、店名、点数、感想と、横軸に記入欄がわかれ、縦に日付順にラーメン屋の評価がならんでいた。

「お前、作詞のアイデアノートが欲しいって言ってただろ？　そのノートをぱらぱら見てたら、変な数字が書きこまれててさ、ラーメン屋っぽい名前もあるし、もしかしたらって思ってファイルと見くらべたらきれいに点数が一致したよ」

わざわざパソコンでデータベース化してたということか……。

「マジでバカだな、あいつ……」つい、笑いがもれてしまった。「将来、ラーメン本でも出すつもりだったのかよ」

うるさい——そんなミツトの冷たい声がどこかから聞こえてきそうだった。

さっそく読んでみた。十五点という辛口評価のラーメン屋の感想欄には、こう書いてあった。

《これを「ウマい、ウマい」と言って食べていた、匠君の正気を本気で疑う。》

「ふざけんなよ、あいつ！」

俺がどれだけ苦労して、薬を手に入れてやったんだと思うと、紙をにぎる手に力がこもった。

海人が笑みを浮かべて、匠の表情と紙を交互に見やる。

紬の歌声が部屋に響く。ムダに声量があって、うるさい。エコーがききすぎている。匠はいちばん最近の評価をたしかめてみた。

昨年末、十二月十八日だ。

その日は、めずらしく薬を要求されず、直接ラーメンに誘われた。寒くなると、調子が良くなるのだという。

ミツトの部屋を引き払った海人は、とくに薬を発見していないと言っていた。ということは、年末から年明けにかけて——インフルエンザをべつにして——睡眠薬や精神薬に頼らずとも、ミツトは心身の好調が維持できていたのだ。

《九十八点。今年のシメに最高の店。匠君も「ウマい、ウマい」と言って食べていた。匠君は何を食べてもこのリアクションのような気がする。だけど、意見が一致するとやっぱりうれしい。匠君がおいしそうに食べているのを見るのも、やっぱりうれしい。》

たしか、神保町の店だった。ウナギの寝床のように細長かった店内が印象に残っている。カウンターに横並びで座った。ミツトは鼻水を垂らしながら、とんこつラーメンを食べていた。

《匠君の幸せそうな顔を見ていると、こっちまで幸福な気分になってくる。不思議な笑顔だな。なんだかこのひとのことを放っておけなくなってしまう。人徳があって、人脈が広いのもよくわかる。》

最後までとんこつスープを飲み干したミツトは、丼をそっとカウンターに置いて大きくため息をついた。幸せそうな、温かいため息だった。店に入ってからまったくしゃべらなかったミツトが口を開いた。

「ラーメンってなんでこんなにおいしいんだろう？」

匠はふざけて、悪魔のような低い声で答えた。

「それはね、人間の罪が凝縮されているからだよ」

それを聞いたミツトが、少し考えこんでから、「言えてる」と、うなずいた。ひかえめに笑ったあと、何を思ったのか「いつもありがとうね」とつぶやいて、ポケットからフリスクを出し、すすめてきた。

ミツトが礼を言うのは、本当にめずらしかった。薬を渡しても、まともな感謝などされたことはなかった。匠は「あぁ……」と、曖昧な返事をしながら、手のひらを出してフリスクを受け取った。

多くのひとがあわただしく行き交う、年末の繁華街に出た。いつもは凍えるほど寒い夜の空気が、その日は肌に心地よく感じられた。

《匠君は、俺にとって、大きな窓のような存在だ。俺は窓の外の世界に「おーい！」と、呼びかける。窓の外のたくさんのひとたちに声と音楽が届けと思う。それができるのも、分厚い窓にしっかり守られているからだ。》

「最後のほうは、お前の評価になってたな」と、海人がハイボールを飲みながら言った。紬が歌い終わり、慈夢にマイクを渡す。

「ちょっと、トイレ！」匠は席を立った。

誰にも涙を見られたくなかった。ミツトの〈ラーメン〉評を持ったまま、部屋を出た。しばらく、トイレの個室にこもった。

この紙をもとに、もう一度思い出の店をめぐってみたい。けれど、美佳との約束で痩せなければならない。ものすごいジレンマに襲われた。

気持ちがある程度落ちついてから、手を洗い、トイレを出た。すると、まきが廊下をこちらに向かって歩いてくるのが見えた。入れ違いでトイレに入るのかと思ったら、目の前で立ち止まる。

「おそかったから、心配になって」

ちっとも心配してなさそうな、ぶっきらぼうなまきの口調に、匠はあわてて「ごめん」とあやまった。持っていたハンカチで目をこすって、泣いていた痕跡を消した。いつも落ちついているまきを前にすると、どちらが年上かよくわからなくなってしまう。

このあと子どもを迎えにいくからか、まきは酒を飲んでいなかった。身長が高く、あまり笑わないせいで、クールビューティーと言われることが多いけれど、面と向かってみると、とても母親には見えないようなあどけない顔立ちをしている。

「なんか、匠君、シュッとしたよね」

「へっ？　ホント？」

「うん、スリムになった」

「まだ、ウォーキングはじめたばっかなんだけど」照れ隠しで、自分の頬をさすった。

「何かあったの？　匠君、ちょっと雰囲気かわったよ」

他人にいっさい興味がなさそうなまきだが、実際にはいつだって冷静に周囲に気を配っている。ゴールキーパーやキャッチャーのように、ドラムはステージ上でいちばん後ろからメンバーを見守っている。匠は思いきって心に秘めていたことを打ち明けた。

「実は、まだ誰にも言ってないんだけど、俺、追悼ライブが終わったらサイナスから離れようと思ってるんだ」

まきが息をのむ。匠はあわててつけたした。

「サイナスが嫌になったとかじゃなくて、俺もいろんなことを経験しなきゃ、強くなれないって思ったから」

「そっか……、強く、ね」まきはうつむいた。ショートボブに切りそろえられた黒い髪が頰に落ちた。「海人にも言ってないの？」

「メジャーになったとき、サイナスに残れるように取り計らってくれたことを考えると、海人にはすごく申し訳なくてさ」

まきが、顔を上げた。髪を耳にかけながら、「もう、時効だからいいかな」と、思ってもみないことを話しはじめた。

「ミツトなんだよ、本当は。匠君が残れるように、レーベルに粘り強く交渉したのは。ミツトに強く口止めされてたから、今まで誰も言わなかったけど」

今度は匠が驚きのあまり、息をのみこんだ。

「そうとうもめたみたいだけどね、どれだけサイナスにとって村井匠が必要で、かけがえのない存在かってことをミツトが説明して、最終的には認めさせたんだよ。あの無口で口下手な洞口光人君がね」

近くの部屋から、鼻にかかったメロウな歌声がもれ聞こえてきた。酒を飲んでもいないのに、匠は酩酊したような感覚に襲われ、しばらく言葉が出てこなかった。

「でも、俺、契約直後のファーストシングルのとき、追い出されたんだぜ？　スタジオから」

あのときは、ベースをクビにされたときよりも、ライブ中に弦が切れたときよりも、精神的にこたえた。サイナスにとって、俺は必要ないのかもしれないと、うちひしがれたのだ。

「あー、〈種蒔く人〉のレコーディングのときね」まきがめずらしくうれしそうに笑った。「あれはね、あの歌の歌詞をよく読めば、ミツトがなんであんなことしたのかわかるかもしれないよ」

意味深なことを言って、まきはカラオケルームに足早に戻っていった。

＊

追悼ライブは五曲が終わり、中盤にさしかかっていた。海人のギターチェンジで間があいた。

匠はチューニングをすませたフェンダーのテレキャスターと、海人が今まで弾いていたギブソンのＳＧを手渡しで交換した。

海人と目があった。互いに無言でうなずきあった。すでに海人の額には汗が光っている。テレキャスターを担いだ海人は、ゆっくりと客席正面に向き直った。

海人の背中ごしに、匠は客席を見渡した。二千人。満員だ。期待に満ちた、たくさんのファンたちの目がこちらを向いている。

たとえ楽器が弾けなくても、こうして同じ舞台上で、同じ光景が見られる。それだけで満足だった。匠は頭上を見上げた。二階の関係者席には、招待した美佳の姿があった。手を振ってくる。裏方が振り返すわけにはいかないので、笑みを噛み殺しながら軽く目礼した。舞台袖に戻ると、六曲目、メジャーファーストシングル〈種蒔く人〉の演奏がはじまった。海人のギターがイントロだ。

砂混じりの乾いた風を思わせるような、ざらざらした、金属的なギターの音色だった。ベース、ドラム、ピアノが重なり、Ａメロに入る。海人の歌声は、ギターのサウンドとは対照的に、甘く優しかった。

《現実的な僕たちは
畑のとなりに　家を建てます
雨の日も
計画的な僕たちは
大きな窓を　家につけます
風の日も》

匠はつま先でリズムをとりながら考えた。大きな窓が、雨や、強い風から、守ってくれる。家のなかに暖かい日差しがさしこむ。そのことの意味を考えた。

まきがまるで涙をこらえるように歯を食いしばり、スネアを十六分のリズムで連打した。ドラムのフィルインで、Ｂメロに移行する。

《今日のご飯は
畑でとれた野菜のシチュー
開け放った窓から
バターのかおりが　ただよいます》

海人が歌うと、ミツトとはまた違った優しさとまろやかさが、曲にくわわる。

サビに突入する。関係者席の平子が、両手を突き上げて叫んでいるのが見えて、匠はあやうく笑いそうになった。

マイクに唇をつけ歌う海人が、ぎゅっと目をつむる。その横顔を匠は袖から見つめる。

《土にまみれ
種を蒔き
水を与えるそのひとは

汗をふき　頭上を見上げる
光をそそぐのは僕たち
スローモーションで芽吹く歌》

まきにヒントをもらった今なら、わかる。種を蒔いたのは俺だ、水を与えたのは俺なんだと匠は思った。俺がいたから、海人とミツトは音楽に出会った。サイナスはここまで大きくなれた。その芽に光をあてたのは、ミツトたちメンバーだった。

誇るべきだ。自分の才能のなさを嘆く必要は、これっぽっちもない。

俺は強い。強くなれる。

匠は思った。たしかに、ゆっくりではあったが、スローモーションで芽吹いたのだ。

4 副島《そえじま》まき（ドラム）

幼い息子にねだられるまま、まきはドラムのスティックを小さい手ににぎらせてやった。三歳半の来人《らいと》は左右の手を交互に振り下ろし、たどたどしい巻き舌でドラムロールの口真似をした。頬がいつもより赤い。周囲に見知らぬ人間が多い状況で、興奮し、ナーバスになっているのかもしれない。

「じゃあ、そろそろ席に戻るよ」来人を抱いた穣治《じょうじ》が言った。「ライブの大音量に来人が耐えられるかどうかわからないけど、まあ、ぐずったら適当なところで帰るから」

「うん、気にしないで」まきは答えた。

楽屋の入り口だった。息子の来人を客席に入れるかどうか最後まで迷った。日ごろから家や車のなかで音楽をかけていたから、バンドの音には慣れているかもしれない。が、さすがにライブ会場のボリュームは三歳児には負担だろう。

けれど、こうしてステージ上でドラムをたたく姿を見せるのが、もしかしたら最初で最後になってしまう可能性もある。一曲でいいから、自分の母親はこんなことをしていたのだと知ってほしかった。

「まあ、この日のことを来人が覚えてるかどうかわからないけどさ」穣治が来人からスティックを取り上げた。

「ってか、覚えてないでしょ」

「でも、この瞬間だけでも、お母さんカッコいいって思ってくれたらいいでしょ」

スティックを受け取りながら、まきはうなずいた。本当は夫の言葉に照れくささを感じていたけれど、真顔をつらぬきとおした。手を振りあって別れ、楽屋に戻った。ライブ前の定位置である、紬のとなりに戻る。

「ライちゃん、元気？」紬が聞いた。

「あの子がライブ出るんじゃないかっていうくらい、張りきってるよ」

「ママの勇姿見て、バンドマンになるって言いだすんじゃない？」

「それ、嫌なんだよ、本当に。チャラくて、軽薄なバンドマンなんかに絶対したくないんだから」

「バンドでお金稼いでるあなたが言っても、なんの説得力もないんですけど」

「私、べつにバンドでプロになるのが夢だったわけじゃないし」

「そりゃ、私もそうだわ」軽く息をもらすように紬は笑った。

それきり、互いに黙りこんだ。まきは手元のスティックを見下ろした。ちらっと視線を横にすべらせると、紬も黒いピックをもてあそんでいた。

とくにプロにこだわったわけではないのに、メジャーデビューを果たした。夢をあきらめてしまう多くのバンドマンからしたら、なんとも贅沢で、うらやましい話かもしれない。

紬は、ミットがいたからここまでベースを弾いてきた。私は、紬がいたからサイナスの屋台骨を守りつづけてきた。ただ、それだけのことだとまきは思っていた。

本来だったら、ミットが亡くなった今、二人が楽器を弾きつづける意味や動機はどこにもないはずだった。

ミットが亡くなってよかったとは思わない。そこまで薄情じゃない。けれど、ぐずぐず未練を引きずってミットと別れるよりも、こうしてきっぱりとあきらめのつくかたちで離ればなれになったほうが、いっそ紬の幸せのためにはよかったのではないかと、そんなことも最近では考えてしまう。

ミットは幸せな人生だったと、まきは疑いなく思う。周囲の人間と環境に恵まれ、やりたいことをやった。紬という、最上のパートナーに庇護《ひご》され、この世に爪痕《つめあと》を残した。突っ走った。はっきり言って、ミットが四十、五十になって、だらだらバンドをつづけている姿はまったく想像できないのだ。

ミットのことを考えていたら、耳慣れた音が突然飛びこんできた。カシャカシャと、フリスクの容器を振るマラカスのような音だ。

紬がぴくりと反応するのがわかった。無理もない。まきも、反射的にミットの姿を探しかけた。

とっさに立ち上がり、海人の前に立つ。

「ちょっと、それ、やめてくれない？」

想像以上に、自分が出した声は冷やかだった。海人の申し訳なさそうな反応を前にして、あわてて冗談のようにつけくわえた。

「やめてよ。思い出しちゃうから」

ミツトよりも紬のほうが精神的に危なっかしいと、まきは常々感じていた。豪胆なように見えて、繊細で、少しのことで傷つきやすい。たかがフリスクの音だけでも、ミツトを恋しがり、テンションが急降下しかねない。

だからこそ、今後の自身の去就について紬には話しにくかった。

どうやら、匠はサイナスを離れる意思を、まだ海人につたえていないようだった。相手が大事な親友だからこそ、つらい決断を打ち明けにくい。その気持ちはよくわかる。

でも、そろそろ潮時だ。紬優先で生きてきたこの十数年間を、夫と子ども優先に切り替える。

紬との出会いは高校一年生の吹奏楽部だった。長いようで、短かった。短いようで、長かった。柄にもなく、追悼ライブを前にして、まきは深い感慨にひたっていた。

バンドでプロを目指そうと決意したのは、練習後、メンバー全員で寒風が吹き抜ける河川敷に下り立ったときだった。紬と肩をならべ、寒さに震えながら、真冬の川と夕陽の交響を見つめていた。

多摩川が煮えたぎっていた。まきは、言葉ではとても言いあらわせないような感情が渦巻き、せめぎあうのを感じていた。

やってやるぞと奮い立つようで、正反対に、こんな圧倒的な自然の力にはかなわないとあきらめの境地にも達する。風景に丸ごとのみこまれそうになる畏怖《いふ》の念や、感動、腹の底から叫びたくなるような怒りや悲しみが無秩序に交錯した。

まきの心の内側と同じように、太陽が沈んでいくにしたがって、刻々と川面の色合いも変化していく。赤、オレンジ、黄金色とグラデーションをつくりながら、まばゆい光が躍る。

目指すべきは、この複雑さなのだ。一瞬も同じ状態はない。

子どものころから、ロボットのようだと、両親や先生、友達に言われつづけた。心のなかでは、いろいろなことを感じ、考えているのに、それが表情や言葉に出る前にどうしてもブレーキがかかる。我慢してしまう。

吹奏楽部では、リズムマシーンみたいに正確だと重宝された。いっさいの感情を排して、一定のテンポと、音楽の進行だけに意識を集中していれば楽だった。

リズムをつかさどるのだから、感情表現などいらないと思っていた。拍の強弱の変化はあるにせよ、楽譜上の音符の進行と、自分のたたくドラムやシンバルのアタックがきれいに一致すれば問題ないと思っていた。感情は、メロディーを奏でる楽器が担えばいい。

けれど、サイナスでは違った。ミツトはドラムにも、叙情《じょじょう》を求めた。

練習やレコーディング、ライブの前は、スティックをにぎりしめ、つねにあの日の冬の夕焼けを意識した。人間の心の機微《きび》や複雑さを表現しようとつとめた。

過度に感傷的にたたくと、ミツトはすぐに見抜いた。演歌じゃないんだ、コブシをまわすんじゃないと、なじられた。まきの素直な感情がほしいんだと、再三言いふくめられた。

私だって、紬みたいに、すぐ泣いたり、怒ったり、叫んだりしてみたい。自然なかたちでそれらの感情を楽器に託し、たくさんのひとに届けたい。

楽屋の扉が開いて、すっきりと頬の肉が落ちはじめた匠が顔を出した。

「そろそろ、移動ね！　ラス前の曲かかったよ！」

緊張気味の海人に声をかけ、紬につづいて楽屋を出る。通路から舞台袖へ移動する。慈夢の吹く口笛が背後から聞こえてきた。

私は子どものころになくしたみずからの感情を取り戻したい。いつか、素直な気持ちで笑えるようになったら、また紬のそばでドラムをたたきたい。

それまでは、しばしのお別れだった。観客たちの大歓声にうながされるようにして、まきはドラムセットの前に座った。

右足を踏み、バスドラムをたたく。ドッドッドッと下腹に響く重低音が両耳につけたイヤホンと、会場全体に響く。左足を踏み、ハイハットがきちんと上下するかたしかめる。

準備は万端だ。合図を送ろうと、まきは前を見た。けれど、どんなときだってすぐ目の前にあったはずの、ミツトの華奢な背中が、今日はなかった。

なんで……？

一瞬、混乱した。ステージの中央に、ぽっかりと大きな空間があいている。

いつもはそうそう簡単に出ない涙が、なぜか大勢の観衆を前にして、流れてしまいそうになった。「笑って送りだそう」という海人の言葉に励まされ、うつむきながらまきは耐えた。

やっぱり、ミツトを失って、悲しい。私は悲しみを感じている。ようやくそのことに気がつく。

おそすぎた。私はロボットではない。リズムマシーンでもない。私は人間だ。職業は、ドラマー。両手両足でドラムをたたく人間だ。まきは、息を大きく吸いこんだ。

一曲目、〈空洞電車〉。スティックをかまえ、メンバーたち一人一人と視線をあわせた。最後に海人がうなずき返してくる。

まきはスティックを大きく打ちあわせて、フォーカウントをとった。

＊

カラオケの大部屋を貸し切って、追悼ライブの選曲会が行われた。

しかし、早々に曲は決まり、後半は紬と慈夢のカラオケ大会に移行した。この二人が一度歌いだすととまらないから厄介だ。まきは腕時計をちらっと確認した。保育園に行く時間にはまだだいぶ余裕があった。

涙を浮かべながら部屋を出て行った匠の存在が、どうしても気になっていた。匠のいたテーブルの上には、飲みかけの黒ウーロン茶が置き去りにされていた。何か重大な変化があったのは間違いなさそうだった。

まきはふらりと立ち上がった。部屋の扉を後ろ手でそっと閉めると、左右を見まわし、とりあえずトイレの表示があるほうへ歩いた。ちょうど、匠がハンカチで手をふきながら出てくるところだった。

「おそかったから、心配になって」とは言ったものの、まきはまったく心配していなかった。泣いていた痕跡はうかがえたものの、どちらかというと、匠の表情はいい方向に吹っ切れているように見えた。

てっきり、ミツトを失って悲しみにくれていた匠が、現実を受け入れ、またサイナスのために働く決心をしたのだろうと思った。しかし、匠の言葉は予想を大きく飛び越え、胸に深く突き刺さった。

「実は、まだ誰にも言ってないんだけど、俺、追悼ライブが終わったらサイナスから離れようと思ってるんだ」

えっ……？　待ってよ、そんなの聞いてないよ？　内心の驚きが、めずらしくそのまま顔にあらわれてしまったらしい。匠が頰を赤らめながらつけたした。

「サイナスが嫌になったとかじゃなくて、俺もいろんなことを経験しなきゃ、強くなれないって思ったから」

近くの部屋から、やたらとセンチメンタルに酔いしれた歌声が聞こえてきた。まきは両手をにぎりしめた。

「そっか……、強く、ね」

意外だった。ある意味、サイナスというバンドにもっとも深く依存し、しがみついていたのは、匠だったと思う。その匠が、新しい人生を踏みだそうとしている。

匠の性格からして、ミツトのいなくなったサイナスを見かぎったわけではないのだろう。あくまで、彼個人として前に進むための決断なのだ。

まきには、そもそも「選ぶ」という発想そのものがなかった。紬には散々、あなたの意思が大事なのだと説いておきながら、自身の進退はひそかに紬の決断にゆだねていた。紬が残るのなら、当然私もサイナスに残る。紬がやめるのなら、きっぱりやめる。

約八年前、紬が一時サイナスを離脱していたときは、近い将来を見すえていた。紬は必ず戻ってくる――まきはそう確信していた。申し訳ないけれど、匠の弾くベースを聴いた瞬間に思った。ミツトは絶対に紬のベースが恋しくなる。

それまでは、なんとしても紬が復帰しやすい環境を維持していかなければならない。紬にもつらい冬の時期だっただろうけれど、まきにとっても孤独な日々がつづいた。

あのころを思い出すと、つねに激しい怒鳴り声が耳につきまとう。振り払うことができない。両親が離婚したのは、まきが志望する大学に受かり、高校卒業を目前にひかえていた春のはじめのことだった。

「あなたの言い訳はもううんざり！」

母が髪をかきむしり、怨嗟《えんさ》の言葉をまき散らす。

「お前がヒステリックになるから、俺もこんな家に帰ってきたくないんだよ！」

父がいらだたしそうに、テーブルを拳でたたいた。

「だから、もう帰ってこなくていいって言ってるじゃない！」

「ここは俺の家なんだよ！　なんでお前に指図されなきゃいけないんだ！」

物心ついたころから、延々と繰り返されてきた衝突が、また今夜も再演される。

よくもまあ、あきずに十年ものあいだ、こんな茶番を繰り返してきたものだとまきは思う。そう、これは茶番なのだ、台本の用意されたお芝居なのだ――そう自分に言い聞かせても、まきの心の繊細な襞《ひだ》はすり減り、硬化し、何も受けつけなくなっていた。小学生のころは、両親の言い争いがはじまると、ヘッドフォンをはめ、ゲーム機のスイッチを入れた。

パラッパラッパーやビートマニア、太鼓の達人などの、いわゆる音ゲー――リズムゲームの世界に逃げこんだ。音楽の進行にあわせて、〇や×、△ボタンを押す。

頭を上下させてリズムをとり、ひたすら無心で、指の動きをシンクロさせる。ヘッドフォンの向こうにうっすら聞こえていた両親の怒鳴り声が、しだいに音楽にかき消されていく。Jポップ、ロック、ラップ、ジャズ、メタル、演歌と、様々なジャンルのリズムでコンボをたたきだすことだけに全神経を集中した。

両親は醜いと、子どもながらに思った。この果てのない争いが、心や、感情というものなら、私には必要ないと思った。笑わない、泣かない、騒がない。じたばたあがくことは、みっともないから、しない。結果、冷淡な人間リズムマシーンができあがった。

選曲会が解散となり、一人だけメンバーと別れた。みんなはこれから飲みに行くらしい。

子どもが生まれてすぐはうらやましいと思ったが、今ではもう何も感じない。お酒を飲みすぎると、翌朝に残るようになってきた。まだ二十代だが、ある程度の遊びや楽しみは、紬やメンバーたちのおかげで味わいつくしたと思っていた。

保育園に迎えに行くと、身支度をすませた来人が柱の陰にさっと身をひそめた。最近、ハマっている隠れんぼだ。本人は完全に身を隠しているつもりらしいが、尻がはみ出ている。

「あれー？　どこだろー。ライちゃんが、いないなぁ」

かなりの棒読みだが、しかたがない。なんで、私、こんな猿芝居をしているのかと思うけれど、これもしかたがない。

「一人で帰っちゃったのかなぁ。おかしいなぁ。お母さんも帰っちゃおうかな」

調子をあわせてあげているのは、保育士さんがにこにこと親子のやりとりを見守っているからだ。家でこの隠れんぼがはじまったら、よほど暇をもてあましていないかぎり、素早く見つけて引きずり出す。来人のほうも、他人が見ている状況のほうが、母親のノリがいいことを学習しはじめているようだ。

手をおでこにあて、ひさしをつくるジェスチャーで、きょろきょろとあたりを見まわした。どこかなぁ、おかしいなぁ、困っちゃうなぁと、つぶやきながら来人に近づいていった。こんな恥ずかしい姿、絶対にサイナスのメンバーには見せられない。

柱の陰でくすくすと笑っているのか、小さい体が揺れていた。いとおしさがこみ上げてくる。同時に、さっきまで自分の子どものころを思い出していたせいで、突然一足飛びに自分が母親になったような錯覚が襲いかかってきて、不思議な気持ちにさせられた。

「見つけた！」まきは柱の向こうに手を伸ばした。しゃがみこみ、来人の腹をくすぐる。来人が大笑いしながら、身をよじって逃れようとする。

保育士さんや、その場にいた保護者と挨拶を交わし、外に出た。

手をつないで帰る。小さい歩幅にあわせてゆっくり帰る。

「ちょっと買い物して帰るけどいい？」

来人がこちらを見上げて、眉毛を八の字にゆがめた。何かねだったり、頼んだりするときに浮かべる甘え顔だ。

「ねぇ、ワッフゥ、買う？」

「うーん、ワッフゥは、買わない」

「なんで？」

ワッフルも、来人の最近のブームだった。スーパーで売っている袋入りの安物だが、味はもとより、ワッフゥという語感が気に入っているらしい。

「なんで？　ねぇ、なんで？　ワッフゥ、すごくおいしいんだよ」

「おいしいことはね、わざわざ君に教えてもらわなくても、わかってるんだよ」

「あのね、ワッフゥのね、クリームのやつがね、食べたいの」

「あんまりワッフゥ食べ過ぎると、歯医者さん行かなきゃいけなくなっちゃうよ。クリームのやつはとくに」

「ねぇねぇ、ワッフゥ食べたい」

あんまり母親の話は聞いていないようだった。たぶん、カゴに勝手に入れられる。売り切れてたら楽なんだがなと思った。

アスファルトの上に、細長い影と、小さい影が伸びている。二つの影はぶらぶらと揺れる互いの腕でつながっている。交通標識でこんなのがあったなと、運転免許を持っていないまきはぼんやりと考えた。

近所の小学校にさしかかり、大人の膝丈くらいの花壇の縁石に来人がのぼりたがる。平均台の上を歩くみたいに、手を離そうとする。踏みはずしたら危ないので、つねに体を支えられる体勢で、真横を移動した。

「ねぇねぇ、なんで高いところ歩きたいの？」

いつも来人が「なんで？」を連発してくるので、今日はこちらから聞いてみた。しかし、来人から納得のいく合理的な説明はない。「あのね、ケンちゃんが今日ね」と、お友だちの話が唐突にはじまる。

今度は、公園に立ちよる。アスファルトが途切れたところで、わざわざすり足で歩いて、土ぼこりを巻き上げながら進む。たまらず、来人を抱き上げた。

「靴も靴下も汚れちゃうよ。お洗濯、大変なんだよ。なんで、そうやって歩くの？」

いったい、脳がどういう指令を下したら、そういう体の動きになるのかさっぱりわからない。目先の楽しさが最優先、ということなのだろう。

これって、紬っぽいなと、いつも思う。したいから、する。ただ、それだけのことなのだ。泣きたいときに泣き、笑いたいときに笑い、歌いたいときにひとの目を気にせず歌う。うらやましいこと、このうえない。

紬にはじめて話しかけられたのは、高校の吹奏楽部に入った二週間後くらいだった。

「副島さんが、ティンパニだとすごい弾きやすいな。びっくりしちゃった!」

同じ打楽器パートの先輩が近くにいるのに、相手は感極まった大声をあげ、抱きつかんばかりの勢いで、うるうるした瞳を向けてきた。コントラバスの同学年ということだけは認識していたが、クラスは違うし、名前も知らない。

「あー、そうなの。ありがとう」

おざなりな返事にも、相手はめげなかった。

手をにぎられた。いきなり、ぷにぷにされた。「うん、めっちゃ硬い。すごい練習してるね」と、タコをしきりになでてくる。相手の手は、まき以上にぼろぼろだった。

まきには、「練習している」という感覚はあまりなかった。ただリズムに身をまかせていれば、つらいことも考えずにすんで、楽なだけだった。家にあまりいたくないから、朝練のために早く出て、放課後は部活がない日も自主練や図書館で勉強をしておそく帰る。

「副島さんの刻むリズムに耳をすましてると、私も絶対踏みはずさないってわかって。すごい安定感で、たのもしいなぁって」

「指揮を見てれば、リズムは一定でしょ?」一方的に名前を知られていることに、少し恐怖を感じた。

「いやいや、違うんだなぁ」背伸びをして、目線をわざわざまきと同じ高さにあわせてくる。「いっしょに、手をつないで歩いてる感じなんだなぁ。目をつむってても、私は正しい速度で正しい歩幅で正しい道筋を歩けるのだよ」

なんだ、こいつ、と最初は思った。頭おかしいぞ、絶対。しかし、翌日の全体練習でまきは気がついたのだ。

ためしに、コントラバスの音に耳をすましてみた。整列して行進するたくさんの音のなかで、土台を支える低音がふわりと浮き上がって聴こえた。体に響く振動が、心地よく、妙に懐かしい気分で、自分も数センチくらい浮遊している感覚におちいる。包みこまれるような、優しい音色だった。さりげないうまさが、川の流れの底のほうで、ひかえめに光っていた。

手をおそるおそる伸ばして、底に沈む光る石を拾い上げた。

互いの手と手がつながったと、感知された。ちらっと横を見ると、コントラバスの細長いネックの向こうで、紬が破顔した。

雑踏のなかで、運命のひとを見つけだしたような気分だった。

ねぇ、こっちだよと、早くおいでと、手をひかれる。ひかれるまま、となりを歩く。マレットを振り下ろすと、きれいに紬とシンクロする。悪い気はしなかった。むしろ、うきうきとスキップしたくなった。

まきも精いっぱい応えて、ティンパニをたたいた。ストライドを広くとって飛び跳ねた。その瞬間、演奏がいきなりとまった。顧問が眉をひそめていた。

「おい、副島、めずらしく走ってるぞ。よくこっちを見ろよ」

まきが走るなんて、春なのに雪が降るぞと、中学から同じ部だった連中が口々にささやいた。紬が肩をすくめてこちらを見た。思わず笑ってしまった。

まったく面白みのない、ただ正確なだけが取り柄のリズムマシーンが、はじめて人間らしいむき出しの感情をうらやましいと感じてしまった。音ゲーでは味わえない音楽の不思議さを体感した。

秩序立っていないと、そもそも合奏が成り立たないのだが、それでも秩序からどこかはみ出す部分がないと、聴き手は感動しない。紬は、凡人には得難い、その資質を確実に持っていた。

もちろん、紬を好き放題に走らせると、あまりに踏みはずしすぎる。サイナスに参加するようになってから、まきは紬の御《ぎょ》し方《かた》を学んだ。いっしょに歩くというよりは、むしろ、馬に乗るジョッキーのような感覚だ。しっかりと紬の手綱をにぎり、同じ速度と歩幅をたもちながら、じゃじゃ馬を気分よく走らせる。風を切るギャロップで、馬上のまきの体もリズミカルに上下する。

そこに、海人のギターと、ミツトの歌がのる。

どこまでも走っていけそうな全能感が、サイナスなら——紬といっしょなら味わえる。人間の側に踏みとどまっていられそうな気がする。だから、サイナスでプロを目指したのは、紬と楽器を演奏できる時間がいつまでもつづいてほしいと願った結果だった。

選曲会が行われた夜のことだった。夕食の後片づけがすむと、夫の穣治が「ちょっと」と、まきを呼んだ。来人はソファーに座って、アニメのＤＶＤを観ている。

洗い物で濡れた手をふいて、まきは穣治の向かいに座った。

「サイナスのことなんだけど」と、穣治は頰をしきりに爪の先でかきながら言った。「追悼ライブが終わったあと、まきはどうするのかなって思って」

「どうって？」

「はっきり言って、今が踏ん切りをつけるチャンスだと思うんだ」

「踏ん切りって？」おうむ返しをつづける。穣治の言いたいことは、なんとなく予想できた。考えをまとめる時間稼ぎをしたかった。

「いい加減、しっかり来人に向きあう時間を作ってくれないかな？」

穣治はそう言って目を伏せた。くっきりと浮き出た顎のラインが、ぎりぎりと動いていた。奥歯を嚙みしめているのだろう。

「やめろってこと？」

「お前のドラム、最近すごくうまくなったなって思うときがあるよ。でも、やっぱりプロとしてはどこか物足りない。ミツト君が亡くなって、粗《あら》が露呈する前にきっぱりやめるべきだ」

つい数時間前、匠が脱退の意思をこっそりまきだけに打ち明けてくれた。思ってもみなかった可能性と、将来の道筋をしめしてくれた。まきもしだいに心が傾きはじめていた。そろそろ、自分の人生を見つめ直す時期なのかもしれない、と。

けれど、こうして穣治に面と向かって決断を迫られると、なぜか意地を張ってしまう。まきは、テレビの前に座る来人の様子をうかがった。

アニメを観ながら、両親の会話にしっかり聞き耳をたてているのがわかる。不穏な空気を敏感に嗅ぎとっている。まきは来人から話題をそらそうとした。

「紬はね、私がいないと、ダメなの。あの子は危なっかしい。だからね……」

「いや、逆だよ」穣治はまきの言葉をさえぎった。「お前のほうが、紬さんに支えられてる。音楽面でもそうだよ。彼女のベースじゃないと、お前はドラムをたたけない。それ以外のベーシストと組んだら、とたんにお前はつまらないドラマーになる。それは、お前自身よくわかってるだろ?」

思わず穣治をにらみつけてしまった。

まきの、私生活での望みはたった一つだけだった。平穏で、静かな家庭を築くこと。両親の二の舞だけは絶対に演じない。しかし、それがどんなに困難なことなのか、まきは結婚五年目で嫌というほど思い知らされていた。


穣治と慈夢に出会ったのは、大学で入ったジャズ研究会だった。まきとしては、修業のつもりだった。打ちこみマシーンのように機械的な自身のドラミングを、違うジャンルにふれることで鍛えてみたかった。

新歓ライブを観て実に楽しそうだと思ったのだ。穣治がギター、慈夢がピアノだった。即興でソロが順番に入れ替わっていく。

「ジョージ!　ジム!」と、サークルの仲間らしき女子から歓声があがった。

欧米かよと、まきは心のなかで毒づいた。実に寒いあだ名だと思ったら、新歓コンパで二人とも本名だと知り、心のなかであやまった。

二人はまきの一学年上で、仲がよかった。穣治がまきに一目惚れした縁で、交際に至る前は、よく三人で飲むようになった。

「お前のドラムは、まったくスウィングしてないんだよ」穣治からはよくそう指摘された。「楽譜通りたたいたって、ちっとも面白くないだろ」

そのころは、ちょうど紬がサイナスを離れていた時期だった。匠の弾く単調なベースだと、まきのドラムの淡白さがより際立って、ミツトの不満は爆発寸前にまで達していた。

「どうしたら、感情がうまくリズムにのるんだろう？」まきは穣治と慈夢に相談した。

「投企《とうき》だよ」と、文学部の穣治は哲学の用語を使った。好きな相手に対して、そういう難しい言葉を使ってみたい年ごろだったのだろう。「演奏中は自分を体ごと音楽の渦中に放りこまなきゃ。お前はさ、どこか受動的で、醒めた視点で曲をコントロールしようとしてるから、それが聴いてるほうにもつたわってくるんだよ」

穣治の言いぐさはちょっと鼻についたけれど、まさにジャズの名プレーヤーは、音楽のプールのなかに思いきり飛びこんで、猛然と泳いだり、溺れたり、ぷかぷか浮かんだり——これは慈夢のたとえだったけれど——たしかに何かがのりうつったみたいに曲中に没入していた。

まき自身、いろいろ改善策をためしてはいた。まずは表情から入ろうと、めちゃくちゃ笑顔でたたいてみたら、海人から気持ち悪くて集中できないと言われた。

技術的な面も、もちろん研鑽《けんさん》につとめた。強弱のメリハリをはっきりつける。スティックを振り下ろすストロークのバリエーションを増やす。打面でしっかりとめるのか、跳ねるようにはじくのか。でも、小手先をいくら鍛えても、まきのドラムはのっぺりして、なかなか立体的に立ち上がらない。しまいには、筋トレまではじめた。

「あきらめなよ。そういうのは、自然の発露なんだよ。自分でなんとかしようと思ってできることじゃない」と、穣治とは正反対のことを慈夢は言った。「それに、俺はまきちゃんのドラム、けっこう好きだよ。ぴたりと正確だってことは清々しくて、俺はあわせてて気持ちいいけどな」

「おい、なんでお前が口説いてんだよ」穣治が冗談半分で慈夢の肩を殴った。

「口説いてないって」

「好きだって言っただろ、今」

「ドラムが、な」

「俺はね、あきらめちゃダメだと思うぞ」

穣治が胸を張って言った。安居酒屋は若者たちの喧騒《けんそう》と熱気とタバコの煙に満ちていた。

「まきはね、素直な感情の出し方を自分でおさえつけてるだけなんだ。俺が治してやる。これから、いろんな楽しいこと、経験させてやる。私生活から、ノリよくハッピーになれば、ドラムも自然と明るくなるよ」

まきは穣治を信じた。異性と交際したのは、三人目だった。前の二人は、吹奏楽部の先輩だった。まきの淡泊な性格のせいで、どちらも長つづきしなかった。

穣治は宣言どおり、たくさん笑わせてくれた。いろいろなところへ連れていってくれた。ちょうど紬がサイナスに復帰したこともあり、まきのドラムはしだいに、はじけるようなみずみずしさを取り戻していった。

結婚したのは、相手が音楽に理解があったからだ。バンドをつづけていいと明言してくれた。来人が生まれ、しばらくしてサイナスがメジャーに移籍した。さらにその一年後、全国ツアーがはじまり、来人の世話はまきの母親に頼りきりにならざるをえなかった。そのころから、穣治とはしだいに険悪になっていった。

「私はね、悪いって思ってるよ。あなたにも、来人にも」まきは言った。食卓の上についた丸いコップの痕跡を、なんとなく指先でこすった。「でも、こうなるのは、わかりきってたことじゃないの？　だったら、私との結婚なんて望まなければよかったじゃない。それとも、サイナスはここまで成功しないって思ってた？」

結局、この男はくやしいのだ。かつてのサークルの仲間が、プロになり、脚光を浴びている。自分が堅実に印刷会社に就職したおかげで、妻は好き勝手ができていると思いこんでいる。そのわりに、妻の収入のほうが飛び抜けて多いときがあるので、男のプライドをたもつのに汲々《きゅうきゅう》としているように見える。

「じゃあ、別れるか？」

はじめて穣治が、禁断の言葉にふれた。居間の空気が一、二度下がった気がした。まきは無言をつらぬいた。

「お前はなんで俺と結婚したんだ？」

「なんでって言われても……」

「女のひとが、男に言うような言葉だけどさ」穣治が腕組みをして、両肘をテーブルの上にのせた。「お前が何を考えてるのか、さっぱりわからないよ。わからなくて、こわくなるときがある」

「そんなの一日の献立と、家事のやりくり考えるので精いっぱいだよ」

「俺は、そんなことを言ってるんじゃない！」

じゃあ、なんのことを言っているんだと反論しかけたのだが、来人がじっとこちらを見ていることに気づき、自重する。

そこでできた隙に、穣治が攻めこんできた。

「お前さ、来人のこと、本当に好きか？　産まなきゃよかったって、思ってないか？」

「はっ……？」

「ときどき、本気で疑うときがあるよ。お前と来人の会話を聞いてると、ものすごく冷やかでさ、どきっとするときがある」

半分図星で、半分的《まと》はずれだった。来人のことは、ものすごく好きだ。いとおしい。けれど、それと同時に、どうしようもなく疎《うと》ましく、遠ざけたくなるときもある。まきは思わず感情的に怒鳴り声をあげた。

「好きに決まってるでしょ！　なんで、そんなこと言うの！」

穣治はわざとらしくため息をついた。

「俺のことは、まあ好きじゃなくてもかまわないよ。でも、息子のことを愛せないなんて、おかしいよ」

「来人をもてあましてるのは、あなたのほうでしょ！」

そのときだった。

メトロノームの音が、居間に響いた。まきと穣治はそろって、来人のほうを向いた。ソファーの前のローテーブルに置いたメトロノームの針が、右に左に揺れていた。

それは、来人がおもちゃがわりによくいじっている、小型のメトロノームだった。木製で、アンティークのような風合いが気に入って、まきが大学生のときに購入したものだ。

来人が大きな声で叫んでいた。「ダン、ダン、ダン！」と、唾を飛ばしながら、両腕をソファーの座面にたたきつける。無鉄砲に乱打しているように見えて、しっかりメトロノームのリズムに重なっていた。

身に覚えがあった。自分にも、両親のケンカをとめようと、躍起になっていた時期がある。こうして、怒りをぶつけて、注意をひいて、なんとか両親の意識をそらそうとした。それが無駄なあがきだとさとったとき、すべてをあきらめて、リズムゲームの世界に逃避をはじめた。

「ごめん！」立ち上がって、来人を抱きしめた。

来人は、まだ腕を振り下ろそうとする。その両手もろとも、抱きこむ。

「ごめんね、もう大丈夫だからね」

天然パーマの、くるくると丸まったやわらかい髪を、なでつづけた。絶対に両親のようにはならないと誓っていたのに、こうして無様な醜態をさらしている自分が許せなかった。


「何、それ！　許せないわ」奈央《なお》が憤《いきどお》りを見せた。

「旦那さん、無神経にもほどがありますよ！」と、由希子《ゆきこ》。

「いくら子どもがかわいくたって、育児が面倒になったり、逃げだしたくなるときだってたくさんあるのにね」優梨子《ゆりこ》は不満そうに唇をとがらせた。

「気にしなくていいよ、まきちゃん」と、唯一あだ名でアッチと呼ばれている敦子《あつこ》がなぐさめてくれた。


同じ年代の子どもを抱えた、しかし、お母さん自身の年代はばらばらの集まりだった。保育園で知りあった、いわゆるママ友グループだ。リーダー格の、四十歳の奈央さんの家にお邪魔して、お昼ごはんの食べ物を持ちより、お茶を飲む。

「ありがとう、ちょっと勇気出ました」グループのなかでも年下のまきは、敬語で答えた。

最初、まきは「ママ友」と名づけられた集団に、あまりいい印象を持っていなかった。夫の収入で暗黙のうちにランクづけを行い、なんだかぎすぎすしていて、絶えず誰かの悪口を言っているようなイメージを抱いていた。

奈央がさっぱりした性格だからか、このグループの風通しはよかった。

とくにかかわりのない母親からは、よく「来人君ママ」と呼ばれる。しかし、このグループでは、お互いにきちんと名前で呼びあおうという決まりがあった。「だって、私たちが私たちの人間性を否定しあって、どうするのよ?」と、奈央は言う。

最初は、いい大人になって、「まきちゃん」と呼ばれることに抵抗があったけれど、すぐに慣れた。そもそも、「○○君ママ」と呼ぶよりは、「奈央さん」「アッチさん」と呼ぶほうが、短くてすむから楽だった。

「でもね、まきちゃん。旦那がどうしてそういう皮肉を吐きだすに至ったかってことも、きちんと考えてあげないと……」奈央がアッチの焼いてきたキッシュをつまみながら言った。「もっとぎすぎすして、来人君が望まない方向にいっちゃうから」

「ですよね……」

まきもキッシュを食べた。生地がカリッとしていて、ベーコンとほうれん草のまじった中身はしっとりと優しい。冷めてもおいしい。自分の持ってきた手作り肉味噌の、味噌田楽がかなり恥ずかしく思えてくる。案の定、田楽はかなり売れ残っていた。

まきは広いリビングでお友だちと遊ぶ来人を見た。

男の子らがカーペットの上に大量のミニカーをならべ、大渋滞を作っている。来人がパトカーを走らせて、「事故です、事故です!」と、現場に急行する。倒れた人形を持った女の子が「助けて!」と、来人を呼んでいた。べつの男の子が救急車をスリップさせて、渋滞のただなかに突っこませた。「うわー!　大変だ!」と、ミニカーをひっくり返しながら、子どもたちが口々に叫んだ。

たしかに、まきは「大変だ」と思った。阿鼻叫喚《あびきょうかん》の地獄絵図だ。ちょっと笑いそうになったが、必死に真顔をたもった。

子どもたちの混沌とした世界とは対照的に、母親たちは優雅にお茶を飲む。

奈央の家はタワーマンションの中層階だった。夫は独立して事務所をかまえる税理士で、奈央もその仕事を手伝っている。まきは、よく自身のバンドの収入のことで相談にのってもらっていた。それがきっかけで、このグループにも招かれるようになったのだ。

「ちなみに、まきちゃんはさ、旦那さんといちゃいちゃするタイプ？」奈央が聞いた。

「はい……!?」キッシュが喉につまった。むせそうになったところを、紅茶で流しこむ。

興味津々のママたちの視線が突き刺さった。

「甘えたり、いちゃいちゃしたりする？　なんか、まきちゃんのそういう姿、想像できないなぁって思って」

「まったくないですね、そういうの」まきは冷静なふりをして答えた。そのわりに、頬が火照《ほて》ったように熱くなった。「つきあってたときも、結婚直後も、甘えるなんて、そんなそんな……。どうしたらいいのか、わかんないし。人前だったら、手もつないだことないし」

「えー！　嘘でしょ、まきさん！」と、いちばん若い由希子が悲鳴をあげた。「あたしのところは、今でもラブラブなんですけど」

「今のうちに楽しんでおきなさいよ」

「じきに、冷めるから」

「そうね、時間の問題だね」

口々にお姉様方から横やりが入って、「ひどい！」と、由希子は頰をふくらませた。

どちらかというと、まきは年上の母親たちの意見に賛成だった。永遠の愛など存在しないことは、両親を見ていたから誰よりも理解しているつもりだ。だから、無駄な幻想は抱かない。

「じゃあ、まきちゃんは、なんで結婚したの？　まきちゃんだったら、一人でもじゅうぶん生きていけそうなのに、なんで？」

「なんで……」まきは考えこんだ。

また、「なんで」攻撃だ。来人の発する「なんで」。穣治がぶつけてくる「なんで」。そんなに私は不可解な、宇宙人みたいな存在に見えるのだろうか？

まきは、おそるおそる答えた。

「私の夫って、人前にいるときと、家では全然キャラが違うんですよ。そのギャップがいいなって思います。外では底抜けに明るいけど、実はそれは周囲のひとへの優しい気づかいで、やっぱり多少は無理してて、家に帰るとほっと落ちつけるというか、落ちついてほしいというか……」

このひととなら、楽しく、かつ、凪《な》いだ家庭を築けると思った。愛も恋もつづかないのだとしたら、せめて争いのない、静かな家がいい。子どもが健全に育つ家庭がいい。

「まあ旦那さんも、そういうまきちゃんの性格をわかってて結婚したとは思うけどさ」奈央が立ち上がって、レースのカーテンを閉めた。「やっぱり、ふとしたときに不安になったり、さびしくなったりするんじゃない？」

奈央が席に戻った。黒髪がつややかに揺れた。とても四十歳には見えない。体のお手入れにお金をかけていることがわかる。

「私って、そんなにかわってますかね？」

「そりゃ、お昼の集まりに味噌田楽を持ってくるくらいには、じゅうぶんにね」

「すいません！」まきは売れ残った田楽にあわてて手を伸ばした。

「いや、いいのいいの。そこが、まきちゃんのおもしろいところだから。それに、この肉味噌おいしいし」

もしかしたら、私がトイレに立ったところで「田楽はありえないよね」「あのひと、本当に冷血ですよね」「旦那さんがかわいそう」などと、ママ友グループらしく陰口をたたかれるのかもしれない。

それならそれで、かまわないと思う。それが、ひとという生き物だ。ただ、人間関係に醒めきっている、そんなあきらめの姿勢こそが、温もりを感じないと言われる根本的な原因なのかもしれないとも思う。

「ねぇ、まきちゃんのところは、セックスは？　今でも、する？」キッシュを作ってきたアッチが、多少声は落としながらも、ためらいなく質問してきた。

食べかけていた田楽のこんにゃくを、思わず吐きだしてしまった。歯形のついた欠片が、受け皿にぷるんと転がった。まきはうつむいたまま、テーブルにつく母親たちにだけ聞こえる声でぼそっとつぶやいた。

「まあ、たまに。何かの儀式みたいな感じで……」

いったん事がはじまってしまえばいいのだが、はじまる前の空気が実にぎこちない。穣治がもぞもぞと動きだす。覆いかぶさってくる。まきはそれを黙って受け入れる。が、しだいにその夜の儀式の間隔は間遠になってきている。

ちらっと来人のほうをうかがった。渋滞に救急車がつっこんだ事故処理で、子どもたちは全員大わらわになっている。サイレンを真似た甲高い声や、助けを求める叫び声がリビングに満ちていた。

何も知らない、三歳の無邪気なころに戻れたらいいなと、まきは少しうらやましく思った。

「じゃあさ、まきちゃんのほうから、甘えたり、ねだったりしてみたら？」気をつかってくれたのか、奈央も余っている田楽を食べた。「それだけで、向こうの態度はだいぶやわらかくなると思うな。ああ、やっぱり俺のことが好きなんだなってわかれば、安心できるんだよ。男なんて単純なんだから」

「うわー、興奮してきた」と、なぜか優梨子が身もだえた。「まきちゃんみたいなかわいい子が、ふだんは冷たいのに、ベッドでせがんでくるんでしょ？　それって、いちころだよ」

「無理ですって！」鳥肌が立った。「絶対、無理」

「なんで、無理なの？」奈央がいたって真面目な表情で聞いてきた。「べつに夜のことにかぎらなくても、ああしたい、こうしたい、ああしてほしい、こうしてほしいって甘えるのが、そんなに悪いことかな？　なんで、まきちゃんは最初から無理って言うの？」

また「なんで?」が責め立ててくる。頭がおかしくなりそうになる。こんなにくるおしい気持ちになるのは、ミツトの発した「なんで?」が、ずっと脳裏にこびりついているせいだ。

それは、来人が生まれた直後の産院でのことだった。来人はまだ、「来人」と名づけられていなかった。

紬をはじめ、海人や慈夢、匠が連れだって、まきの入院している部屋を毎日のように訪れた。しかし、ミツトだけはなかなか顔を見せなかった。

退院の準備をはじめた四日後の夕方、ふらりとミツトが一人、手ぶらであらわれた。気まぐれなミツトらしい。まきは歓迎した。

「抱いてみる?」まきは胸のなかの小さな子どもを、ミツトのほうに差し出した。

ベッドの縁に座ったミツトがうなずいた。少し緊張しているようにも見えた。おずおずと両手を伸ばしたミツトが、そっと赤ん坊を抱きよせる。

前髪の奥の目が、すっと細くなった。

「これが、まきの子ども……」

ミツトは上半身を軽く揺すりながら、ぼそっとつぶやいた。

「信じられないなぁ」

「私も」ミツトのいつになく優しい眼差しに、まきは安堵のため息をもらした。「自分が産んだなんて、信じられない」

穣治はミツトのことが苦手らしく、買い物に出ると言って、そそくさと出かけていった。

ミツトはそれきり口をつぐんだ。お互い、あまりしゃべるほうではないので、無言の時間がつづく。それでも、気まずさは感じない。表面的な言葉を使わずとも、深いところでミツトとしっかりつながっている意識が、まきにはある。紬を媒介にして築き上げてきた、静かな信頼関係だ。じゃじゃ馬を飼いならす、ジョッキーと調教師みたいな仲だと言ったら、当の紬はきっと怒るかもしれないけれど。

赤ちゃんが、まだきちんと開ききらない目を、つぶったり、閉じたりして、まぶしそうにミツトを見上げる。が、たぶん、まだほとんど何も見えてはいないだろう。ぐっと伸びをするように、小さい拳を突き上げている。

その手をにぎるミツト。握手を交わす。まきは笑った。自然に笑えた。

「ねぇ、まき」と、ミツトが突然、口を開いた。「なんで、人間には感情というものがあると思う？」

「は……？」ゆるんでいた頬が、一気にこわばった。

「なんで、人間だけが複雑な感情を持ったんだろう？」

開いた窓から風が吹きこんだ。カーテンがうねってふくらむ。どこからか、べつの赤ん坊の泣き声が聞こえてきた。

「生き残るため？」

まきは半疑問形で答えた。自分の体内から出てきた、あまりにも小さく、か弱い存在を見つめたまま答えた。

「人間同士、連帯して、結束して、生き残るため？」

ミツトも、腕のなかの赤ちゃんを見下ろしていた。「そうかもしれないね」と、慈しみのこもった目で微笑む。

「でもね、憎しみを抱いて、殺しあったりもするよね？」ミツトが、その穏やかな微笑には似つかわしくないことをぽつりと言った。

まきは、一転、空恐ろしさを感じた。今にもミツトが赤ちゃんを床に落としそうな気がした。

「返して」と、手を伸ばしかけたとき、ミツトが息を吸いこんだ。ミツトにしては、奇跡的に長い文章をゆっくりと吐きだした。

「たとえばね、Aというグループに自分が所属していたとして、Bというグループに憎しみを抱けば、A全体に慈しみを感じる。Aのひとが死ねば悲しむし、Bを殺せばよろこぶ。そんなくだらないもののために感情があるんだとしたら、俺はまきの淡々としたドラムもそれはそれでいいような気がしてくるんだ。すごく価値があることのような気がするんだ」

まきは伸ばした腕を、空中でぴたりととめた。どこかで赤ちゃんの泣き声がするのに、妙に静かで温和な午後だった。

「えっ？　どうしたら……」いいの？　私は、どうドラムをたたけば……。つづきの言葉が出てこない。

インディーズ時代は、「感情をさらけ出せ」「まきの素直な気持ちをぶつけろ」と、散々ミツトに苦言を呈されてきたのに。

「気づかせてくれて、ありがとう。まきにも、この子にも言いたい。ありがとう」

混乱した。ミットがこうしてストレートに感謝の言葉をつたえてくるのは、今まで一度もなかったように思う。

ミットが赤ちゃんの耳元でささやいた。

「よく来たね。ようこそ、この世界に」

まきは、それ以来、ずっと混乱しつづけている。

「よく来たね」というミットのささやきから、息子の名前を「来人」とした。ミットの言葉がうれしかったのももちろんだが、この日のことを忘れないためでもあった。来人が三歳半になった今も、ミットの言葉の意味を考えつづけていた。

このままでいいのか、このままではいけないのか。足手まといになるような余計な感情は排するべきなのか、それとも、もっと人間らしく、甘えたり、泣いたり、怒ったりするべきなのか。

ミットは答えを教えてくれないまま、遠くへ行ってしまった。

「そういえば」と、唇についた肉味噌をティッシュでふきながら、奈央が言った。「今度、卒園生のお別れ会があるでしょ」

まきは田楽にまったくあわない紅茶を飲みながらうなずいた。保育園のお別れ会で、各組の子たちは歌や踊り、劇を発表して、卒園生を送り出す。保育士や保護者も出し物をするのが通例らしい。規模の大きい保育園なので、区の会館を貸し切って行われる。

「そこでね、今年も保護者枠もらって、何かやろうってことになって」奈央には、今度卒園する六歳の女の子と、来人と同じ三歳児クラスの男の子がいる。「ダンスを有志でやってみない？先生方への日ごろの感謝をこめて。今のところ、二十人くらいが参加する予定なんだけど」

奈央は今ブームになっているテレビドラマをあげた。そのエンディングで俳優たちが踊るダンスが話題になっているらしい。ドラマの題名から、通称「ケモノダンス」と呼ばれている。

「まきちゃん、コスプレして踊るでしょ？」

「いやいやいやいや！」あわてて首を横に振った。「それこそ、絶対無理です！」

「また、無理ってか」奈央がため息をついた。「べつに、あなたが踊ったからって、誰が笑うわけじゃないんだよ」

「お高くとまってるとか、世間体を気にしてるとか、そういうわけではもちろんなくて……」

「わかってるよ。恥ずかしいってことでしょ？」

まきは必死にうなずいた。ダンスは、正直カラオケよりもきつい。

「楽しんじゃえばいいのに」

それなのに、奈央はさらっと簡単に言ってのける。

「むき出しのまきちゃん、全部見せたら、きっと旦那さんも、来人君もよろこんでくれると思うんだけどな」

家に帰って、会員登録しているネット動画配信サイトで、さっそく話題のドラマを観てみた。

「俳優さんも大変だよなぁ」

無愛想な役が多いコワモテのベテラン俳優も、コミカルなダンスをさせられている。にこにこと、顔中にしわをよせて笑みをつくり、腰を動かしている。

穣治が仕事から帰らないうちに、ためしにちょっと踊ってみた。拳をにぎって、ライオンが吠えているように、威嚇のポーズ。そこから、お尻を左右に振って、腕をひらひらと交差させる。

すると、背後から笑い声が聞こえた。来人が、きゃっきゃっと腹を抱えて笑っていた。

「これが、そんなにおかしいの？」

まだものの分別がついていないうちだから、来人に見られてもとくに羞恥心はわかなかった。じゃあ、なんで大人に見られたら、恥ずかしくて、みっともなくて、死にたくなるのだろう？自分でもよくわからない。

「いっしょにやってみる？」来人の背後にしゃがみこんで、両腕をとり、映像の動きを再現した。

「ほら、ライオンさんみたいに、ガオーってやって、お尻をふりふり」

ダンスがままならないほど、来人が身をよじって笑いはじめた。

「なんで、お尻ふりふりがそんなにおかしいの？」

また、爆笑する。とにかく、子どもはおケツが好きだ。穣治は「うんこ」と言うと来人が必ず笑うので、自分が天才コメディアンになったような気分だと得意げに話していた。困ったときの「うんこ」だと豪語している。

まきは、おそるおそる、そのマジックワードを使ってみることにした。

「あー、こんなにお尻振ったら、うんちおもらししちゃうー」

来人が寝転がって、足を床に打ちつけながら、笑いはじめた。頭がどうかしちゃったんじゃないかというくらい、腹をよじって猿みたいな声をあげ、のたうちまわっている。

妙な快感が体中を駆けめぐった。穣治の言うとおりだ。本当にお笑いの天才になったような気分だった。

「よし、じゃあダンスやってみるかぁ」

誰に言うともなしに、まきは決意を口にした。どうせ、見ているのはほとんどが見ず知らずの子どもと、その親だ。穣治にさえ知られなければ、それでいい。べつに来人の卒園ではないのだし、お遊戯の発表くらい黙っていてもバチはあたらないだろう。

まきは、気がかわらないうちに、ママ友グループに参加の連絡をした。すぐに、メンバーから「歓迎!」といったスタンプが返ってくる。どうせやるなら、三月中旬のお別れ会には完璧に仕上げようと思った。


追悼ライブの練習初日、まきは来人を連れていった。「来人と向きあっていない」と、また穣治にちくちく言われたくなかった。が、練習中は匠にお世話をお願いしなければならない。まきは何冊か来人のお気に入りの絵本を持ってきていた。

海人の到着が少しおくれていた。匠は電話の着信があって、しばらく外に出ていた。

まきはセッティングがてら、来人をドラムセットの椅子に座らせてやった。スティックをにぎらせ、スネアドラムやシンバルを自由にたたかせる。足で踏むバスドラムは、椅子の上からは届かないので、立ち上がってドコドコやっている。

「さすがライちゃん、センスいいね！」ベースのチューニングをすませた紬が、その無茶苦茶なリズムにあわせて適当なフレーズを弾きはじめた。

「おっ、セッションか！」と、慈夢もピアノをのっけてくる。

来人はご満悦の様子だった。力任せにスネアの角の金属をたたき、スティックにヒビを入れてしまうまで、セッションはつづいた。

「私のお気に入りのスティックが！」バキバキになったスティックを来人から取り上げた。木がささくれだったところをさわってしまうと危ない。

まきの腕を逃れた来人が、今度は広いスタジオを駆けまわる。床には機材の配線が、いたるところに這いまわっている。「ほら、転ぶよ、転ぶよ！」と、叫んで追いかけ、案の定転んで泣きだした来人を抱き上げる。

「そういえばさ、ライちゃん、今度お遊戯会あるんでしょ？」紬がベースを肩からはずし、スタンドに立てかけながら聞いた。「私も、行っていいかな？」

一瞬、何を聞かれているのか、理解が追いつかなかった。血の気が引いた。思わずぎゅっと強く来人を抱きしめてしまった。

「なんで……？　そのこと、なんで知ってるの？」

「なんでって言われても……」紬が慈夢を見る。

慈夢があとを受けて答えた。

「俺のところに穣治から連絡が来たんだよ。今度、ライちゃんが踊るから見に来ないかって」

まきは、泣きやんで落ちついた来人を床に下ろし、うなだれた。その場にしゃがみこんだ。痛恨の極みだった。巧妙に隠していたつもりだったが、穣治がお知らせの紙か何かを見たに違いない。

今さら、ダンスを辞退するとは奈央さんに言いづらい。かといって、猫耳と尻尾のコスプレをして踊る姿をメンバーに見られるくらいなら、いっそ死んだほうがマシだった。

「まき、どうしたの？」紬が心配そうに近づいてきた。

まきはその膝にとりすがった。

「絶対、嫌だ！　来ないでいいから！」

急に取り乱したまきに、紬と慈夢は困惑気に目を見あわせていた。

「だって、ライちゃんの晴れ舞台だろ？　なんで、ダメなんだよ」

「だって、来人の出番は一曲で、たった数分だよ。そのためだけに来てもらうのは、気がひけるなぁって」まきは必死にそれらしい理由をとりつくろった。

「いや、いいよ、べつに。一曲だけでも」紬は来人に視線を向けた。「ライちゃん、踊るんでしょ？　見に行くからね！」

「踊るよ！」すっかり機嫌を直した来人が無邪気な声を響かせた。「そんでね、お母さんも、踊るの！」

まきはあわてて来人の口をふさごうとした。紬がそれを素早く阻止して、来人に聞く。

「お母さんも？　踊るの？　本当に？」

「うん、そうだよ！　お母さんも、ガオーってやるの」

「ははーん」紬が目を細めた。「そういうことかい」

我が子の裏切りにあい、まきはこの世の終わりをさとった。力なくしゃがみこんでいると、なぜか来人が「よしよし」と、頭をなでてくれた。まきは、かろうじて「ありがと」と、来人のなぐさめを受け入れた。

「これは、是が非でも行かなければならないようですな、紬殿」慈夢がふざけた口調で言った。

「そうですな、慈夢殿。まきが踊るとなれば一大事。どうせなら、海人と匠君も呼びますかな」

紬も応じる。「ついでに動画を撮って、サイナスの公式アカウントにアップし、ファンに楽しんでいただくのも、また一興」

「やめて！」まきは悲鳴を上げた。「お願いします！　なんでもしますから！」

ＰＶの撮影でも、おもちゃにされて、笑われたことがあった。ファーストシングル〈種蒔く人〉のときだ。おもな演奏シーンの撮影は、畑が近くにあるログハウスで行われた。監督の意向で、楽器を弾くショットとはべつに、メンバーの個別シーンも撮影されることになった。

まきだけは、なぜか近隣の牧場での撮影だった。そこで、オーバーオールに着替えさせられた。そして、カウベルとスティックを一本持たされ、羊の群れのなかに入って行くよう指示された。

カウベルをたたきながら、羊をしたがえて、草原を歩く。

「副島さん！」と、監督がメガホンを口にあてて怒鳴った。「顔がこわいです！　もっと、やわらかく、笑顔で！」

「すいません、このシーン、必要ですかね？」

「はい、必要です！　副島さんのドラムの優しさをあらわす、大事なシーンですから、羊を慈しむような表情で、引き連れて歩いてください！」

まきがなかばヤケになってカウベルを打つと、大量の羊が鳴きながらあとをぞろぞろとついてくる。

カメラの後ろにひかえているメンバーが、涙を流しながら大笑いしていた。ミツトまで腹を抱え、くの字に体を曲げて痙攣していた。ほかのメンバーたちは、みんな、それなりにカッコいい個別シーンを撮ってもらっていた。ミツトは、ログハウスの窓枠に頬杖をついて、晴れの日も、雨の日も、憂い顔で外を眺めるショットだった。


「そもそものこと聞いちゃうんだけど……」慈夢がキーボードでぽろぽろとピアノの軽いフレーズを片手で弾きながらたずねてきた。「ライブでドラムをたたくのは、恥ずかしくないわけ？」

「全然大丈夫だけど」

「ユーチューブふくめたら、ものすごい数のひとが観てるんだよ？　それよりも、ダンスを我々に見せるほうが嫌なの？」

「当たり前じゃん。だって、ケモノダンスだよ？　腰、くねくねだよ？」

理解できない、というように、慈夢と紬がそろって首をかしげ、眉をひそめる。目立ちたがり屋の二人とは、土台、感覚が違うのだとわかってはいたけれど、まきは不安になって聞いてしまった。

「ねぇ、私ってそんなにおかしいかな？　もっと、明るく振る舞ったほうがいい？」

唯一、自身の存在のよりどころだったドラムを穰治に否定された。プロとしては物足りないと、今さら指摘された。リズムマシーンとしても中途半端、人間としても中途半端。自分があまりにも出来損ないの不完全な生き物であるような気がして、日ごとに焦りがつのっている。

「ぶっきらぼうで、無愛想で、仏頂面でさ……」

意図したわけではないのに、全部の言葉の頭に「ぶ」がついてしまった。つまりは、女としてブサイクなのかもしれないと、とたんに自分が嫌になった。

「やっぱり、ひととして——母親としておかしいかな？」

「まき、もしかして誰かに何か言われた？」紬が来人を膝の上に抱き上げ、ベースのアンプの前の丸椅子に座った。

「えっと……」まきはうつむいて答えた。「穰治とか、ママ友とか、いろいろ。何考えてるのかわからないからこわいって。もっと、旦那に甘えたり、頼ったり、好きだってアピールしたほうがいいって」

「穰治が、そんなこと言ったのか」いまだに慈夢はマイナー調の気だるいフレーズを、鍵盤を見ずに弾いていた。「意外だな。あいつは、どっちかっていうと、クールで、何事にも動じないまきに惚れたもんだと思ってたんだけど」

「たぶん、ずっといっしょに暮らしてると、私みたいな女が気づまりで、物足りなく感じてくるのかもしれない」

やるせなさが、こみ上げてくる。その素直な気持ちにふたをしておさえつける。二、三日たてばきっと忘れると、自身に言い聞かせようとした。

「あのね！　まきは、そのままでいいの！」

紬が急に大声を出したので、抱かれていた来人がびくっと震えた。その頭をなでながら、紬は言葉をつづけた。

「ミッちゃんも言ってたんだよ。そのままでいいんだって。そこが、まきのいいところなんだって」

「ミツトが？」まきは顔を上げた。「そのままでいいって言ってたの？」

「生まれたばかりのライちゃんをその手に抱いたとき、はっきりさとったんだって。子どもを守るためには、自分が子どものままじゃダメなんだって」

「あのときに……？」

なぜ人間には感情があるのか？　来人を抱いたミツトの猫背の姿は、カーテン越しのやわらかい光を受けて、妙に神々しく映った。それと同時に、なぜか不穏な禍々《まがまが》しさも感じたのだ。

「それ以前のミッちゃんの曲作りって、わりと感情面ではストレートというか、怒りは怒りのまま、憎しみは憎しみのままぶつけるって感じだったじゃない？」

たしかに、〈うねる春〉に代表されるような、インディーズのころの曲は、どこか全体的に鬱々としていた。激しく揺さぶるような曲調にのせて、ミツト自身の怒りや生きづらさや悲しみの感情を爆発させていた。

その時期は、もっと叙情的なドラムをと、とくにミツトから求められていたと思う。

「だけどね、まきはきっと無益な争いをさけるために、怒りも憎しみも、いったん自分のなかにしまいこんでるんじゃないかって、ミッちゃんは赤ちゃんを抱いた瞬間、気がついたわけ。それは、きっとライちゃんを守るためなんじゃないかって。ライちゃんの防波堤になるためなんじゃないかって」

ただ両親みたいになりたくなかっただけだ。そんな大層なものではないとまきは思う。醜くののしりあうために感情があるのなら、そんな厄介なものは必要ないと思っただけだ。

「それって大人だなって、そのときのミッちゃんは感じたわけ。ライちゃんを前にすると、素直に感情をぶつけるだけの自分が子どもっぽく思えてしかたがなくなったんだよ。感情をぐっとのみこんで、それでもこらえきれずに、あふれ出したものこそが、ひとの心を揺さぶるんだって、あいつはようやく気づいたらしいんだ」

「それってさ、まきの人柄そのまんまって感じじゃない？」慈夢がキーボードから手を離し、腕を組みながら言った。

「そうなの」と、すぐに紬が同意する。「まきって、ふだんは感情をおさえこんで、こらえているように見えるけどさ、ふとしたときに、あっ、よろこんでるなとか、怒ってるなとか、悲しんでるなとか、どうしようもなくにじみ出てるじゃない？　だから、まきがめずらしくうれしがってると、こっちもめっちゃうれしくなるし、悲しんでると、ものすごく心配になったりするでしょ？」

慈夢がしきりにうなずく。

「ようは、気になる存在というわけよ。だから、こっちも注目しちゃう。ＰＶ撮影とか、ダンスで恥ずかしがってるのを見ると、私たちとしてはもう、イジりたくてたまらなくなっちゃうわけ。まきには迷惑な話かもしれないけどさ」

紬の言葉自体が、まきとしては恥ずかしくてしかたがない。けれど、ミツトの謎かけのような問いの答えがようやく見つかって、すっきりと霧が晴れたような気がした。

メジャー移籍後の〈種蒔く人〉から、ミツトの曲作りは、たしかに一段階、高みに達したように感じられた。青臭く、えぐみの強い、露骨に感情的な部分はなりを潜めた。まるで台風の目のなかにいるようだと、まきはミツトの作る曲を解釈していた。

前後には、荒々しさと、激しさの気配が確実にある。けれど、今、この時点では穏やかで、晴れわたっている。嵐の前の静けさを前にして、聴き手は不思議な気分におちいるのだ。

まさか、その進化に生まれたばかりの来人が一役買っていたとは、思ってもみなかった。

「まるで、自分の子どもみたいに、ミッちゃんはライちゃんを大事に思ってたんだよ。とくに、ミッちゃん自身は、家庭的な幸せはあきらめてたような感じだったから」

来人の天然パーマの髪を、紬は人差し指にくるくると巻きつけていた。まきは、無言でうつむいた。

紬は、きっとミツトの子どもを産みたいと望んでいたはずだ。けれど、結局かなわなかった。

この先、べつの男性と結ばれてほしいと、まきは切に願う。その反面、紬のとなりにいるのは、やはりミツトでなければしっくりこないと、勝手なことも思ってしまう。

「まあ、ミッちゃんも、ああ見えて、日々成長してたってわけよ」

紬が膝の上の来人を下ろした。立ち上がって、わざとらしく、大きく伸びをする。

「でも、最後には私のCD、バキバキに割りやがったけどね」

まきは顔を上げて、紬の表情をうかがった。少し泣きそうになってしまった。自分の口がへの字に曲がっているのがわかる。

「ちょっと！　私の渾身の自虐ネタなんだから、笑ってよ、まき」

「あははっ」強引に笑った。「ヤバい。おかしい」

「出た！」慈夢が手をたたいて笑った。「まきの必殺、心のこもってない愛想笑い」

ちらっとスタジオの鏡を見た。スタジオの隅に座って、ミツトが自分たち三人のやりとりを無言のまま笑顔で眺めているような気がした。けれど、その姿は鏡のどこにも映っていなかった。

私にできることはなんだろう？

せめてこのささやかな日常を、守りぬきたいとまきは思った。

その夜、小さな地震があった。震源地の茨城県が震度3で、東京はせいぜい1か2だった。

だが、揺れている時間が長く、磨《す》りガラスのはめこまれた寝室のドアが、ガタガタと音をたてた。せっかく寝ていた来人が起きてしまい、ふたたび寝かしつけるのに苦労した。

「じちん、こわいね」布団にくるまれながら、来人は口をとがらせるようにして言った。

「地震はこわいよ。でも、お母さんがここにいるから大丈夫だよ」

「お母たんも、じちん、こわいの？」

「ちょっとね。でも、ライちゃんといっしょにいれば安心だよ」

じちん、こわい――来人はまるで自分自身を納得させるかのように、何度もそう口にした。こうして一つ一つこわいことを経験し、言葉にすることで自分のなかにのみこみ、克服していく時期なのかもしれない。

まきは、二〇一一年の春を思い出した。忘れもしない。大学一年生の終わりのことだった。三月二十日になって、ミツトが突然、まきの家を訪れた。都内はまだ混乱がつづいていた。ミツトは三十分ほどかけて、自転車をこいでやってきたようだ。

その顔は青ざめていた。しかし、額には汗が浮かんでいた。そのころ、いつも着ていたダッフルコートは、自転車の前カゴに丸めて押しこまれていた。

「ツムと連絡とれた？」サドルにまたがったまま、ミツトは荒い息をついた。よほど急いで来たらしい。

「とれたよ。安心して。無事だって」

「よかった」ようやくミツトが自転車から降りて、スタンドを立てた。

紬がサイナスから離れていた最後の時期だった。ミツトは、自分から紬と連絡をとろうとは、かたくなにしなかった。

住宅街は閑散としていた。となりの家には老婆が一人で住んでいた。耳が遠いせいで、いつもテレビの音がかなりのボリュームで外までもれ聞こえてくる。地震関連の切迫した報道が今もつづいていた。

「まき、五万貸して」

「は……？　今？　何考えてんの？」

「いいから、五万、貸して」

ミツトは当たり前のように、右の手のひらを上に向けて差し出してきた。

事情を聞いた。なんでも、紬にベースをプレゼントするために、今まで少しずつアルバイトをして、お金を貯めていたそうだ。あと三ヵ月ほどで、目標は達成できる計算だった。

「俺、こわいんだよ。何もできないよ」

ミツトは自分の体を抱くように、両腕を交差させて震えた。隣家から聞こえてくるテレビのアナウンサーの声は、今も増えつづける死者や行方不明者の数を告げていた。放射線の危険も叫ばれていた。何を信じたらいいのか、自分が何をすべきなのかわからない、混沌とした状況だった。

「すごく、こわい。ツムに今すぐ会いたい。そばにいたい。意地を張ってたら、絶対後悔するって思った。いつ、離ればなれになるか、わからないから。それだけは、よくわかるから」

よほど思いつめて、切羽詰まっていたのかもしれない。ミツトがみずからここまで素直に弱みをさらけ出すことは、今までになかった。まきは視線をそらした。雀が電信柱にとまったり、飛び立ったり、狭い範囲をせわしなく行き来していた。

「俺って情けないかな？」

「いや、全然。それが当たり前の感覚だと思うよ」まきは、ぶっきらぼうにならないように気をつけて言った。「紬に戻ってもらおう。今しかないよ」

ＡＴＭは動いていた。まきは五万円を手渡した。ミツトはお礼も言わずに、自転車であわただしく去っていった。

四月になり、ミツトにプレゼントされたサンダーバードをたずさえ、無事に紬は復帰を果たした。


眠りについた来人を起こさないように、まきはそっと立ち上がった。

ミツトは死ぬとき、こわくなかっただろうかと考えた。紬と離れればなれになることが、こわくなかっただろうか？　静かに深呼吸を繰り返して、激しくなった動悸をしずめようとした。

すでにベッドに入っていた穣治のとなりに、音をたてないようにすべりこむ。まだ起きているのか、穣治がこちらに背を向けるかたちで寝返りを打った。

まきは目をつむった。なんだか、船酔いしているような、いまだに地面が揺れているような感覚がずっとつづいていた。

ふと、恐怖をおぼえた。穣治も来人も失ってしまう、暗い想像が頭をよぎった。それは、自分が死ぬよりも、よほどこわい想像だった。

ベッドのなかで、夫の手を探った。探りあてて、にぎりしめた。「うーん」と、穣治がうなった。

「俺、今日は疲れてるんだけど……」

寝ぼけた様子でつぶやいたとたん、穣治ががばっと上半身を起こした。

「って、おい、まき、どうした？」

戸惑いのにじんだ声が、暗闇に響いた。穣治が力強く手をにぎり返してくる。

「ごめん、ちょっとこわくなって」

奈央のアドバイスを実践したわけではなかった。急にこわくなった。ただ、それだけだった。

「そんなに地震、大きくなかっただろ」

「うん、でも、なんだかむかしのこと、思い出しちゃった」

「そっか……」

「このままでいいの。ちょっとだけ、このままでいてくれない？」

「全然、いいけど」

まだ釈然としない様子で、穣治がふたたび寝転がった。掛け布団のなかで、互いの手の温かさを感じていた。

こわいときは、こわいと言おう。表情にあらわれなくてもいい。涙を流さなくてもいい。たった一言、「こわい」と素直につたえれば、相手はわかってくれる。少なくとも、何を考えているかわからないと、ののしられることはないだろうと思った。

ミツトや紬の言うとおり、私はこのままでいい。無理をする必要はない。

でも、今回の穣治との言い争いの件は私が悪かったのだ。ロボット化すれば、争いが回避できるわけではなかった。感情をおさえれば、ケンカに発展しないわけではなかった。

私たちは厄介なことに、進化の途中で言葉と感情を獲得してしまった生き物なのだ。慈しみも、憎しみも、背中あわせで抱いてしまう。どうしたって、そこからは逃れられない。そのことに気がついたら、少し気が楽になった。

紬にはじめて会ったときされたように、穣治の指や手のひらをぷにぷにともんだ。恐怖がやわらいでいくのを感じた。安らかな気持ちを取り戻し、まきはふたたび目をつむった。


保育園のお別れ会当日を迎えた。保護者の出し物はプログラムのトップだった。

「まきちゃん、かわいいよ」奈央が舞台袖で猫耳をつけてくれる。「もう、腹はくくった？」

「はい」まきはうなずいた。「今日の主役は、卒園生ですから。楽しんでもらえるように、頑張ります」

前奏が鳴り、総勢二十二名のママさんたちが舞台に走り出る。ケモノの威嚇ポーズで、卒園生や、在園生たちがいっせいに手をたたいて、笑ったり、よろこんだりしているのが見えた。

まきはダンスの動きを追いかけるのに必死で、自分の表情にまで気を配る余裕がなかった。たぶん、ものすごくこわい顔で踊っている。それでも、かまわない。開き直ることにした。自分が楽しいなら――子どもたちが楽しんでくれているなら、それでいい。

目を上げた。来人がいた。また床に寝そべって、笑い転げている。おいおい、ちゃんと見なよ、こんなのもう二度とないぞと、まきはちょっと不満に思う。

カメラを構える穰治が後方に見えた。部外者は入れないことがわかり、結局メンバーは招待できなかった。穰治の撮った映像が慈夢にわたって、メンバーたちに笑われたとしても、それはそれで、まあしかたがない。

まきは、自分の体に血がめぐり、放熱し、発汗するのを、たしかに感じていた。私は生きていると、不思議な高揚感が全身に満ちた。カメラを持っていないほうの手を、穰治が振ってくる。まきは、ぎこちなく微笑んで、軽くうなずいた。

曲が終わり、拍手に送られて、舞台袖に引っこんだ。奈央さんや、アッチさん、ママ友たちと、ハイタッチを交わした。実にいい友達に恵まれたと、まきは感謝した。

客席に戻った。息を弾ませたまま、穰治のとなりに座った。

「耳、いいのか？　とらなくて」

そう言われて、「はっ！」と、叫んでしまった。猫耳をむしり取った。

「かわいかった」穰治がぽつりと言う。「すごく、よかった」

「あっ、そう」まきは、いつもどおり冷淡に返す。「それは、どうも」

穰治の向こう側に座る女性が、体をのりだして、おずおずと話しかけてきた。

「まきちゃん。私、驚いちゃった。まきちゃんが、ダンスなんて……」

まきの母親だった。まきみずから招いた。一時期は、来人の世話を散々頼んだのだから、孫の成長を見てほしかった。

自身のダンスは……。まあ、これもしかたがない。おまけみたいなものだ、意地を張る必要はもうこれっぽっちもないはずだった。

「なんか、感無量で……」母がハンカチで目元をぬぐった。「ちゃんと、お母さんやってるなぁって……」

高校生になると、吹奏楽部の演奏に親を呼ぶことは一度もなくなった。両親がそろうと、外出先でも頻繁に言い争いになるからだ。それが嫌で——どうしようもなく嫌で、来ないでくれと自分から頼みこんだ。引くに引けなくなって、一人で行くからと母親に言われても、かたくなに拒んだ。

「大げさだよ。なんで、あなたが泣いてるの」まきは、吐き捨てるように言った。

あなたのせいで、こんな私になった。ロボットみたいな私になった。「お母さん」を「あなた」と、呼びつづけた。ずっと許せなかった。

「でも、ありがとう、来てくれて」

ようやく言えた。母の反応は見ないようにした。まきは前を指さした。

「ライちゃんの踊り、はじまるよ」

三歳児クラスのパンダ組が、保育士さんに連れられて、舞台の中央にならぶ。穣治がカメラをふたたび構えた。

「あらあら」母が頬に手をあてた。

「おいおい」と、穣治もつぶやいた。

曲は「手のひらを太陽に」だった。来人は踊らず、一人だけおもちゃの小太鼓をたたいていた。リズムにあわせて、一心不乱にスティックを上下させている。きっと、保育士さんにダダをこねて持たせてもらったのだろう。

「血は争えないみたいですね」穣治が義母に言った。

「そうみたい」と、母もうなずく。

横を見ると、二人とも笑顔だった。まきも、思わず笑ってしまった。

いつか、来人にうとましく思われる日もくるだろう。男の子だ。中学生くらいになれば「ウザい」と言われ、もともと口数の少ない私とは、会話すら交わさなくなるかもしれないと、今から覚悟している。

「よく来たね」

まきは、つぶやいた。となりの穣治が持つカメラには入らないような小さな声で言った。

「ようこそ、この世界に」

おそらく、これから理不尽なことや、残酷なことが来人には多く待ち受けているだろう。こわい経験もたくさんするだろう。それでも、いつぞやのミットのように、素直にお礼を言いたい気分だった。

「ありがとうね。私のところに、来てくれて」

＊

海人の歌う〈種蒔く人〉が終わり、追悼ライブは佳境をむかえていた。ふたたびギターチェンジが入り、間があく。まきはかたわらに置いていたペットボトルを取り、水を飲んだ。タオルで額に浮かんだ汗をふく。

「まきちゃーん！」会場のざわめきのなかで、ひときわ甲高い男性の声が響いた。「愛してるよー！」

おそらく、熱狂的な男性ファンだろう。まきは、左右のシンバルのあいだから、中指を立てて、無言で突き出した。ライブハウスが爆笑に包まれた。

ＳＮＳの発信で、各メンバーのキャラや、関係性がつたわりやすくなった。まきが、冷淡で、恥ずかしがり屋で、にもかかわらずイジられキャラというのは、多くのファンたちが共有しているようだ。

ギターを持ち替えた海人がこちらを振り返り、うなずいた。次の曲は、まきが選んだ。ファーストアルバムの四曲目、〈ＨＥＡＲＴ　ＳＨＡＰＥＤ　ＭＩＮＤ〉だ。

直訳すれば、「ハート形の心」になる。ミツトがタイトルに英語を用いたのは、この曲が最初で最後になった。

まきは、ドラムをたたきながら歌えない。海人のアイデアで、生前のミツトの歌声を、楽器の生演奏と同期させることにした。

「次は、ミツトが歌います」海人がMCをはさんだ。「生前のライブ音源から拾った歌声と同期させます」

「ボーカロイドみたいな感じ？」慈夢がマイクを引きよせて応じる。

「ボーカロイドのライブみたいに、3Dでミツトの映像が出てきたらいいけど、お金がないので、2Dで我慢してください」

「ミツトが3Dになったらマジでこわいって。ふつうの映像でじゅうぶん」

慈夢の言葉で、ふたたび会場が笑いに包まれた。

まきの装着したイヤホンに、クリック音でカウントが入る。クリック音は、いわばメトロノームの電子音のようなもので、このリズムをたよりに、まきはドラムをたたく。

まきの背後のモニターに、ライブ映像をつなぎあわせたミツトの歌う姿が流れる。あらかじめ編集してあるその映像と歌声を、自分たちの生演奏とぴったり同期させるので、クリック音にあわせて曲をはじめ、寸分のくるいなく終わらせなければならない。

まきには、はじめての試みだった。だが、人間リズムマシーンにとっては、得意中の得意とするところだ。

映像のなかのミツトが歌いはじめると、ライブハウスが演奏に負けないほどの大歓声に包まれた。

泣いているファンの姿も、はっきり見える。まきは、イヤホンから聞こえつづけるリズムと、自身の演奏に集中した。

サビに入り、オープンのハイハットで裏打ちを刻む。右足のバスドラムは四つ打ちで、跳ねるような、心臓が脈打つような、軽快なリズムが曲を引っ張る。

ひときわ高いキーのミツトの歌声が、ライブハウスを揺すった。

《ハート形の心に流しこむ
ダークなチョコレート
砂糖はひかえめ
苦み走ってるくらいがちょうどいい
秘密のささやき
君にだけ聞こえればそれでいい》

一度、生前のミツトに聞いたことがあった。

ハートとマインドって、どう違うの？　ミツトは答えた。どっちも「心」だけど、ハートはツムで、マインドはまきっぽい感じがするなぁ。

家に帰り、まきは辞書を調べてみた。ハートは、胸のなかにある心のイメージ。マインドは、頭のなかにある心のイメージ。

ハート形の心か――まきは左右のクラッシュシンバルを同時にたたき、ギターソロにつなげた。

そもそも、ハート形って、なんで桃みたいな、お尻みたいな、あんな形をしているのだろう？

顔を上げて、オクターブ奏法を繰り返す紬の後ろ姿を見た。

紬がちょうど振り返り、笑みを浮かべた。長い髪が、汗で頬に張りついている。視線が交錯した。

このライブが終わったら、紬に――メンバーたちに告げるつもりだった。しばらく、活動を休止する。ちょっとおそいけれど、来人のために育休に入る。

目安は、来人が小学生に上がるまで。あと、二年ほどだ。それまでは、しっかり来人と向きあう。今がいちばん大事な時期だ。いっしょに、いろいろなことを見たり聞いたりしたい。来人とともに人間として成長したい。そのたしかなとっかかりが、今、ようやくつかめたような気がしていた。

まきは、関係者席を見上げた。

穣治の腕のなかで、来人は眠りに落ちていた。よくこれだけの大音量のなかで眠れるなと感心した。それでこそ、私の息子だ。

穣治が、だらんと力の抜けている来人の腕をとり、ぶらぶらとこちらに向けて振ってきた。バカ！　せっかく寝てるのに、起きちゃったらどうするの！　思わずシンバルをたたく手に力が入った。

二年後――サイナスに復帰するころ、私はどんな私になっているのだろう？　まったく想像がつかなかった。でも、楽しみだった。こんなにわくわくする感覚ははじめてだった。

来年のバレンタインデーには、ハート形にかためたチョコレートを穣治と来人にプレゼントしてみようかと考えた。穣治は驚いて、腰を抜かすかもしれない。

自然と笑みがこぼれた。噛みしめてフロアタムを連打した。

ミットのぶんまで、生きる。楽しむ。そして、来人にこのバトンをつなげていかなければならない。

まきは胸の内側で激しいビートを繰り返す心臓の音に、自身のドラムのリズムを重ねた。

5 武井慈夢《たけいじむ》（キーボード）

「本当に自殺じゃなかったのかな……？」

慈夢が投げかけた核心的な問いは、穏やかだった楽屋の空気を一変させた。

しかし、誰も何も答えない。海人はサブのギターをつま弾《び》き、紬はピックをいじり、まきはスティックをリズミカルに自分の膝に打ちつけている。

「なあ……、聞いてる？　ミツトの最期のこと、全員できちんと話しあったことってなかっただろ、今まで」

追悼ライブの最終リハーサルを終え、楽屋で思い思いの時間を過ごしていた。慈夢はアマチュア時代にも抱いたことのない、強い焦りを感じていた。

急ごしらえにしては、うまくまとまっている。このあとの追悼ライブも、無難にのりきれるだろう。

けれど、この先、プロのバンドとして音楽業界で戦っていくには、決定的に何かが足りない気がする。「天才的ボーカルの死」というニュースが忘れ去られたあとに、サイナスをあえて聴こうという魅力は、いったいどこにあるのだろう？　ああ、このひとたち、まだ頑張ってるんだと、だらだら延命しているサイナスを同情のまじった目で見られるのがオチだ。

「なんとなくさけてきたじゃん、ミツトの本当の気持ちがどうだったかって」

ミツトの生前は、いつ爆発するかわからない時限爆弾を中心にすえながら、周囲をかためる五人の個性がうまく嚙みあい、サイナスにしかできない唯一無二のサウンドをつくりあげていた。

ところが、今はどうだ。

このままでは、ただの仲良しの、なあなあバンドで終わりかねない。緊張感がない。ミツトがバンドの舵《かじ》をにぎっていたときの、肌がひりつくような感覚がまったくない。ミツトの死を経て、妙に落ちつき、弛緩しはじめたように見えるメンバーに、慈夢は内心不満と不安を抱いていた。

海人には継ぐべき家業がある、まきには家庭がある、紬には外部からオファーが来た、匠も敏腕マネージャーということは業界に知れわたっている。このまま、義務感だけでサイナスを存続させるつもりなら、いっそのこと空中分解させたほうがいい。

「はっきり言って、俺は疑ってるんだよ、ずっと。ミツトの事故死について」ためすような視線で、海人と紬、まきを見た。「むしろ、自殺だっていうファンの憶測のほうが正しいんじゃないかって。ミツトはみずからの意思で、ベランダの柵をのりこえたんじゃないかって」

顔をゆがめた紬が何か言いかけた瞬間、海人が叫んだ。

「もう、すぐにでも追悼ライブがはじまるんだぞ！　タイミングを考えろよ！」

このタイミングだからこそ、あえて言ったのだ。慈夢は、不安そうに見つめてくる紬とまきの視線を受けとめた。海人がなおもまくしたてる。

「うちの従業員の那菜子の話はもうしただろ。もう結論は出てるはずだ」

「もしそれが、ミツトの工作だったとしたら？　自殺だと思われないように、俺たちメンバーに気をつかって、あらかじめプレゼントを用意してから旅立ったとしたら？」

海人が絶句する。

「だって、ミツトにしては、準備があまりにも早すぎるだろ。一月末の誕生日プレゼントを、年明けにすでに用意してるなんて」

「あいつは、体や精神の、好不調の波が激しかった。調子がいいときにあらかじめできることをやっておくのは、なんにも不思議なことじゃない」

「いわゆる双極性だったってことだろ？　だったら、沈みこんだときに、ふと……」

「やめて！」紬の絶叫が響いた。「お願いだから、やめて！」

こうして不用意に場をかき乱すのは、いつだってミツトだった。そんなとき慈夢は、たいてい真っ先に悪くなった空気を読んで、おちゃらけて、バンドのムードを壊さないようにつとめてきた。クセの強いメンバーのなかで、自分がバランサーを担ってきたという自負がある。

それは、ミツトやメンバーたちから、もっとも関係性が遠かったからこそ、できた役割だった。

「なーんてね」慈夢はいつものように、ふざけた声を出した。わざとらしく腕を組んで、楽屋の狭いスペースを行ったり来たりする。「そんなことあるわけないか！」

海人と紬が、どう反応していいのか困ったように、眉間にしわをよせた。

「残念だけど、あやまって落ちたんだよな？　それが正しいんだよな？」

真相を知りたいわけではない。

慈夢の狙いはただ一つだった。メンバーの緊張を引き出したかった。ミツトにつねに見られているという緊張感をもってほしかった。

楽屋の扉がノックされ、ミツトの話題はそれっきりになった。来人を抱いた穰治が顔をのぞかせた。慈夢は「よっ！」と、片手をあげて、友人の穰治に挨拶した。

まきが、救われた様子で席を立ち、夫と子どものもとに行く。来人のたどたどしいドラムロールの口真似が楽屋のなかまで聞こえてきた。

のんきだったメンバーの様子が、明らかに一変した。海人は、ずっと一人で沈みこんでいる様子だった。おそらくミツトのことを考えていたのだろう。無意識なのか、フリスクの容器をさかんに耳元で振りはじめた。

紬がぴくりと反応する。楽屋に戻っていたまきも、そんな紬の様子を心配してか、海人の動きをとめに立ち上がった。

「ちょっと、それ、やめてくれない？」

まきは、しきりにスティックの先端で首筋をかいていた。

「やめてよ。思い出しちゃうから」

海人が気まずそうにあやまった。紬もかなり動揺しているように見えた。

「そんな食うと下痢しちゃうよ」眼鏡を押し上げながら、強引にフリスクを嚙み砕く海人に言った。これでよかったのだと、慈夢は一人でうなずいた。気まぐれなミツトに振りまわされ、怒鳴られ、けなされ、精神的に追いこまれたからこそ、サイナスは最大限、その力を発揮できたのだ。

こんなかたちで終わってたまるかと思った。

ミツトの死をのりこえたと言えば聞こえはいいが、うがった見方をすれば、ただ自分たちの納得のいくかたちで、ミツトのいなくなった世界との折りあいをつけただけのようにも感じられる。

俺たちは六人で一つの運命共同体だったのだ。こんなにあっさりと、何事もなかったようにサイナスを立て直したような気になっていいのだろうか？

慈夢は真冬の夕暮れどきの河川敷を思い起こした。

乾燥した風にあおられ、真っ赤な夕日にあぶられ、多摩川が炎上していた。自分が立っている場所が天国のようにも地獄のようにも感じられた。世界はこのうえなく美しく素晴らしいなどと、甘ったるいＪポップでよく歌われる。正反対に、この世界はあまりにも残酷で不条理だという、もっともらしい歌詞を聞くこともある。

いったい、どちらが正しいのか？

そんなのどっちだっていいと、そのときの慈夢は思った。一日の終わりの、死にかけの太陽こそが、いちばんきれいだった。そんな皮肉が、唯一の真実のように思えた。

一分一秒でも日没を先延ばしにするのが、サイナスのメンバーになった自分の役目だと決意した。しかし、残念だが必ず終わりは訪れる。

この追悼ライブがサイナスの終わりとなってしまう可能性もじゅうぶんありえるのだ。沈黙が支配する楽屋のなかで、ステージのほうからＳＥの音が遠く地鳴りのように聞こえてきた。すると、いきなり海人が勢いよく立ち上がった。

「とにかく、今日だけは、ミツトのために……」と、海人が話しはじめたとたん、楽屋の扉が勢いよく開いた。

「そろそろ、移動ね！」匠が顔をのぞかせ、大きく手をたたいた。「ラス前の曲かかったよ！」

いよいよ本番だ。慈夢は衣装のジャケットの内ポケットに、ミツトから最後に託されたメッセージがしっかりおさめられていることを確認した。

「残念！　時間切れ」海人の肩にふれながら、声をかけた。だが、その言葉は、自分に向けて放ったものでもあったのだ。

結局、この「遺書」――メッセージの存在をメンバーに隠しつづけたまま、今日の追悼ライブを迎えてしまった。まさに、時間切れだ。

俺だって、これを「遺書」と呼ぶのには抵抗がある。自殺だなんて思いたくない。慈夢は胸の下あたりに手をあてて、ミツトの残した封書を服の上からおさえた。

通路を移動しながら、口笛で意識的に明るいメロディーを奏でた。それなのに、自分の耳には妙に悲しい響きに聞こえた。

事故だと信じたいメンバーの気持ちは痛いほどよくわかる。ついさっきのメンバーたちの狼狽や拒否反応を見ると、なおさらこのメッセージは出しづらい。だからこそ、今日までタイミングを逸して――逸しつづけて、ますます見せづらくなってしまった。

慈夢は二千人の視線を浴びながら、ライトに照らされたステージに出た。急激に明るい場所に出たせいで、視界がかすんだ。目を細め、手でひさしをつくった。

「慈夢！」と、常連の客から直接声がかかった。片手をあげて歓声にこたえながら、下手《しもて》までゆっくりと歩いた。

途中、ミットのいないセンターを、通過する。

なぜ、海人でも、紬でもなく、俺を選んだんだ？　慈夢はキーボードの前に座り、空白のステージ中央に鎮座するミットのメインギター・ジャズマスターに語りかけた。

このメッセージ、俺には荷が重すぎるんだよ。

一曲目——まきのカウントで〈空洞電車〉がはじまる。

＊

追悼ライブの練習が佳境に入っていた、三月下旬のことだった。

穣治から送られてきたＤＶＤを、慈夢は練習の休憩中に流した。ノートパソコンの前にメンバーたちが集まってくる。来人の通う保育園の、お別れ会の映像だった。

まきは「やめてよ！」とは言ったものの、本気でとめる気はないらしく、遠巻きに画面を眺めている。もぞもぞと、落ちつきがなかった。

明るい曲がパソコンのスピーカーから流れ出し、同時に猫耳と尻尾をつけたお母さんたちが舞台上になだれこんできた。カメラがズームし、後列にいるまきがアップで映しだされる。ケモノダンスがはじまった。

まきは、威嚇のポーズを決めて、腰を大きく振りはじめた。チャーミングな動作のわりに、顔が真剣で、こわかった。その落差に、海人と紬、匠が手をたたいて大笑いした。

慈夢も笑った。けれど、内心ではそこまで笑えなかった。

「今の俺の気持ちをたとえるならば……」と、慈夢は画面を注視しながらつぶやいた。「むかし大好きだったグラビアアイドルが、AV女優に転向したときのような、複雑な感じだな」

「相変わらず、慈夢のたとえはよくわからんな」海人が言った。

「わかるだろ。なんだか、うれしいような、ショックなような、正反対の気持ちがせめぎあってる感じ。まきが心の鎧《よろい》を脱いで真っ裸になってくれて、そりゃうれしいけど、でも、こんなまきはまきじゃないっていう心の叫びはいかんせん否定できない」

「たしかに」と、海人と紬はうなずいてくれたが、なぜか匠の表情だけはこわばっていた。その理由は、慈夢にはよくわからなかった。

「私を勝手に裸にするな」後ろから思いきり頭をたたかれた。

首が肩にめりこむほど、強い力だった。振り返ると、顔をくしゃっとゆがめて笑うまきが立っていた。

慈夢は妙ないらだちを覚えた。

たたかれたからではない。角がとれて、優しく、穏やかになっていくまきが、慈夢の理想とするドラマーから遠ざかっていくような気がしてならなかった。

母親になると、こうもひとはかわるものなのだろうか。まきは最近、とくに物腰や言動がやわらかくなった。追悼ライブの最初の練習のとき、自分のことを「ぶっきらぼうで、無愛想で、仏頂面で」と卑下していたが、かつてのまきのAIロボットのような無感情ぶりを知っている人間としたら、とてつもない変化だと思う。

慈夢がサイナスに入ったきっかけは、まきとの出会いだった。大学のジャズ研究会で、二年生のとき、まきが入部してきた。

新入生歓迎コンパは、安い居酒屋の座敷を貸し切って行われた。開始三十分ほどで、新一年生の自己紹介も終わり、ほどよく場があたたまってきた。

「ジムビーム！」

慈夢はウイスキーの銘柄・ジムビームのボトルを片手に持ち、もう片方の手で目からビームを出す仕草をした。

「ジムビーム！　ビビビビビビ！」

新一年生とうちとけるための、とっておきの自己紹介ギャグだった。

しかし、一人だけにこりともしない女の子がいた。むしろ、怒っているんじゃないかというほど、眉間に深いしわをよせて、向かいの席からにらみつけてくる。慈夢は周囲の喧騒に負けないように大声を出して話しかけた。

「俺、本名、慈夢っていうの。生粋《きっすい》の日本人。よろしく」

「存じ上げてます」と、まきがぞっとするほど冷たい声で言った。「さっき、穣治さんに聞きましたから」

「ジムビームおもしろくない？　ビビビビ！」

「やめてくれます？」うっとうしそうに、慈夢の腕を払いのけた。「全然おもしろくなくて、反応に困りますので」

「君、ずばり言うね、上級生に向かって」苦笑した。とんでもない逸材が入ってきたと思った。

「けっこう、これ、人気でウケるんだけどな」

「それを聞いて安心しました」

「えっ？」

「このサークルに入ろうと思ってたんですけど、慈夢さんのつまらないギャグを笑ってくれるわけですから、みなさんすごくお優しいってことですよね」

つんとすました顔は、まだ高校生の幼さが抜けきっておらず、あどけない。もともと無愛想な子なのかもしれないが、新しい出会いの場でナメられないように多少強がっているようにも見える。

コース料理の鍋が出てくると、慈夢のかけていた眼鏡が先輩の三年生に奪われ、ぐつぐつと煮え立つ具材といっしょに茹でられた。

「ちょっと、マジで勘弁してくださいよ！」

湯気の立つ眼鏡を箸でつまんで引き上げ、周囲の注目を集めるため、大げさに怒鳴った。

「俺の眼鏡じゃダシは出ませんから！」

部員たちが腹を抱えて大笑いする。新入生もよろこんでいる。

が、やはりまきだけはぴくりとも表情筋を動かさない。いつの間にかとなりに移動してきたまき言いにくそうにささやいた。

「いじめられてるわけじゃないんですよね？」

「すごいこと言うね」動揺して泳ぐ視線をごまかすように、濡れた眼鏡をそのままかけた。「いちおう、俺、この部のムードメーカー的存在なんだけど」

「ムードメーカーって、ご自分で言って、恥ずかしくないんですか？」

まきも徐々に初対面の上級生との会話を楽しんでいるように見えた。わざとつっかかるように辛辣《しんらつ》な言葉を吐いて、こちらの反応をうかがっている。たとえるならば、素っ気なかった野良猫が自分だけになついてくれたようで、なんだかうれしくなってしまった。

それからというもの、練習や演奏をよくともにするようになった。まきのドラムは吹奏楽部あがりの、律儀で、正確で、愚直なリズムキープが特徴だった。しかし、その優等生ドラムの向こうに、そこはかとない怒りや屈託がにじんでいるようにも聴こえた。とげとげしくて、はねつけるようで、それでいて精いっぱい強がっているようで、まさにまきの人柄がよくあらわれていた。たしかに、あまり感情はうかがえなかったけれど、人間くささはじゅうぶんにじみ出ていた。

まきのドラムが好きだと穣治に言ったのは、嘘ではなかったのだ。

それからちょうど一年後、サイナスに誘われた。バンドのボーカルが音の厚みを求め、キーボードを探しているのだという。

ひとまず、ライブを観にいくことにした。ちょうどベースの紬が復帰したタイミングだった。もちろん、ミツトの才能に驚いたのもたしかだが、慈夢がもっとも心うたれたのは、周囲のメンバーたちのがむしゃらな姿勢だった。

全員がミツトに振り落とされないように、目の色をかえて音楽と格闘していた。ミツトの力を信じて疑わず、ただひたすら付き従っていくその姿は、慈夢に大きな鯉のぼりを連想させた。

強い風にさらされ、いっせいに同じ方向にたなびく。懸命に空を泳いでいるように見える。美しく、清々しく、凛々《りり》しい姿だった。

大きく重たい布切れが盛大にはためくのは、突風が吹きつけるからだ。ミツトが荒々しいからこそ、バックのメンバーが生き生きと映える。こんなに魅力的なバンドなら、鯉のぼりのいちばん下にくわわって、いっしょに青空を遊泳してみるのもいいかもしれないと、大学三年生当時の慈夢は思った。

ノートパソコンを閉じ、ため息をついた。

海人がサビを作った〈空洞電車〉を通しで演奏できるようになり、追悼ライブの目処《めど》がついた。しかし、これでいいのだろうかという思いが、日に日にふくらんでいる。

「ライブでケモノダンスもいいかもな」海人がのんきな調子で言った。

「もう、こりごりです」と、まきが応じる。「ほとんど拷問だよ」

ミツトが死に、すっかり無風になり、鯉のぼりたちは見る影もなく、だらんと垂れ下がる。覇気が感じられず、どこかへ向かおうという明確な方向性も見えない。もう一度、強い風を吹かせる必要があると慈夢は思った。その起爆剤になりそうなものは、胸にしのばせているミットからのメッセージ以外にはなさそうだった。

とはいえ、今の和気《わき》藹々《あいあい》としたメンバーの空気を打ち破る勇気は到底わかなかった。このメッセージの内容を見たら、最悪の場合、メンバーの意見が二分し、追悼ライブを目前に仲違いに発展しかねない。

こんなことなら、ミットの死後、すぐにでも思いきって見せておけばよかったと、慈夢は深く後悔していた。葬儀のときは、取り乱す紬を目の当たりにして怖じ気づいてしまった。海人も遺族として気丈に振る舞ってはいたが、精神的ダメージは大きそうだった。なぜ、ミットといちばんかかわりの浅いお前が、そんな大事なものを持っているのだと責められるのがこわかった。

その後の遺品整理の際、海人がミットの用意していた誕生日プレゼントを発見した。これで、ますます自殺を想起させるような封書の存在を明かしにくくなってしまった。

いっそのこと、なかったことにできたら……。

そう考えかけたとたん、慈夢はミットの強い視線を感じた。腕にびっしりと鳥肌が立った。スタジオの鏡を見まわしたけれど、当然、残されたメンバー以外誰も映ってはいなかった。

練習後の夜、慈夢はバイト先のバーに向かった。銀座にある一流ホテルの、グランドピアノが設《しつら》えられたバーだ。

控え室で正装に着替え、ふかふかと分厚い絨毯《じゅうたん》を歩く。ピアノの前の椅子を調整して、一つ呼吸を整えた。

暗く、ひそやかな深夜の高級バーは、たとえるならば、素性の知れない生物がつどう深海のようだった。サラリーマン風の男性も、ただのサラリーマンには見えない。いわくありげで、あやしい取引や逢い引きが行われているような雰囲気がただよう。

ひそひそ声の会話の邪魔にならないように、優しいタッチで演奏をはじめた。

ふだんキーボードを弾いていると、あまりに鍵盤がやわらかくて手応えがなく、腕がなまってしまうような感覚がぬぐいきれない。たまに、ピアノの打鍵《だけん》の感触を指先で——全身で思う存分味わいたかった。ハンマーが上下し、弦を打つ快感が骨に響く。

バイトとはいえ、とくに金がほしいわけではない。グランドピアノが定期的に人前で弾けて、しかも客は聴いているのか、いないのか、よくわからない。そのくらいの環境が、慈夢にとっては心地よかった。

一曲目は、グスターヴ・ホルスト作曲、組曲『惑星』の「木星」を、ピアノソロアレンジしたものを弾く。この曲のメロディーは、二〇〇〇年代に大ヒットしたJポップに使われたことでも有名だ。一定の年齢以上の日本人にとっては、キャッチーな旋律だろう。

視線を上げると、大きな窓の向こうに夜景が見えた。東京タワーが赤く発光して孤独に屹立している。

二曲目は、『アランフェス協奏曲』を選んだ。もともとはギター協奏曲だが、こちらもピアノソロアレンジバージョンを弾く。

スペインのエキゾチックで情熱的な雰囲気がベースに流れているけれど、全体的に晩秋を思わせるような、静かな哀愁がただよっている。

現在の自分をつくりあげた、大事な曲だった。それと同時に、憎くて、憎くて、たまらない曲でもあった。自然と力が入った。

はじめてサイナスのライブを観たあと、まきに連れられ、メンバーと対面した。

「どーも！　まきちゃんに誘われて来ました」

そのころの慈夢は、名前のせいでひどいいじめにあっていた記憶と痛みが、いまだにぬぐいきれないでいた。珍妙な名前をイジられる前に、こちらからふざけて自己紹介してしまうのが癖になっていた。

「武井慈夢っていいます。ボクシングジムみたいな名前だけど、いちおう人間なので優しくしてください！」

「ジムって、たしかにめずらしいですね。ジム・モリソンとか、ジム・ジャームッシュとか、実在のひとにあやかってつけられたんですか？」紬がさっそく名前に食いついてきた。

何十回と聞かれてきた質問だった。

少し迷った。本当のところを答えても、ジャズの知識のない相手を困惑させてしまうだけだった。とはいえ、これからいっしょにバンドをやっていこうというメンバーたちに嘘をつくわけにはいかなかった。

「親父が、ジム・ホールっていうジャズギタリストが好きで、そのまんまつけちゃった、みたいな。だから、たしかに実在は実在なんだけど……」

どうせ知らないだろうと思ったら、海人の目が輝いた。

「ジム・ホールっていったら、『アランフェス協奏曲』をよく聴いたよな」と、かたわらの弟にたしかめる。ミツトが深くうなずき、長い前髪が揺れた。

慈夢は驚いた。ジム・ホールがカバーした『アランフェス協奏曲』は一九七五年リリースだ。はじめて同世代で、知っているひとたちに出会えた。驚きのあとに、じわじわとよろこびがわいてきた。

「俺らも親父の持ってたレコードで知ったんだよ」海人は少し照れくさそうに説明した。「ジム・ホールのギターもいいけど、チェット・ベイカーのトランペットが、哀愁ただよう男の背中って感じで、いい味出してるんだよな」

「私はロン・カーターのベースが格別だなぁ」紬も満面の笑みでうなずく。

「君まで知ってるの？」

「私もこいつらの家で、よくレコード聴かせてもらったんです」と、紬は兄弟を指さした。

なるほど、天賦の才能だけではなく、様々なジャンルを横断し、吸収したからこそ、魅力的な音楽がつくれるのだと理解した。そして、恨みつづけてきた自分の名前が、はじめて肯定され、認められたような気がした。

その日から、慈夢はサイナスのサポートとして、キーボードを演奏するようになった。そして約半年後、正式に加入が決まった日、多摩川の河川敷にメンバーたちと下り立った。

ひととおりピアノ演奏を終え、慈夢はあいているバーカウンターに座った。顔見知りのバーテンダーにウイスキーのロックをたのむ。

「お疲れ、慈夢君。ジムビームでいい？」壮年のバーテンダーが真面目な表情で聞いてきた。

「いや、違うやつで」慈夢が苦笑いで答える。「できればカティーサークあたりで、お願いします」

お茶目なバーテンダーで、演奏のバイトのたび、このやりとりをあきることなく毎回繰り返している。ただ、慈夢はジムビームが苦手だった。大学時代のあの一発ギャグは、かなりの黒歴史で、飲むたび思い出してしまう。顔が熱くなり、死にたくなる。

とにかく、いじめられていた高校生のときの二の舞を演じないように、あのころは必死だった。必死にふざけて、場を盛り上げ、自分の居場所を確保するのに汲々としていた。

ついでもらったカティーサークを飲んでひと息つくと、一つ空席をはさんでとなりに座る女性が話しかけてきた。

「ひさしぶり」

慈夢はちらっと顔を上げた。相手の横顔は、長い髪が垂れ下がって見えなかった。

「洞口光人が亡くなって以来、はじめてだよね？」

長いこと不定期でこのバイトをしているが、客からサイナスのキーボードではないかと指摘されたことは、今までたった一度しかない。それが、美里《みさと》だった。

美里に話しかけられたのは、二年前だ。それ以来、何度もここで逢い引きを重ねていた。

「そうですね、ようやく落ちついたところです」

美里は髪を耳にかけて、慈夢を見た。

「大丈夫だった？　慈夢君、ちゃんと生きてた？」

「ええ、なんとか」

美里は、顔を傾けて、「よかった」と、ひかえめに笑った。もともとたれ目だったのが、笑うともっと目尻が下がる。

「サイナスは？　つづけていくの？」

慈夢はカティーサークのグラスを持ち上げ、しかし飲むまでにはいたらず、からからと氷を鳴らした。絶対音感の持ち主の慈夢は、C♯の音にいちばん近いなと思った。

「どうなんでしょう？　よくわからなくなってきましたよ」

「メンバーの雰囲気は？」

「最初は、さすがにうちひしがれてましたけどね、今じゃこわいくらい、みんな明るく振る舞って。なんていうか、みんなでのりこえようって感じで、ちょっと気持ち悪いんですよ」

「ダークすぎて、笑えないよ」

「一致団結っていうと聞こえはいいんですけど、でも、サイナスの魅力って、ばらばらのベクトルを向いた、ばらばらの個性の人間たちが、洞口光人の号令のもと、奇跡的に一つの音楽として噛みあうところにあったと思うんです。それが、今じゃ……」

美里はスツールの上で、足を組みかえた。ゆったりとしたパンツドレスのドレープが揺れた。

慈夢はウイスキーの余韻の残る生唾を飲みこんだ。ここにわざわざバイトに来ているのは、グランドピアノが弾けるのももちろんだが、美里との逢い引きが動機の大半だった。

年齢は聞いていない。二十代後半にも見えるし、四十代と言われても納得してしまう。美里からは「あなたより年上であることはたしか」とだけ、言われている。名字すら知らない。

「なんだか、みんなますます角がとれて、がつがつした部分がなくなっていって、本当にこれでいいのかなって。こんなこと考えちゃう俺って、薄情なんですかね？」

「薄情というか……」無意識なのか、美里は左手の薬指につけた指輪の輪郭を、右手の人差し指でなぞっていた。「慈夢君って、真面目すぎるだけだと思う。ふざけたひとなのかと思ったら、案外融通がきかないし、頑固で」

「たぶん、メンバーは俺のことを、おちゃらけて、道化じみたヤツだとしか思ってませんよ」沈んだ気持ちをみずから否定するように、明るい口調を必死にたもって話しつづけた。「俺の真意も、いらだちも、誰もわかっちゃいません。まあ、本当のところを見せていないということもあるけど」

まきに対して、えらそうなことは言えないと慈夢は思った。まきの皮膚の下には、人間としての温かい血が通っている。けれど、俺は表では明るい善人を演じて、裏では非情なことを考えている。家族同然のメンバーに対しても、同様に。

「年齢が一人だけ真ん中なんです。年上の顔をしてリーダーシップをとろうとしたり、年下みたいに甘えてみたり。加入したのも最後だから、どっちつかずで浮いてる存在なんですよ、俺って」

結局のところ、俺は真のサイナスのメンバーになりきれていないのだ。年長の海人と匠、そして年下のミツト、紬、まき――むかしから友人だったメンバー同士の強固な絆を、外からうらやましく眺めているにすぎない。

だからこそ、ミツトは俺にメッセージを残したのかもしれないと慈夢は思った。部外者だからこそ、何の気兼ねもなく遺書を残せたのかもしれない。この封書の存在は、託された者にとって、あまりに負担が大きすぎる。

「俺はもっと厳しい環境でやりたいだけなんです。じゃなきゃ、サイナスの音楽を求めてるファンたちに失礼だ。それが、俺の使命だって思ってます」

慈夢はジャケットの胸のあたりに、軽く手を触れた。

「でも、みんな本当のことからは目をそむけて、自分のことだけで精いっぱいで……」

話が重要なところにさしかかったからか、美里がスツールの上で尻をすべらせ、半身を慈夢に向けた。

「メンバーたちは、不慮の事故だったたって、どうしても信じたいわけです。そうすれば、あいつを救えなかった罪悪感が多少は薄れるから」グラスのなかに指をつっこんで、丸い氷をぐるぐるまわした。「一方でファンは、やっぱり天才ミュージシャンは自殺するっていう、センセーショナルな物語を信じたい。それぞれがミツトの死を自分の好き勝手に消費する。訳がわからない」

「そこで、正真正銘の事実をにぎってるのが、慈夢君ってわけだ」探るような視線を向けてくるが、決して好奇心にかられているわけではなさそうだった。むしろ深刻になりすぎた雰囲気を振り払うように軽い調子で応じてくれている。

ここに来る前、「ミツトの死について、相談があります」と、美里に連絡を入れていた。美里なら、真剣に、親身になって聞いてくれるとわかっていた。

なぜかこのひとの前では、道化を演じないですむ。本心が包み隠さず言える。もしかしたら、このひそやかなバーの雰囲気も一役買っているのかもしれない。

「実は、俺にも死の真相はわからないんですよ」慈夢は首をゆっくり振った。「たしかに、唯一無二の揺るぎない事実はあるでしょう。でも、たとえ防犯カメラに映っていたとしても、ミツトの心のなかまで透かし見ることはできない。計画的に自殺をしたのか、それとも突発的な衝動にかられたのか、それとも事故なのか……。事故だとしても、なぜベランダの危ない場所まで身を乗り出す必要があったのか」

美里がモヒートを飲む。清涼感のあるミントのかおりがただよってくる。

「たしかめようがないのなら、やっぱり俺も真実を自分の都合のいいように解釈するしかない」

「慈夢君の都合っていうのは？」

「ミツトの希望にそうかたちで、サイナスを存続させること、です」慈夢はジャケットから封書を取り出した。「それなら、たとえ事実をねじ曲げたとしても、彼の遺志は継ぐことができると思うんで」

封筒のなかの便箋を広げて、美里に差し出した。一読すると、美里の顔がかわった。

「どう思います？」慈夢は聞いた。

「難しいね……」美里は顔をしかめたまま答えた。「洞口光人の歌じゃなきゃサイナスじゃないって、ファンはきっと思うだろうから」

「そもそも、ミットの歌はどこがすごいんでしょう？」

「そうね……。私も慈夢君みたいに、突拍子もないたとえをしていい？」

「はい」

「洞口光人の歌はね、私の感覚でたとえるとこんな感じなの――お盆のめちゃくちゃ暑い日にお墓参りに行くとするでしょ？」

「ええ」話の方向性が見えなかったが、とりあえずうなずいた。

「でね、うちの代々のお墓は、ちょっとした山の上の高台にあるの。すごい汗をかきながらのぼって、真夏の太陽にさらされながら、掃除をしたり、水をかけたり、祈ったりして、お墓参りをすませる。ちょっと、すっきりする。そうして、お墓から立ち去ろうとする。すると、ちょうど出口のところに、古びた自動販売機があるの」

想像してみた。三十度をこえる気温。喉がかわいている。一仕事終えた解放感もある。これでご先祖へのつとめを果たしたという、静かな安堵感もある。

「そこでね、ふだんは買わないサイダーを買って、ひといきで飲み干す。シュワシュワしてすっごくおいしくて、生き返るようで、甘ったるいけどなんだか懐かしい味がして、死んでしまったおじいちゃんとおばあちゃんを思い出す――洞口光人の歌はこんな感じなの、私にとって」

「なんだか、わかるような、わからないような……」

「たぶんね、それぞれが、それぞれの洞口光人の歌についてのイメージを持ってる。それって、ものすごく希有《けう》なことだと思うんだ」

手に力が入り、あやうくミツトの書いたメッセージをにぎりつぶすところだった。あわててしわを伸ばし、ふたたび封筒にしまった。


ミツトも、このホテルのバーに、ふらりとよく現れた。

いつも決まって、ビールのトマトジュース割りを飲む。そうして、慈夢のピアノに心地よさそうに耳を傾けている。

慈夢が演奏を終え、カウンターに移動すると、ミツトはナッツの入った小皿をそっとすべらせ、差し出してくる。

「お疲れさま、慈夢君。今日こそ、ジムビーム？」バーテンダーが聞く。

「いや、ジムビームはやめておきます」いつものお決まりのやりとりで、注文をすませた。「カティーサークで」

慈夢はナッツを食べる。ミツトも食べる。しばらく、ぼりぼりと咀嚼《そしゃく》音が響いた。

「ミツト、お前、ナッツとかそういうもんばっか食ってるイメージしかないけど、ちゃんとした食事もとってるんだろうな？」

去年の十一月くらいだったはずだ。線の細かったミツトが、さらに輪をかけて痩せているように見えた。

「ラーメン、食ってるよ。それに、トマトジュースとビタミン剤で栄養とってるし」

「いや……、ちゃんとした肉とか、魚とか、野菜とかさ」

「そんな暇がないんだ」

「暇……？」

「最近ね、セカンドアルバムに向けて、どんどんアイデアがわいて出てくるんだ。もう、うるさいくらい。払っても、払っても、わいてくる。それを書きとめたり、ギターで録音したり、ときにはスマホのボイスレコーダーで鼻歌を歌ったり。そうしないと、せっかく生まれてきたものたちが、救われないような気がして。かわいそうな気がして」

うらやましい――危うくその一言を言いかけてやめた。

「うらやましい。そう思ったね？」真っ赤な液体を飲みながら、ミツトが前髪の奥の目を細めた。心のなかを見透かされた慈夢は、スツールの上でびくっと身じろぎした。返す言葉も見つからなかった。

「でもね、慈夢のピアノを聴いてると、不思議と一時中断される。神経が、休まるんだ」

おそらく、感覚が極限まで研ぎ澄まされる時期にミツトは入っている。ミツトの様子からして、それは周期的にやってくる。安らかな時期は、陽のあたる縁側に寝そべる猫みたいに穏やかな顔をしているが、一度スイッチが入ると、慈夢には彼が阿修羅のごとく見えるときがある。

凡人なら、それこそ薬物にでも手を出さなければ得られない感覚が、ミットはシラフで手に入る。それを、うらやましいなどという感想ですませてしまうのは、ミットの苦しみを知らない者だけだ。

「よく、言われるんだよ、俺」と、ミットは言った。「あなたがうらやましいですって。あこがれますって」

バーテンダーの振るシェイカーの音がリズミカルに響く。ひそひそとした客たちの話し声が、一つの集合体となって、生き物のように——蚊のようにうねって、耳元にまとわりついてくる気がする。

「ねぇ、慈夢。うらやましいっていうのは、いったいどういう感情なのかな？」

ミットは、このバーでは、よくしゃべった。やはり、この独特の雰囲気がそうさせるのかもしれなかった。

「やっぱり、他人からはやりたいことを自由にやってるように見えるんじゃないかな？」慈夢は答えた。「バンドで成功してるってのも、なかなかめずらしいし、できることならかわってみたいっていう気持ちなのかもね」

「俺がこの体を明け渡せば、別のひとが、同じ役割につくことになるよ」

「は……？」

シェイカーを振るバーテンダーの背後には、たくさんの酒のボトルが詰まったガラス棚がある。その表面に、うっすらと背後の窓から見える東京タワーが反射して映りこんでいた。

「もう、長いこと、ずっとそういうことを繰り返しているような気がするんだよね。体を明け渡したり、また授かったり」

「長いことって？」

「もう、何十回も、何百回も」

うすうす気がついていたが、ミツトは自分たちとはまったく違うスパンで、まったく違うものを見ているのだと痛感した。それが、夢か幻か、ミツトなりの真実なのか、この世界の事実なのか、おそらく誰にもわからないし、証明しようもない。

時空がねじ曲がるような感覚が走った。点滅するタワーのイルミネーションの反射に目がくらんだ。慈夢はカウンターに頬杖をついて、頭を抱えた。

「俺はね、空の器であり、乗り物に過ぎないんだよ。それが壊れたら、俺を縛りつける何かは、また別の器や、乗り物に乗り換える。その繰り返しにすぎないんだよ」

「でも……！」慈夢は上半身を起こして、ミツトに訴えた。「今のこの世で、ミツトはたった一人だよ。失われれば、みんな悲しむ。ツムが悲しむだろ」

「ありがとう」ミツトが微笑んだ。

ミツトがこんなにも直接的にお礼を言ってくるのははじめてのことで、慈夢は無言で呆けていた。

「俺、ツムと結婚する準備はできてるんだ。心の準備はできてるんだ」

ミツトが口にした、現実的で、建設的な未来の展望に、慈夢はさらに驚いた。

「なら、来年にでもするといいよ」焦って何度もうなずいた。「俺は大賛成だよ」もしかしたら、形式的にでも結婚という手続きを踏んで、いっしょに暮らすようになれば、少しは安らかな日々が訪れるかもしれない。

「でも、万が一のことを考えると、やっぱり躊躇しちゃう。ツムをいたずらに悲しませてしまうだけだから。ツムは性格上、もし俺に何かあったら、自分のことをとことん責めてしまいそうだから」

「万が一って……？」

「俺が損なわれること」

奇妙な言いまわしが、妙に生々しく、不気味だった。

「今日、決心がついたよ。ずっと用意してたものがあったんだけど」そう言って、ミツトは封筒を取り出した。「これは慈夢に託すことにするよ」

鳥肌が立った。見たくなかった。さわりたくなかった。自分には背負いきれない重責だと、中身を見る前から気がついていた。

「見ていいよ」

封はされていないようだった。ミツトが三つ折りにされた便箋をカウンターの上に広げた。おそるおそる、目を走らせた。そこには、こう書いてあった。

《もし、僕がいなくなったとしても、新しいボーカルを入れて、サイナスを存続させてほしい。僕のかわりは、必ずどこにでもいるから。》

「おい、これって……！」思わず怒鳴ってしまった。

「いや、本当に万が一だから」と、ミットは冷静に応じた。

「でも……」

「死ぬのはこわいんだよ、俺だって」

ひょうひょうとした顔で、ミットはレッドアイを飲み干した。そして、バーテンダーにおかわりをたのんだ。

「だから、そんな顔をしないでくれよ。俺だって努力をしてるんだ」

そう言って、便箋を封筒にしまい、強引に押しつけてきた。

「でも、なんで俺に、これを？」

「うらやましいという感情が、そのひととかわってみたいという気持ちだとしたら、俺は慈夢のことが、うらやましいんだと思う」


バーがあるフロアからエレベーターに乗り、美里が予約しているツインルームに移った。彼女の夫は金持ちで、忙しく、あまり家にいないのだという。

つるつるとした素材の、美里のパンツスーツを脱がせていく。ピアニストらしく、繊細な手つきで、ゆっくりと剝ぎ取っていく。

美里が指輪をはずし、ベッドの脇のテーブルに置いた。慈夢は眼鏡をそのかたわらにならべた。

慈夢も素早く上半身裸になった。高校生のころにできた、今もしつこく残る背中のアザを、美里がさすり、なでてくる。

「痛かった？」

「うん、痛かったよ」

「よく、耐えました、えらい、えらい」

「やめてくださいよ、その教師みたいな口調」

高校一年生のとき、上級生から目をつけられて、殴られ蹴られた。「俺も、武井ジムに入会させてくれよ」と、しつこいスパーリングがはじまる。

たぶん、俺はひと一倍生意気だったのだろうと、今の慈夢は思う。ピアノがうまいと、女子からちやほやされていた。告白されても、冷たくあしらった。世の中を、斜めから見下していた。

自分に課した「武井ジム」の掟《おきて》は、ただ一つだった。決して殴り返さないこと。殴ると、拳を痛めかねない。大事な手を怪我することは、そのまま死を意味した。ピアノだけが救いだった。

最後は両手を守るため、腹の前に抱えこんで、うずくまる。ひたすら耐える。上から蹴りが落ちてくる。制服のシャツの背中に、上履きのあとが無数についた。

今日も手は無事だった。明日も心おきなく鍵盤が弾ける。泣きたいくらい空が青かった。ぼろぼろの体のまま、きれいな拳を空に突き上げた。

「大丈夫？」美里の声で我に返った。「心、ここにあらずだけど」

「大丈夫です」美里におおいかぶさり、慈夢は思った。

サイナスというバンド自体も、入れ物や、乗り物にすぎないのかもしれない。成員が次々とかわり——そして名前をかえながら、時をこえて連綿《れんめん》とつづいていく。

ミツトでさえ入れ替え可能なのだとしたら、俺なんて小物は掃《は》いて捨てるほどかわりの人間がいるはずだ。いったい物事に本質というものはあるのか、俺たちは何のために生きているのか——よくわからなくなってくる。

そんなとりとめのないことを考えていたら、さかんに腰を振っている自分の行為がとてつもなく愚かしく感じられ、途中で萎《な》えてしまいそうになった。懸命に頭を空っぽにした。美里の声と、ベッドのスプリングのきしむ音に意識を集中した。

「もう、会えないかも」

美里がそう言いだしたのは、互いに下着をつけて、ひと息ついたあとだった。

「夫が海外に転勤で、私もついていくことになって」

慈夢は部屋の窓の前に、トランクス一枚で立った。

うっすらとガラスに映る自分の半裸の姿の向こうに、煌々ときらめく都会のビル群が見える。見下ろすと、ヘッドライトとテールライトの帯が一列に連なって、淡くにじんでいた。なんだか、悪い夢を見ているような気分だった。

「慈夢君、ありがとうね、今まで」

「もう、会えないんですか？」

「そうだね、いつか区切りはつけないと」

「海外でも、俺みたいな男を見つけるわけだ」皮肉めいた言い方になってしまって、少し後悔した。

「ごめん」美里があやまり、慈夢はもっと後悔した。

あわてて、いつものふざけた調子でとりつくろった。

「じゃあ、記念にシャンパンでも入れますか？」どうせ、美里の金だ。というよりも、美里の旦那の金だ。「おいしくて、高いヤツが飲みたいっすね」

「そうしますか」物憂《ものう》げな様子で、美里がうなずいた。

ルームサービスの受話器を取り上げかけて、ちらっと慈夢を見る。微笑む。

「たとえ、どこにいたとしても、サイナスの今後はずっと見守っていくから。慈夢君のことは、ずっと忘れないから」

なぜだ――慈夢は思う。

なんで、ミツトは俺のことを「うらやましい」などと言ったのか。

決して深まることのない、別れを前提にした関係を、こうして一時的に結ぶことしかできない。殴られ、蹴られ、心を折られたせいで、大事なひとに裏切られるのがこわくなってしまった。魂の部分で、海人や、紬とつながっていたミツトのほうが、よっぽどうらやましい。慈夢はホテルの冷たい窓に、火照った額をくっつけた。

「強く生きていくんだよ」

美里の声と、かつての名前も知らない女子の声が重なって、区別がつかない。大きくため息をついた。窓ガラスが、湿って、曇った。

「音楽はどんなかたちでもつづけなきゃ、もったいないからね」

ミツトの言うとおり、この体を明け渡したり、また授かったり——もう同じことを何度も繰り返している気がする。同じような出会いと別れを、あきることなくリピートして、よろこんだり、悲しんだりしている。

あれは、たしか高校一年生の冬だった。

慈夢は、小雪のちらつく日、屋上の金網に手と足をかけた。無心で登っていく。

いくら気を張って生きていても、ふとした瞬間に、自分の意思に反して暗闇に吸いこまれそうなときがある。目の前に見えないブラックホールが出現して、体も、光も、音も、心も、根こそぎもっていかれそうになる。手の肉に食いこむ金網にも、まったく痛みを感じることはなかった。もうすぐ、てっぺんに到達する。乗りこえれば、きっと何もかもが終わる。ようやく終わる。

「あのー、すいませーん」

背後で声がして、手足をとめた。

「様子がおかしいから後ろをついてきたんだけど、衝撃の展開過ぎて、マジで引くっていうか、ヤバいっていうか……」

見下ろすと、やたらと髪の色の明るいギャルが立っていた。制服のリボンで、二年生ということがわかる。スカートが短い。

「ちなみに、ボルダリング部の活動じゃないんだよね？」

「ごめんなさい」慈夢はジャンプして、金網の内側に飛び降りた。「驚かせてしまって。ただ、登ってただけです」

「嘘つくんじゃねぇし。何が楽しくて、金網を登るのさ」

「あっ……、すいません。ちょっと向こう側に行こうかなぁっと思って……」

「ちょっと向こう側にって、ちょっと買い物みたいに言わないでくれる?」と、その先輩は両手を腰にあてて口をとがらせた。

「でも、ちょっと買い物くらいの、軽い感じじゃないと、そうそう決心がつかないっていうか……」

「コンビニ感覚で自殺されたら、君をつくった神様も、親も、たまったもんじゃねぇわ」

「神様っているとと思います?」

「いや、いないと思う。もののたとえだよ、たとえ。君はそういう融通もきかないの?」

厄介な人間に見つかってしまったと思った。相手は黒いカラコンをつけているのか、焦点のあわない視線で、こちらをじっと見つめてくる。

「慈夢君だよね?　武井ジム、有名だよ。好きにスパーリングさせてくれるって」

「先輩も入会しますか?」精いっぱいおどけて聞いた。「ストレス解消になりますよ」

「いや、やめとく。べつに殴りたくねぇし」

真面目に返されたので、慈夢も真面目な表情に戻す。相手のテンションが、いまいちよくつかみきれない。

空は重い灰色に塗りこめられていた。見上げると、どこからともなく、小さい白い粒が出現し、落ちてくるように見える。見渡すかぎり、頭上からすっぽりとふたをされたようで、気分が重苦しい。

「ってかさぁ、君、ムエタイとかテコンドー習いなよ」そう言って、先輩は空中に「アチョ！」と、キックした。

勢いのわりに、まったく足が上がっていなかった。スカートがひらりと舞った。

「ピアノ弾けなくなるから、手をかばってるんでしょ？　だったら、足技メインのヤツで対抗すればいいじゃん。カポエラとか」

「カポエラって？」

「いや、よく知らない」

「あなたが言ったんでしょ」

慈夢は眼鏡を人差し指で押し上げた。目に見えるか、見えないかの雪が、肌の上に落ちて、すぐに消える。

「おばあちゃんが言ってたんだけどさ、どんなにつらいことがあったって、それが過ぎ去ったあとに思い起こしてみると、マジで一瞬なんだって。ああ、あのころはつらかったなぁっていう程度なんだって。だから、慈夢君も、もうちょっと耐えなさいよ」

「そうかもしれないけど……、でも、今が死ぬほどつらいんです」

「たしかに。ごもっともです」と、先輩はあっさり引き下がった。明るい茶髪を耳にかける。無数にピアスの穴があいていた。

慈夢はかじかんだ手をこすりあわせた。今になって金網が食いこんだ皮膚が痛くなってきた。早く帰りたかった。帰って温かいコーヒーが飲みたかった。

「こうなったら、ナイフを用意して、相手を刺し殺すしかないかなって。自分が死ぬのと、どっちがいいのかわからなくなってしまって……」

「どっちも、絶対ダメよ」と、先輩は首を横に振った。「猿相手に、同じレベルに落ちることはないから」

「猿？」

「相手は人間じゃない。ただのかわいそうなお猿さん。そう思えば、ちっとは楽になるでしょ」

先輩が、いきなり制服のシャツの裾をスカートから出しはじめた。慈夢が「ちょっと！」と、あわてて制止しても、躊躇なくめくる。あらわになった背中を見せてきた。

帯状に、青黒いアザがあった。肉づきの薄い、がりがりの背中だった。あまりに痛々しくて、慈夢は目をそむけた。

「私もサンドバッグ状態なの。家で、父親に」

意思の感じられない虚ろな瞳が、どこか遠いところを見ていた。

「だから、ここに来た」

「ここに来たって？」

「いっしょに落ちたら、寂しくなくて、いいかなって思って。ちょっと、君、イケメンだし。だから、あとをつけてきた」

先輩は上履きをはいた爪先で、コンクリートの小さな破片を蹴った。

「でも、金網を登ってる無様な君の後ろ姿を見たら、ギャップがものすごくて。なんだか自暴自棄になってた気持ちがすぅーって醒めた」

「そんなに無様でした？」

「死にかけの蟬《せみ》みたいだった」

ショックだった。殴られるよりも、ダメージが大きかったかもしれない。

「俺、運動神経がないんです。絶望的なくらい。だから、テコンドーもカポエラも無理だと思います」

「正しくは、カポエイラね。ブラジル発祥の格闘技。一説では手枷《てかせ》をはめられた奴隷が、自由になる足を鍛えたと言われてる。まるでブレイクダンスをしているように、リズミカルに繰り出す足技が特徴なの」

「すごい知ってるじゃないですか！」

先輩の顔が奇妙にゆがんだ。笑いをこらえているのか、涙をこらえているのか、判別のつかない表情で、「あはっ」と、わざとらしい声を上げた。

「なんにせよ、慈夢君は手枷をはめられていない。奴隷でもないでしょ？　君はピアノを弾ける。君には音楽の才能があるんだから、いいじゃん」

「いや、ただうまく弾けるというだけで、まったく才能はないんです。上を見れば、もうきりがないくらい」

クラシックのピアノコンテストでは、予選敗退がつづいていた。音大への進学はあきらめざるをえなかった。その絶望も大きかった。なんにも取り柄のない、ただ殴られるだけの木偶《でく》の坊《ぼう》だ。けれど、自分には帰る家がある。温かい布団に入って、少なくとも夜のうちは、安らかな気持ちで眠りにつくことができる。

そんな当たり前の平穏が奪われている、この目の前の女の子に、かける言葉が見つからなかった。いくら先輩とはいえ、たった一年先に生まれただけなのだ。切実にどうにかしてあげたいと思った。

「私は口笛くらいしか吹けないからなぁ」

先輩女子は唇を突き出すようにして、明るい旋律を口笛で奏でた。しかし、弾むようなそのメロディーも、真冬の寒風にあっけなくかき消された。

「私も華麗にピアノを弾きこなしたいんだけど。でも、私は手枷をはめられているの。だから、楽器は弾けない。口笛しか吹けないの」

「なんとかしたほうがいいと思います。お父さんのこと」必死に訴えた。「児童相談所とか、きちんと通報すれば……」

「その言葉、そっくりそのまま、真っ赤なリボンをつけて君に返すよ。まさか、バカな先輩どもが卒業するまで耐える気じゃないだろうね？」

先輩が金網に歩みよった。針金が交差した箇所を両手でつかんで、校庭を見下ろす。

「私、もうすぐ転校するの。親戚の家に避難することになったんだ」

校庭は、無人だった。走り幅跳びの砂場にかけられたブルーシートが、風にあおられて、はためいていた。

「でも、まったく知らない土地に行くのが、急にこわくなっちゃって、ここまで上がってきた」

よく見ると、スカートから出た太ももにも濃いアザがあった。頭上の低い空を、カラスが乱舞する。バカにしたような声で鳴きわめいている。

「でも、慈夢君と話せて、よかったよ、本当に」

「僕もです」

まったく、縁もゆかりもない他人のような気が、すでにしなかった。

「つらいときには、口笛を吹くといいよ。いつでも、どこでも吹ける。吹いたときは私を思い出してよ。私もそのときは、同じ時間に、同じ空の下で、口笛を吹いてるから」

「はい」

「猿は口笛が吹けない。人間にしか吹けない。私は人間だ、あいつらは猿だ」

先輩は、また「ははっ」と、強引に笑った。

「強く生きていくんだよ。それと、音楽はどんなかたちでもつづけなきゃ、もったいないからね」

「わかりました」

俺のピアノで、俺の口笛で、この分厚い曇り空を振り払えるなら——このひとに太陽の光をあてられるなら、とことん戦わなければならない。慈夢は無傷の拳をにぎりしめた。

「いつか慈夢君が有名になって、君の名前を見かけたら、どこへでも駆けつけてあげるからさ」

記憶はそこで途切れる。どんな別れ方をしたのかはまったく覚えていない。

美里とグラスをあわせた。淡い金色の液体のなかで、炭酸がはじけた。

慈夢はシャンパンを一口飲んだ。高価なはずだが、味がよくわからない。口のなかが切れたように、鉄の味がする。

「口笛って、もしかしたら、人間がいちばんはじめに演奏した、メロディーを奏でる楽器なのかもしれないよね」

いきなり美里が、妙なことを言い出したので、慈夢は思わず聞き返した。

「口笛……？」

「慈夢君、今、吹いてたじゃない、口笛を」

「あっ、そうですか……」後頭部をかいた。「すいません、無意識でした」

あの屋上での出会い以来、つらいことがあった日にはよく口笛を吹いた。相手は猿なのだ、俺は人間なのだと自分に言い聞かせて耐えた。あの女の子はすぐに転校してしまったらしく、その後も再会することはなかった。

あのときのことは片時も忘れたことはない。それなのに本当にあった出来事なのか、記憶があやふやになっている。飛び降りる直前の朦朧とした意識のなか、自分がつくりだした幻とただ対話していただけではないのだろうか？　死にたくないという無意識の叫びが、幻影を見せたのではないだろうか？

　いずれにせよ、彼女との会話がなければ、本気で飛び降りていたかもしれない。命は落とさないまでも、もし腕や手を怪我していたら、音楽そのものをあきらめていたかもしれない。

「美里さんって、高校はどこでした？」

「えっ、なんで？」

　まさか、とは思った。だが、美里とあの先輩の雰囲気がどことなく似かよっているのもたしかだった。

「私、地元は茨城だから、東京のひとに言ってもわからないと思うけど」

　そりゃそうだと、慈夢は苦笑した。そもそも、外見がまったく違う。あの子は、ギャルっぽかった。

　夜は長かった。慈夢は屋上での出来事を語った。最後まで話し終えるころには、シャンパンが一本、空になった。

「それで、私がその先輩かもしれないって思ったわけ？」

「実はほんのちょっとだけ疑ったこともありました」頬が熱くなった。「顔をまったく覚えてないもんで。でも、なんだか変な雰囲気のひとだったから、しれっと会いに来て、あのときの話もせず、正体もあかさずに……みたいなこともあるかと思って」

「私、そんなに変かな？」

「いや、すいません。そういうわけじゃないんですけど……」

「ちなみにこの話って、メンバーにもしたことあるの？」

「実は、ミツトにだけは、一度」

「へぇ、意外だね」

「そうですか？」

「洞口光人ってなんだか超然としてて、そういうふつうの人間の悩みとか、まったく受けとめてくれなさそうな印象なんだけど」

「まあ……たしかに」曖昧にうなずいた。「でも、それこそ意外なんですけど、ミツトと話が盛り上がったおぼえはありますね」

やはり、バーでの演奏後のことだった。心地いい疲労感に包まれたままカウンターに移ると、いつもの顔見知りのバーテンダーがたずねてきた。

「お疲れ様、ジムビームのロック？」

「いや、カティーサークで」慈夢もいつものように応酬する。「いい加減、覚えてくださいよ」

この不毛なやりとりも、もう何百年もあきることなく繰り返しているような錯覚に襲われる。

ミツトの飲むレッドアイの鮮やかさ、ガラス棚に反射するタワーのまぶしさ、季節に応じてよく管理された空調、バーテンダーのシェイカーの小気味のいい音までも、すべてが同じ。ここで交わしたたくさんのミツトとの会話の記憶が、曖昧にとけあって、いつの時点のことなのか判断が難しい。

おそらく、メジャーデビューが決まった直後だったと思う。より多くのひとにサイナスの音楽が届くと期待して、慈夢はいつもより饒舌《じようぜつ》になった。みずから、自殺を踏みとどまった日のことをミツトに話したのだった。

「ずっと、黙ってたんだけど、俺がバンドに入ったのは、もしかしたらいつかそのひとに出会えるチャンスがくるかもしれないって思ったのも少しあって……」

ミツトは無言で、ナッツを食べている。

「サイナスなら、有名になれそうだったし、自分の名前もめずらしいから、すぐに気づいてもらえるんじゃないかと。動機としては、かなり不純だよな」

ミツトは依然何も反応しない。もしかしたら、怒っているのではないかと思って、あわててつけたした。

「でも、会ってどうこうしようってわけじゃないんだ。ただ、あの日のお礼が、きちんと言いたい。ちゃんと生きてますよっていうことを、胸を張ってつたえたいだけで……」

「いいんじゃないかな」ミツトがようやく口を開いた。「いいんじゃないかと思う」

そしてまた、栗鼠《リス》を思わせる仕草で、ナッツを咀嚼する。前髪が揺れる。

そういえば、ミツトの髪はいつも同じ長さをキープしつづけていると、慈夢は唐突に気がついた。切ったとわかるほど短くなったり、伸びすぎたりしない。

いったい、いつ、誰が切っているのか。行きつけの美容室があるのか、妙に気になった。しかし、そんなくだらない質問ができる雰囲気ではなかった。

「ところでさ……」慈夢はグラスを揺らした。氷がとけると、音程が低くなっていく。その音だけが、この時がとまったようなバーにおける明確な変化だった。「そもそものことを聞いちゃうんだけど、いい？」

ミツトが静かにうなずく。

「ミツトはなんで音楽をやってるの？　何かの目的とか、理由があるの？」

「つなぐためだよ」

何を当たり前のことを聞いているんだという口調で、ミツトは即答した。

「つなぐ？」

「あっちと、こっちをつなぐため」

慈夢はミツトの使う難解な言葉を、ひそかに「ミツ語」と呼んでいる。多くのインタビュアーを戸惑わせ、ときにはメンバーをも迷路に引きこんでしまう。通訳するのは、私生活においては紬、音楽面では匠の役割だった。

でも、このときばかりは、すとんと腑《ふ》に落ちた。ミツトの言っていることが、理性というよりは、肌で理解できた。

「たとえば、俺が口笛を吹いたら……」慈夢は少し興奮して前のめりになった。「同じ空の下のどこかにいる、あのひととつながることができるかもしれない――それと同じこと？」

「そういうこと」と、ミツトがうなずいた。「あっちとこっち、私とあなた」

「過去と未来」と、慈夢は言った。

「前世と来世」

「此岸《しがん》と彼岸《ひがん》」

「西洋と東洋」

かけあいのように言いあった。

歌や音とは元来そういう性質のものであったはずだ。恋や願いをつたえたり、遠くにいる仲間とコミュニケーションをとったり、死んだひとに思いを届けたり。フリスクをリズミカルに振るミツトの癖も、実は誰かとの交信を試みているのかもしれない。

「音楽でなくても、ふつうの職業でもできるかもしれないけど、俺にはこれしかできないから」

ミツトの頬はいつになく上気していた。「でもさ、たくさんの回路を、俺たちの力でつなげられたら、わくわくするだろ？」

おそらく二人の会話を聞いていたのだろう、バーテンダーがにっこり微笑んだ。

「だから、慈夢がバンドをつづけている目的も、あながち間違いじゃない。たとえ、それが慈夢の見た内部の幻でも、前世の記憶でも、間違いじゃない。物理的に、そのひとと出会えるということがすべてじゃない」

この会話の直後、ミツトは奇妙な曲を作った。そのタイトルは〈猿は口笛が吹けない〉という。メジャーファーストアルバムの十二曲目に収録された。

早朝、ホテルのエントランス。

「じゃあね」美里が軽く手を振った。

「お元気で」慈夢も応じた。

「新生サイナス、期待して待ってるからね」

「正直、自信はありませんよ」慈夢はため息をついた。「メンバー全員、ミットに惚れこんでサイナスを形づくってきたんですよ。そんなヤツらが、たとえめちゃくちゃ才能にあふれていたとしても、まったく見ず知らずの他人をバンドに受け入れることに抵抗がないわけがない」

「たしかにねぇ」美里が顔を伏せた。「でもね、昨日の夜は洞口光人のかわりなんていないって私も言ったけど、このまま惰性でつづけていたとしても、確実に世間はサイナスを忘れていくだけだよ」

「ですよね」

「私は慈夢君なら、できると思ってる」

「なんとか、頑張ってみます」

「死ぬんじゃないよ」

「そっちこそ」

かたい握手を交わした。

きっと、もう二度と会えない。しかし、未練はなかった。タクシーに乗る美里を見送った。美里は振り返らなかった。タクシーは、あっという間に通りに出て、消え去った。

慈夢は歩いた。

動いたばかりの地下鉄に乗る。

なんだか、ふわふわと地に足がついていないような感覚だった。ホテルの一室での会話すら、本当にあった出来事なのかあやしい。美里なんていう人物は実在するのかと第三者に問われたら、もう自信をもって首を縦に振れないかもしれない。

ちょっと、疲れた。いろいろなことを、考えすぎた。脳がとけてしまいそうだった。

実家に帰りつく。

リビングに入ると、シンクに山盛りの汚れた食器が目に入った。母親を責めることはできなかった。慈夢はスポンジをとり、丁寧に食器を洗った。母親を起こさないように、静かに水切りかごにおさめていく。

あくびをした。雀が外でさかんに鳴いていた。寝る前に、父の部屋をのぞいた。てっきり寝ているだろうと思っていたら、ぎょっとした。

薄暗い部屋で、目だけが動いて、慈夢を見つめていた。何かを訴えるように、口を開いた。

「むーあー」

数年前に脳卒中で倒れ、全身に麻痺が残った。慈夢の母親は、働きながら夫の介護をしている。そのとき、慈夢は一人暮らしだったのだが、少しでも母親の助けになればと実家に戻った。今では慈夢の収入の半分ほどを家に入れ、ヘルパーも頼んでいるので、母親の負担はかなり減ってきた。

アンモニア臭と、加齢臭がまざったような、饐《す》えたにおいが充満していた。超高級ホテルでのシャンパンとの落差が大きすぎて、慈夢は少し笑ってしまいそうになった。

「よぉ」と、慈夢は介護ベッドの脇にしゃがみこんで、話しかけた。「あんたも、取り憑かれちゃったのか？　あっちとこっちをつなぐ力と快感に」

ろくでもない父親だった。平日は働いてこそいたものの、ジャズに傾倒し、週末は必ずといっていいほどバンド仲間とジャズバーや小さいライブハウスで演奏していた。若いころにCDを一枚出したことだけを、生涯の誇りとしているような、冴えない男だった。

幼いころ、ギターを父親から仕込まれた。あまりのスパルタで、すぐに反発し、逃げだした。反抗するように、クラシックのピアノを習いはじめた。それ以来、父親は息子に見向きもしなくなった。

「まあ、お前にはたいした力もなかったみたいだけどな」

結局、その言葉は自分にむなしく跳ね返ってきた。ピアニストになる夢はあきらめた。その後、ジャズを聴きはじめたのだが、大学のジャズ研レベルでも、自分よりうまい人間はざらにいた。

「あーうー」

よだれが垂れた。虚ろな目が、こちらを見つめつづけていた。慈夢は枕元のタオルで強引に口元をふいた。まばらに生えた無精ひげの感触が、じょりじょりと不快だった。

「何言ってんだか、わかんねぇよ」慈夢はスマホを操作した。「聞くか？」

ジム・ホールの『アランフェス協奏曲』を流した。父親のいちばんのお気に入りだからこそ、どれだけ憎んでも足りない曲だった。そして、ジャズにのめりこんでからは、同じくらいその奥深さに魅了されてきた。

「なんでそのまま、潔く死ななかった？　俺にも、母さんにも、とんでもない迷惑かけやがって」

「あぁあー」

ごめんなさいとあやまっているようにも、ふざけるなと怒っているようにも聞こえた。慈夢は、見る影もなく細くなった父親の首に手をかけた。最初は、ちょっと脅かすだけのつもりだった。

「クソみたいな名前つけてくれやがってよ。どうしてくれれんだよ。めちゃくちゃ殴られたんだぞ。めちゃくちゃ痛かったんだぞ。死ぬ寸前だったんだぞ」

はかなげなジム・ホールのギターに、ローランド・ハナの端正なピアノソロが重なる。自分でも信じられないほど、指の力が強くなっていった。

「ぐぅー」と、うなり声が響く。父親の顔が真っ赤に染まった。

背後で母親の絶叫が響いた。

「慈夢！」

あわてて手を離した。ひゅーひゅーと、喉の鳴る音がして、父親の胸元が激しく上下した。

「あなた、何やってるの！」

そう言われて、自分も呼吸をとめていたことに気がついた。むさぼるように空気を吸いこむと、心臓がとてつもないスピードで全身に血液を送りはじめた。

自分の手を見つめた。やはり、傷一つないきれいな両手だった。母親が背後からおおいかぶさるように抱きしめてきた。そのとたん、慈夢の全身から力が抜けた。

「物音がするから、おかしいと思って。あなたが捕まりでもしたら、どうするの！」

俺はとことんついている。恵まれていると思った。いろいろなひとの恩恵を受け、かろうじて生かされている。

母が立ち上がって、父の頬を手の甲でそっとなでた。呼吸も落ちついてきた。慈夢は父にあやまった。聞いているのか、いないのか、父親はずっと目をつむっている。

「あのね、お父さん、最近よくサイナスを聴くんだよ」

「えっ……？」言葉につまった。

「それでね、あなたのピアノソロのところで、いつも決まってすごい上機嫌になるの」

母親は寝不足なのか、目の下にクマができていた。カーテンの隙間から朝の光がさしこんできた。

「あなたの音楽を心待ちにしてるたくさんのひとがいるんだから。そのひとたちを裏切ることだけは絶対に許されないよ」

慈夢は深くうなずいた。

俺は「武井慈夢」という名前の体を授かり、その乗り物に乗りこんだ。そして、さらに様々な恩恵を受けて、サイナスというバンドの乗組員になった。少なくともこの体から、みずから降りることは許されないのだと思った。

ミツトも、そのことは重々わかっていたはずなのだ。

一週間後、海人と会う約束をとりつけた。

待ちあわせ場所は、あのホテルのバーを指定した。慈夢は早めに来て、いつものカウンター席に座った。

バーテンダーが出迎える。

「慈夢君、めずらしいね、プライベートでここに来るのは」

「ちょっと、待ちあわせで」

「慈夢君、ジムビームでいい？」

慈夢は少し迷ってから、うなずいて答えた。

「はい、ジムビームのロックでお願いします」

「オーケー、ジムビ……」

バーテンダーが手をとめた。目を丸くして驚いている。しかし、すぐに優しい微笑みを浮かべてうなずいた。

「了解、ジムビームのロックね」

いつも繰り返してきたやりとりを、意図的にずらした。もう、自分の名前を恥じる必要はどこにもないと思えた。

たったそれだけで、ずっと同じところをぐるぐるまわっていた運命と時間が動きだす——かちりとレールのポイントが切り替わって、その上を走る電車がべつの方向へ向かう。そんな予感がした。

ジムビームを飲んだ。喉が焼けるように熱くなった。

「よお、慈夢」

声がして、振り返った。

「驚いたよ。お前から誘ってくるなんて、考えてみれば、あんまりないからな」

海人は少しだけ警戒しているようにも見えた。たしかに、海人の言うとおり、二人きりで酒を飲むのははじめてかもしれない。

「まあ、座ってよ、お兄ちゃん」と、慈夢はいつもの砕けた調子で、となりの椅子を引いた。

「この席は、いつもミットがよく座ってたんだ」

「ミットが……」海人は背もたれの部分を軽くなでた。「ここに来てたのか」

メンバーそれぞれに、ミットとの個別の思い出がある。それぞれにしか見せなかった、ミットの顔がある。だからこそ、後悔と罪悪感が薄らぐことはない。あのとき、あの時点で、こう言っていればミットを救えたのではないかと、おそらく生涯考えつづけてしまうのだろう。

「俺が聞きたいのはね、追悼ライブが終わったあと、もしサイナスが存続するとして、ボーカルをどうするのかってことなんだ」慈夢はあらためて探りを入れることにした。

「まあ、俺か慈夢か、あとは紬が歌うことになるんだろうな」

「でも、きっとすぐに世間に飽きられるよ。俺たちの歌には、そこまでの力はない」

言うまでもなく、海人はずっとそのことについて思いをめぐらせてきたのだろう。顔をしかめたまま、黙りこんだ。タイミングよく、バーテンダーが注文を聞きにきた。

海人はジムビームのハイボールをたのんだ。二人で杯をあわせた。

「まったく新しいボーカルを入れるのは？」

慈夢が問うと、海人の表情がさらに曇った。

「慈夢には、誰か心あたりがあるのか？」

そう問われると、偽らざる本心を答えるしかなかった。

「いや、いない。ミツトのかわりなんて、そうそう考えられない」

「当たり前だろ。あいつは、唯一無二だった。今さら、よくわからない人間を入れて、うまくいくとは到底思えないよ」

慈夢は胸に手をあてた。その内側には、今もミツトのメッセージをしのばせている。タイミングを見て場に出すはずだった切り札を、まだ切ることができないでいる。自分の首をしめつづけるジョーカーだ。

「あいつのミツトっていう名前さ……」海人はハイボールを一口飲んだ。炭酸がはじける音が、慈夢の耳にはっきり聞こえた。「きっと、両親はあいつの人生に光があたるようにっていう願いをこめたんだろうけどね、俺はまったく逆だと思うんだ」

「逆？」

「ミツトは光をあてるひとなんだ。どんなに暗い場所にだって、ミツトの力なら強い光をあてることができた。俺たちは、そのてつだいをしていた」

海人はそう言って遠くを見つめた。慈夢も顔を上げた。実際には、今日もかわらず酒の棚に映りこむ東京タワーの反射しか見えなかった。

慈夢は学校の屋上での会話を思い出した。分厚い曇り空を振り払い、虐《しいた》げられているひとに光をあてるために、おのれの力を使うのだと誓った、あの日のことを。

「俺だって、どうすればいいのかわからないよ」海人はつぶやいた。「ミットが太陽だとしたら、俺たちの力は懐中電灯くらいだ。それも、電池切れ寸前のライトだな」

ミットはこう書いた。《僕のかわりは、必ずどこにでもいるから。》と。

いったい、どこにいる？

どうやってこの広い世界で、ミットのかわりを見つけろというのだ？

＊

追悼ライブは、〈HEART SHAPED MIND〉から、さらに五曲を終えた。いよいよ最後の曲だ。慈夢はマイクを引きよせた。

「今日は来てくれてありがとう。最後の曲です！」

会場中から「えー！」と、不満の声があがった。

「ありがとう！」と、慈夢は片手をあげて、こたえた。「でも、必ず最後はやってくる。残念だけど、アンコールはなしで。みんな少しでもミットのことを考えて、家路についてくれたら、僕らとしては本当にありがたいです」

歓声と拍手が響く。

「正直、サイナスの今後がどうなるか、わからない。けど、できるだけあがいてみようと思ってます！　応援、よろしくお願いします！」

慈夢は鍵盤に両手をおき、海人と視線をあわせた。海人がうなずいた。

パイプオルガンの音色が、荘厳なイントロを奏でる。まきのバスドラムが教会に響く足音のような、重々しい音を響かせる。海人と紬の左手が複雑に動き、一オクターブ違いのユニゾンがリフレインされた。

ファーストアルバムの最終曲、〈猿は口笛が吹けない〉だ。

照明がいっせいに赤く灯った。慈夢は一瞬、目をつむった。ミツトが好んで飲んだレッドアイの色を、東京タワーの発光をまぶたの裏に思い浮かべた。

サビに入り、慈夢は声に力をこめた。今は懐中電灯ほどの光でもいい。俺の歌でも、せめてこの会場くらいは隅々まで照らしたい。

《広場で火をたく
人々が集まり　輪ができあがる
手をたたき　歌をうたい　口笛を吹く
祝祭のはずなのに　悲しくすきとおった旋律
高く　高く　のぼっていく　白い煙》

高音からすべり落ちるようなグリッサンドから、激しいピアノソロへ入る。慈夢は顔を上げた。ライブハウスをうめつくす、たくさんの顔が見える。よろこんでいる顔、涙をこらえている顔、興奮した顔——すべてが、今、はっきりと目の前にある。この炎は絶やしたくない。ファンたちの声援が、あちらとこちらをつなげる力の後押しになる。

なあミツト、そっちに俺たちの歌は聴こえているか？

ライブは無事にフィナーレを迎えた。まきがスティックを客席に投げる。海人も笑って、ピックを放った。

慈夢は頭上で大きく両手を振り、ステージを去った。廊下を歩き、いちばんに楽屋に戻る。いまだに、観客たちのざわめきがここまで届いてくる。

メンバーたちは、つきものが落ちたような、清々しい表情でどっと椅子に座りこんだ。「ビール飲みてぇ」、「お腹減った」などと口々に勝手なことを言いあっている。

慈夢はタオルで汗をふいた。ノックが響いた。

「慈夢！」楽屋の扉から、匠が声をかけた。「お前の高校時代の先輩だってひとが来ててさ、どうしても会いたいって言ってるんだよ」

耳を疑った。背もたれにあずけていた上半身を、勢いよく起こした。疲れが一気に吹き飛んだ。

「通していいか？」

「ああ……」興奮を隠して、うなずいた。ライブでも感じなかった緊張で、手に汗がにじんだ。

慈夢は立ち上がった。ようやく、会える。ようやく、つながった。

あのひとに聞いてみたかった。相談してみたかった。今後、俺は——俺たちサイナスはどうしたらいいんでしょうか？

きっと、あのひとなら、一喝して勇気づけてくれるはずだ。

私、言ったよね？　どんなかたちでもいいから、音楽はつづけなさいって。さっき、あなたライブ会場で言ったばっかりじゃない。できるだけ、あがいてみせるってさ！

慈夢は楽屋の扉の前に立った。唾をのみこんだ。

しかし、姿を現した男たちを見た瞬間、慈夢の体はかたまった。

「よお、慈夢！　俺らのこと、覚えてるよな？」

三人の男たちが入ってきた。にやにやと、ほくそ笑んでいる。

体は正直だった。手のひらだけでなく、額から嫌な汗が噴き出てくる。さんざん与えられてきた恐怖と痛みに、全身が支配された。

「いつの間に、こんなにビッグになりやがって。俺ら、友達だよな？　なっ？」

「ああ……」怒鳴れ、追い返せ、ぶん殴れ——その意思を砕くように膝が情けなく震えていた。声が出ない。出せない。

目の前に、ブラックホールが出現する。真っ暗闇に吸いこまれそうになった。

「ああ、じゃねぇだろ。俺ら、先輩だろ？　そうですね、だろ？」

様子がおかしいことに気がついたのだろう。メンバーたちが何事かとうかがう様子で近づいてきた。

「お前、歌手とかアイドルとか、知りあいいねぇの？　マジで紹介してくれよ」

「アイドルいいね！　今度、パーティーやろうぜ」

「俺は紬ちゃんのサインがほしいな」

三人の鋭い視線が突き刺さる。慈夢は震えながらうつむいた。両手を守るように、腹の前に抱えこんだ。

命を救ってくれたあの先輩が会いに来てくれるなんて、そんな都合のいい話、あるわけがない。俺はいったい何を期待してたんだ。そんなおとぎ話のようなハッピーエンドが現実に起こるわけないじゃないか。

無力感にさいなまれかけた。そのときだった。

紬が慈夢の前にすっと立ちはだかった。

「私のサインなんて、百万年早いわ！　慈夢になんかしやがったら、私が殺すからな」

海人も紬のとなりに進み出た。

「今日は弟を悼む会なんだ」声が少し震えていたけれど、その言葉には力がこもっていた。「この場を荒らす人間は誰であろうと許さない」

「あぁ？」いちばん体の大きな男が、海人の胸ぐらに手を伸ばした。「少しくらい有名になれたからって、調子のってんじゃねぇぞ！」

海人がぎゅっと目をつむる。匠がすかさずその手をつかんで、ねじり上げた。

「慈夢、悪かったな。なんだか、様子がおかしいと思ったんだけど……」最近痩せはじめたとはいえ、百八十センチ以上ある巨漢の匠がにらみをきかせる。「今、出てってもらうからな」

まきがそっととなりによりそい、背中をさすってくれた。恐怖にかたまっていた体が、まきの手の熱でゆっくりととけていく。

不思議と情けなさは感じなかった。誇らしかった。サイナスのメンバーであることを、心の底から誇りに思った。

ミツトがなぜ自分にだけメッセージを託したのか、ようやくわかった気がした。

最初にサイナスのライブを観たとき、ミツトの才能よりもむしろ、メンバーたちの結束力に強く心惹かれた。悠然と泳ぐ鯉のぼりに、自分もくわわりたいと願った。

俺たち脇役には決して強いスポットライトがあたることはない。我々凡人は、いつだって天才的な、力を持った人物に魅了され、支配され、右に左に動かされ、翻弄されるだけの人生にすぎないような気がする。

それでも俺たちは、この体を授かった以上、生きなければならない。一人一人はミツトの才能に遠くおよばなくとも、力をあわせれば強い光を放つことができる。そのパワーに誰よりも魅了されたのは、この俺だったはずなのに……。

それなのに、完全にメンバーたちを見くびっていた。無風になり鯉のぼりは死んだと思いこんでいた。しかし、メンバーたちの心の芯はまったく折れていなかった。

ライブハウスの警備員が駆けつけて、男たちは連れ出された。

「ありがと。みんな」

自分はサイナスの一員になれていないと、どことなく疎外感を抱いていた。おそらく、ミットはそれを心配してくれていたのだ。

「俺、こう思うんだ」

海人を見た。海人が笑顔でうなずき、先をうながす。

「俺たち六人は、この広い世界で、寸分たがわず出会えた。すれ違うことなく、出会えた。同じバンドのメンバーになれた。それを奇跡とか運命とか、安っぽい言葉ですませたくない。ただただ、こうなる以外にはあり得なかった。だから、出会えたんだ」

紬が震える唇を噛みしめる。

「でも、それと同時に、必ずしも俺たちは俺たちでなくてもよかった。全然違う人間が、ミットのもとに集まっていてもおかしくはなかった」

匠が涙をこらえているのか、口を真一文字に引き結んで、うなずいた。

「それを認めることができたら、俺たちはまた一段階先へ進めるような気がするんだ」

それでも……。

俺たちは家族だ。サイナスという乗り物に乗りこんだ、一つの運命共同体だ。

電車はひた走る。ゴールは見えない。まだ、あのひとに会えていない。終わらない。終わらせたくない。

まきが言った。

「慈夢、ようやく肩の荷が下ろせるね」

「はいっ？」

「慈夢がずっとずっと思いつめてたことくらい、みんなお見通しなんだからね」

言葉を失った。メンバーを見まわした。海人、紬、匠が、あきれた様子で苦笑した。

「あのね、何年いっしょにやってると思ってんの」まきが、ぽんと背中をたたいてくる。

その勢いに押されるようにして、慈夢は懐に手を伸ばした。

「今まで隠しててごめん！」

ミツトから託された封筒は、ライブ中の汗を吸って、少しよれよれになっていた。

「みんなに見せたいものがあるんだ。これが、ミツトの遺志だ」

便箋を出して広げた。

「ライブ前は、おかしなことを言ったけど……。ミツトは自殺じゃない。絶対に違う。俺はそう信じるよ。俺たちにとっては、それがまぎれもない真実なんだ」

エピローグ　あるいはあなたかもしれない誰か（ボーカル）

そのひとは、そっとイヤホンをはずした。

ウェブ限定で配信されたサイナスの最新曲〈空洞電車〉を聞き終えた。

興奮していた。たいして暑くもないのに、汗をかいた。心臓が高鳴っている。

今すぐ外に駆けだして、叫びたい衝動に駆られていた。

そのひとは暗い部屋のなか、ベッドに寝そべり、右手を何もない空中に伸ばした。もう少しで、何かをつかめそうな、たしかな予感があった。

〈空洞電車〉は、洞口光人の残したデモから作られたという。初心にたちかえるような、ストレートなエイトビートのロック調だった。AメロとBメロは、洞口光人の録音された声が使われ、サビは洞口海人の声に加藤紬のコーラスが重なっていた。

力がふつふつとわきあがってくるような曲だった。理由もなく、どこまでも走っていけそうな気分にさせてくれる。

そのひとは、今、決意した。何がなんでもオーディションに参加する。スマホを操作して、サイナスの公式ホームページにアクセスした。

サイナスは、音楽プロデューサーの平子慎司が代表をつとめる事務所に移籍が決定した。その第一弾のプロジェクトとして、新ボーカルオーディションが開催されることになったのだ。

平子慎司は今もっとも勢いのあるプロデューサーだ。このオーディションをイロモノ企画で終わらせないだけの実力を持っているはずだ。

参加資格は、単純明快だった。「年齢、性別、国籍、経験不問」。そして、さらに大きい文字で「人間性も不問（ただし犯罪者はのぞく）！」と書いてあった。

それを見て、一人笑ってしまった。どんなにクソみたいな人間でも、サイナスのピースにぴたりとハマれば受け入れてくれるということだ。何より、このまま世間から忘れ去られるかたちで終わりかねなかったサイナスが、こうして新しい風をなんとか吹かせようと悪戦苦闘している姿に心が震えた。

そのひとは、ベッドから起き上がった。壁に立てかけたアコースティックギターを手にとった。真夜中なので、ひかえめに、ぽろりとコードを鳴らす。

今まで様々なバンドに所属してきたが、ケンカばかりでまったく長つづきしなかった。最近では一人でギターを弾き、歌を歌っていた。このまま終わるわけがないという根拠のない自信がある反面、誰も自分の作る音楽を理解できないのだという絶望もある。

そのひとは、もう一度イヤホンをはめた。〈空洞電車〉を聴いてみた。

洞口海人のギターが疾走する。この音色が好きだった。派手さはないが、実直で、懐の深い、温かい音を響かせる。海人のギターで歌が歌えることを想像すると鳥肌が立った。

《空っぽの電車　ひた走る
　一人　また　一人
　辻々の駅で　乗りこんで》

キレのいいベースが、洞口光人の声の後ろで曲を引き締めている。

加藤紬は、平子事務所の新プロジェクトであるアイドル×ガールズバンドのベーシストをつとめるらしい。少し残念なのは、副島まきが二年間の活動休止に入ったことだった。紬のベースとがっちり嚙みあったときの、鉄壁のリズムとグルーヴが、サイナスのいちばんの武器なのだ。

《終着駅が　見えなくて
　いつか　また　いつか
　辻々の駅で　降りていく》

サビが終わり、キーボードソロが鳴り響く。軽快に飛び石を跳ねていくような武井慈夢のピアノの音色は、人生を丸ごと肯定するような歓喜に満ちている。

そのひとは、思った。

俺も――あるいは――私も、この電車に乗ってみたい。何がなんでも、このメンバーたちといっしょに音楽がやりたい。

オーディションに合格するかどうかは、もちろんわからない。

けれど、自分だけでは処理しきれない、正体不明の衝動をしずめ、飼い慣らしてくれるのは、サイナスのメンバー以外にはいないような気がした。とんだ勘違いだとののしられるかもしれないが、ずっとずっと以前からこのひとたちと音楽をやってきたような懐かしさを、サイナスの楽曲からは感じるのだ。

オーディションで曲の感想をメンバーから問われたら、こう答えるつもりだ。

自分たちが、空洞の電車なのだとしたら——。

そう考えると、たしかにこわい。生きていることに意味がないような気がして、こわいのだ。

でも、走ることそのものに、意味を見出せたら。

空洞のなかに、何を入れ、誰を乗せ、どうやって走ってきたのか。どこを通り、どこへ向かっていくのか——決めるのは自分しかいない。

なんだか、同じところをずっとぐるぐるまわりつづけているだけのような気もするが、ときに、大きく予想を飛び越えて、ジャンプできることもある。

繰り返していくこと。

かわったり、かわらなかったりすること。

かわることには、臆せず飛びこむこと。

かえてはならないことは、是が非でも守ること。

それを全身全霊で表現すること。

それが、私の——あるいは——俺の使命であるということを、胸を張ってサイナスのメンバーにつたえてみたい。

今からみんなに会えることを、わくわくして待ちわびている。

本書は書き下ろしです。

朝倉宏景●あさくら ひろかげ

1984年東京都生まれ。東京学芸大学教育学部卒業。会社勤めのかたわら小説を書き続け、その後退職。2012年『白球アフロ』で第7回小説現代長編新人賞奨励賞を受賞し作家デビューを果たす。2018年には、フルマラソンに情熱を傾ける視覚障害者の女性と、その伴走者となった若者の青春を描いた長編『風が吹いたり、花が散ったり』で第24回島清恋愛文学賞を受賞。その他の著書に『野球部ひとり』『つよく結べ、ポニーテール』『僕の母がルーズソックスを』などがある。

空洞電車《くうどうでんしゃ》

2020年2月23日　第1刷発行

著　者——朝倉宏景《あさくらひろかげ》

発行者——箕浦克史

発行所——株式会社双葉社

東京都新宿区東五軒町3-28 郵便番号162-8540
電話03（5261）4818〔営業〕
03（5261）4833〔編集〕
http://www.futabasha.co.jp/
（双葉社の書籍・コミック・ムックが買えます）

印刷所——中央精版印刷株式会社

製本所——中央精版印刷株式会社

落丁・乱丁の場合は送料双葉社負担でお取り替えいたします。
「製作部」あてにお送りください。
ただし、古書店で購入したものについてはお取り替えできません。
［電話］03-5261-4822（製作部）

定価はカバーに表示してあります。

ISBN978-4-575-24252-2 C0093